U0152552

永康文獻叢書

徐無黨集
林大中集
應孟明集

【宋】徐無黨 著
錢偉彊 編校

【宋】林大中 著
錢偉彊 林毅 編校

【宋】應孟明 著
錢偉彊 編校

圖書在版編目(CIP)數據

徐無黨集 /（宋）徐無黨著；錢偉彊，林毅編校．林大中集 /（宋）林大中著；錢偉彊，林毅編校．應孟明集 /（宋）應孟明著；錢偉彊，林毅編校．—上海：上海古籍出版社，2022.11

（永康文獻叢書）

ISBN 978-7-5732-0553-7

Ⅰ.①徐… ② 林… ③應… Ⅱ.①徐… ②林… ③應… ④錢… ⑤林… Ⅲ.①中國文學—古典文學—作品綜合集—宋代 Ⅳ.①I214.42

中國版本圖書館CIP數據核字(2022)第217687號

永康文獻叢書

徐無黨集

［宋］徐無黨　著

錢偉彊　編校

林大中集

［宋］林大中　著

錢偉彊　林　毅　編校

應孟明集

［宋］應孟明　著

錢偉彊　編校

上海古籍出版社出版發行

（上海市閔行區號景路159弄1-5號A座5F　郵政編碼201101）

（1）網址：www.guji.com.cn

（2）E-mail：guji1@guji.com.cn

（3）易文網網址：www.ewen.co

浙江新華數碼印務有限公司印刷

開本710×1000　1/16　印張17.75　插頁9　字數222,000

2022年11月第1版　2022年11月第1次印刷

印數：1—2,500

ISBN 978-7-5732-0553-7

I·3691　定價：108.00元

永康文獻叢書編纂成員名單

徐無黨墓，位於永康上中山尖

孟子所謂孰能禦之者歟予陋巷之士也遭時奮身
竊位于朝守其貧賤之節其臨利害禍福之際常恐
其奪也以予行君子之所易者猶若是知君行聖賢
之所難者爲難能也歲之三月來自京師拜其舅氏
予得延之南齋聽其論議而慕其爲人雖與之終身
久處而不厭也留之數日而去於其去也不能忘言
遂爲之序　廬陵歐陽脩述

送徐無黨南歸序

草木鳥獸之爲物衆人之爲人其爲生雖異而爲死
則同一歸於腐壞澌盡泯滅而已而衆人之中有聖
賢者固亦生且死於其間而獨異於草木鳥獸衆人
者雖死而不朽逾（一作愈）遠而彌存也其所以爲聖賢
者修之於身施之於事見之於言是三者所以能不
朽而存也修於身者無所不獲施於事者有得有不
得焉其見於言者則又有能有不能也施於事矣不
見於言可也自詩書史記所傳其人豈必皆能言之
士哉修於身矣而不施於事不見於言亦可也孔子
弟子有能政事者矣有能言語者矣若顔回者在陋
巷曲肱飢臥而已其羣居則默然終日如愚人然自
當時羣弟子皆推尊之以爲不敢望而（一作以）及而後

歐陽修《送徐無黨南歸序》
（《四部叢刊》景元本《歐陽文忠公文集》卷四十三）

林大中像

林大中墓，位於永康南塘山

應孟明像

應孟明墓，位於永康方巖靈巖寺前

總　　序

永康歷史悠久，人文薈萃。

據南朝宋鄭緝之《東陽記》載，永康於三國赤烏八年(245)置縣。建縣近1800年來，雖經朝代更替，然縣名、治所及區域，庶無大變，風俗名物，班班可考，辭章文獻，卷帙頗豐。

魏晉南北朝至隋唐，是中國經濟重心由北向南轉移的準備階段，永康的風土人情漸次載入各類典籍。北宋以降，永康即以名賢輩出、群星璀璨而著稱婺州。名臣高士，時聞朝野；文采風流，廣播海内。本邑由宋至清，載正史列傳20餘人，科舉進士200餘名。北宋胡則首開進士科名，爲官一任，造福一方；徐無黨受業於歐陽修，深得良史筆意，嘗注《新五代史》，沾溉後學。南宋狀元陳亮創立永康學派，宣導事功，名播四海；樓炤、章服、林大中、應孟明位高權重，憂國憂民，道德文章，著稱南北。元代胡長孺安貧守志，文采斐然，名列"中南八士"。明代榜眼程文德與應典、盧可久，先後講學五峰書院，傳播陽明之學，盛極一時；朱方長期任職府縣，清廉自守，史稱一代廉吏；王崇投筆從戎，巡撫南疆，功勳卓著；徐文通宦游期間與當時文壇鉅子交往密切，吟咏多有佳作。清初才女吴絳雪保境安民，壯烈殉身，名標青史；潘樹棠博聞强記，飽讀詩書，人稱"八婺書橱"；晚清應寶時主政上海，對申城拓展、繁榮卓有貢獻；胡鳳丹、胡宗楙父子畢生搜羅鄉邦文獻，刊刻《金華叢書》，嘉惠士林。民國吕公望，早年投身辛亥革命，曾任浙江督軍兼省長，公暇與程士毅、盧士希、應均等人結社唱酬，引領一代文風。抗戰期間，方巖成爲浙江省政府臨時駐地，四方賢俊，匯聚於此，文人墨客，以筆代口，爲抗日救亡而吶喊，在永康文化史上留下濃重一筆。

據粗略統計，本邑往哲先賢自北宋到民國時期，所撰經史子集各類著作及裒輯成集者，360 餘家，近千種。惜年代久遠，迭經兵燹蟲蠹、水火厄害，相當部分已灰飛烟滅，蕩然無存。現國内外公私圖書館藏有本邑歷代著作僅百餘部，其中收入《四庫全書》及存目、《續修四庫全書》者 20 餘部。這是歷代先賢留給我們的寶貴精神財富，也是我們傳承文化基因、汲取歷史智慧的重要載體，更是一座有待開發的文化寶藏。

爲整理出版《永康文獻叢書》，多年以來，我市有識之士不懈呼籲，社會各界紛紛提議，希望開展此項工作。新時代政治清明，百業興盛，重教崇文。爲弘揚優秀傳統文化，拓展我市文化内涵，提升城市文化品位，推進永康文化建設，永康市委市政府因勢利導，決定由市委宣傳部牽頭，文廣旅體局組織實施，啓動《永康文獻叢書》出版工程。歷經一年籌備，具體工作於 2021 年 3 月正式展開。

整理出版《永康文獻叢書》，以新時代中國特色社會主義思想爲指導，以中共中央《關於整理我國古籍的指示》爲指針，認真貫徹國務院《關於進一步加强古籍保護工作的意見》，繼承與發揚永康學派的優良傳統，着眼永康文化品位、學術氛圍的營造與提升，系統梳理傳統文化資源，讓沉寂在古籍裏的文字鮮活起來，努力展示本邑傳統文化的獨特魅力，積極推進永康文化建設。現擬用八至十年時間，動員組織市内外專業人士和社會各界力量，將永康文學、歷史、哲學、法學、經濟學、社會學、教育學諸方面的重要古籍資料，分批整理完稿；遵循“精選、精編、精印”的原則，總量在 50 部左右，每年五至六部，分期公開出版，並向全國發行。

《永康文獻叢書》原則上只收録永康現有行政區域内，自建縣以來至中華人民共和國成立之前的文獻遺存。注重近代檔案及其他文史資料的收集整理。在永康生活時間較長，或産生過較大影響的外邑人士的著作，酌情收入。叢書的採編，以搶救挖掘地方文獻中的刻本以及流傳稀少的稿本、抄本爲重點；優先安排影響較大、學術價值較高、原創性較强的著作；對在永康歷史上産生過重大影響的家族譜牒，也適當篩選吸收。

本次叢書整理，在注重現存古籍點校的同時，突出新編功能。一些重要歷史人物的著述已經完全散逸，但尚有大量詩文見諸他人著作或志牒之中，又屢屢被時人和後人提及，則予以輯佚新編。一些歷史人物知名度不高，但留存的詩文較多，以前從未結集，酌情編輯出版。宋元以來，我邑不少先賢，雖無著述單行，但大多有零散詩文傳世，爲免遺珠之憾，也擬彙總結集。

歷史因文化而精彩，文化因歷史而厚重。把永康發展的歷史記録下來，把永康的文獻典籍整理出來，把優秀傳統文化傳承下去，關乎永康歷史文脉的延續，關乎永康精神的傳承，關乎五金文化名城軟實力的提升。因此，整理出版工作必須堅持政府主導、社會支援、專家負責的工作方針，遂分别建立指導委員會、顧問委員會、編輯委員會，各司其職，相互配合，以確保叢書整理出版計劃的全面落實與高品質實施。

《永康文獻叢書》整理出版的品質，在很大程度上取決於編纂人員的學識、眼光、格局，也取決於編纂人員的工作態度和敬業精神。爲此，編纂團隊將懷敬畏之心、精品意識、服務觀念、奉獻精神，抱着“爲古人行役”的理念，以“功成不必在我”的境界和“功成必定有我”的歷史擔當，甘於寂寞，堅守初心，知難而進，任勞任怨，將《永康文獻叢書》整理好、編輯好、出版好。

《永康文獻叢書》是永康建縣 1800 年來，首次對本邑古籍文獻進行系統整理，是一套“千年未曾見，百年難再有”的大型歷史文獻，是對永康藴藏豐富的文化資源的深入挖掘、科學梳理和集中展示，是構築全國有影響的文化高地的有效途徑，對於推進永康文化的研究、開發和傳播，有着不可估量的可持續發展潛力。它是一項永康傳統文化的探源工程、搶救工程，是一項功在當代、惠及千秋的傳承工程、鑄魂工程，是一項永康優秀傳統文化的建設工程、形象工程。我們要在傳承經典中守好文化根脉，在扎根本土中豐富精神内涵，在相容並濟中打響文化品牌，爲實現永康經濟社會發展新跨越，爲打造"世界五金之都，品質活力永康"，提供强大的精神動力和文化支撑。

《永康文獻叢書》編委會

2021 年 10 月

目　　録

徐無黨集

正　　編

附　　編

林大中集

正　　編

附　編

應孟明集

正　編

附　編

徐無黨集

前　言

本書收録了北宋著名學者徐無黨的《五代史記注》及其遺文與相關史料，總名之爲《徐無黨集》。

徐無黨（1024—1086），初名光，婺州永康（今屬浙江金華）人。他出身於永康名族龍山徐氏，但關於他的生平事迹，史書向無明確記載，其傳世文字除《五代史記注》外也十分罕見。據黄宗羲《宋元學案》卷四《廬陵學案》載："徐無黨，永康人。從歐陽永叔學古文詞。永叔嘗稱其文日進，如水湧山出。又云其馳騁之際，非常人筆力可到。嘗注《五代史》，妙得良史筆意。皇祐中，以南省第一人登進士第，仕至郡教授。"[①]今《歐陽文忠公集》中多有師生二人往來書信及詩文酬唱，參核有關史料，可以勾稽出徐無黨一生的大致行止。皇祐五年（1053），無黨參加了南省試，歐陽修看過其程試卷後，致書預祝云："兼喜春寒，所履無恙。程試賦詩極工矣，策贍博而辯論偉然，皆當在高等。人力所可爲者，止於如此耳……計此書至，已在高第。"[②]後果於是年登第。至和元年（1054），歐陽修致書徐無黨，談及《五代史》修改、作注事宜。無黨舉進士後授知澠池縣，赴任之時，歐陽修賦詩《送徐生之澠池》以贈。嘉祐二年（1057），徐無黨南歸婺州，爲郡教授，歐

① 〔清〕黄宗羲：《宋元學案》卷四《廬陵學案》，中華書局 1986 年版。

② 〔宋〕歐陽修：《歐陽文忠公集》卷一五〇《與澠池徐宰（無黨）》其一，國家圖書館藏明刻本。

陽修爲作《送徐無黨南歸序》[①]，以"三不朽"勉其爲人爲文，梅堯臣同時有《送徐無黨歸婺州》詩。此後事迹不詳。據《永康縣志》卷八記載，徐無黨"初仕郡教授，升著作郎，爲官廉明，轉升政和殿學士。御賜象贊有云：'其貌也固，其性也聰。才兼文武，學究鴻蒙。事親和孝，事君和忠。生今之世，藴古之風。'"[②]著作郎以下職務未見他書有載，且北宋並無政和殿學士一職，疑出後世僞造。元祐元年(1086)，徐無黨卒。綜觀徐無黨一生，無論治學、爲人，還是從政仕宦，都得到過歐陽修的教誨，二人坦誠相待，親密無間，師生交誼深厚。

歐陽修所撰《新五代史》是一部史學名著，原名《五代史記》，後爲區别於薛居正等官修五代史，改稱《新五代史》。皇祐五年(1053)《五代史記》初稿成，共七十四卷。次年三月，歐陽修致書徐無黨稱"仍作注有難傳之處，蓋傳本固未可，不傳本則下注尤難，此須相見可論。"[③]可見徐無黨注《五代史記》是受到歐陽修親自指導，並予認可的。

需要强調的是，徐注不同于一般史書注解之訓釋文義，而是一部專釋《五代史記》之筆法義例的著作。事實上歐陽修編撰此書正是以紹述孔子《春秋》自命的，他要申明《春秋》的"微言大義"，尤其於本紀"法嚴而詞約，多取《春秋》遺意"[④]。因此徐無黨的注也就以經學的視閾突破了常規的史籍注解方式，他大量地闡發了歐書的《春秋》筆法，如强調正名、講求君臣父子之道等。在《五代史記注》中，徐無黨總結出一套"何事書"、"何事不書"，以及一字寓褒貶的筆法義例，如云"自即位以後，大事則書，變古則書，非常則書，意有所示則書，後有所因則書，非此五者，則否""夷狄來，不言朝，不責其禮；不言貢，不貴其

① 〔宋〕歐陽修：《歐陽文忠公集》卷四十三。

② 〔清〕李汝爲等：《(光緒)永康縣誌》卷八，清光緒年刊本。

③ 〔宋〕歐陽修：《歐陽文忠公集》卷一五〇《與澠池徐宰無黨》其二。

④ 〔宋〕蘇轍：《欒城集・欒城後集》卷二十三《歐陽文忠公神道碑》，明清夢軒刊本。

物,故書曰來”等等[1]。可以説,歐書徐注渾然一體,不可分割,這一如《公羊傳》、《穀梁傳》之于《春秋》,相互之間已是不可或缺的了。

《五代史記》徐注共計 248 條,其中 209 條見於本紀。具體分佈如下:目録,徐注 1 條;本紀十二卷,徐注 209 條;列傳四十五卷,徐注 24 條;世家及年譜十一卷,徐注 11 條;考三卷,徐注 2 條;四夷附録三卷,徐注 1 條。針對以上特徵,並突顯徐注的主體地位,本編所收《五代史記》採用節録的方式,選擇歐陽修原書中有徐無黨注文的部分加以收録,並盡可能保證篇章結構的相對完整性,其通篇無注者則删去不録。所録文字按原書順序編排,以大小字體區分原文與注釋。

本集分正編和附編兩部分。其中正編録徐無黨遺文 3 篇以及著述 1 種。附編彙録與徐無黨相關的各種史料文獻,分交遊詩文和諸史雜記兩部分,以期對全面認識徐無黨有所幫助。

在本書編輯過程中,王博同學參與了資料收集工作,永康文獻叢書編委會提供了部分珍貴的地方文獻資料,於本編之完善助益不小,在此併鳴謝忱!本人學識淺陋,加之徐無黨存世文獻極少,部分地方文獻又真僞雜出,辨别爲難,所以錯漏之處在所難免,誠望海内賢達不吝賜正,用匡不逮!

壬寅七月,錢偉彊于畬經室

---

① 以上引文俱見徐無黨《五代史記注》。

正　編

遺　文

小龍門記

予嘗登香山寺，以望龍門伊川之處，而愛其奇秀，以爲洛陽雖山川可嘉，而無如此也。有澠池小吏自其旁爲予言，邑中亦有此，曰小龍門，以人迹之不可到，故無聞焉。

予後因吏事至洪河滸。初緣崖下，間躡棧閣，得小徑，下入凌澗中行，而兩岸皆石壁峭立，行約五十里，望見兩山裂開，可百餘步，勢皆嶔崟，而水聲激激流其中，有怪石甚醜，墮在澗中，其一自上而下瞰，若將急垂手援之然，而狀皆可駭。予曰：此豈非所謂小龍門耶？因憩息於其下，而旁有石室，可容百數十人，而其他洞穴，處處亦有之。若所謂佛龕者，皆可爱。其土沃壤，宜桑棗。有野人十餘家，悉引渠激流水爲磑，問其人之姓氏，與其年幾許，皆不能道也。又問今何時，云亦不能知也。

然予嘗聞昔之獨行君子，其爲人疾世污俗，多好扶携其妻子與俱入山林，長謝而不顧者，惟恐人迹之可及，故雖遠而不憚，雖深而不厭也。今凌澗之道，皆束在兩山間，其崖下處，非棧閣不能通。行百餘里，凡蹇澗東西者，涉七十有二云。則是人之迹已邈而不可及也已。然小龍門之處，獨可居，而有民家長子孫不知其歲之多少與世之誰何，豈非昔之疾世污俗長謝而不顧者之徒乎？

予入石室中，上絶頂，欲深求古碑文可考者而不可得也。因自書其所爲文，而命僧惠仙者鐫於石，而藏於西巖久洞穴間，且以記予之偶來，尋得其處，而又以備後之隱君子欲訪求於此地而居者之人也。

《澠池縣志》卷十二《藝文》

漢烏傷侯趙君廟碑

烏傷侯趙君祠者，自後漢立焉，載於祀典久矣！按其傳云："侯諱炳，字公阿，東陽人。能爲越方，療人疾病。"《抱朴子》云："侯能拘執虎豹，召至魚龍，乃道士也。"蔚宗謂"立祠於永康，至今蚊蚋不能入"。自吴分烏傷，始爲永康。蔚宗宋人，在其後。則立廟之初，乃在烏傷之縣，其俗相傳爲烏傷侯者。予按其始封之時，而問諸故老，皆曰不知也。又無碑石可考，而圖經亦闕焉。獨廟門有古隸書數大字，甚奇古，亦曰"烏傷侯"，不知其爲何時人也。《烏傷縣碑》云："漢孝子烏傷顔烏所居之鄉，有群烏銜土而來，其口皆傷，因即其所，立縣而名焉。唐武德中，始改爲義烏。"然風俗所傳爲烏傷侯者，豈在隋、唐之前乎？章懷太子賢謂"俗呼爲趙侯祠"，亦尚矣。又云"祠在其縣東，今乃鬥牛山之下，西距縣五十餘里"，豈其故時之遺址乎？每歲炎旱，吏民奔走祈禱之不暇，爲國家者亦往往致祭焉。每至朔望，鄉之耆耋咸相率拜祭邑之鄉所謂"太平"者，皆能造紙鑿錢以售，而衣食于其廟者數十家，多由此富。其地無風雹之灾，他鄉雖隔車轍，而時或有焉。若祭之不潔與黯慢者，立見禍而震動之，故民畏事之如嚴吏也。予嘗求先人之葬地，馳走縣境月餘，而卜之不從，乃陰禱於侯。是日自廟之後行約五里，渡水之北，得地塘東，而卜之曰吉。以問其人，則曰："吾昨夕夢侯告我。"於是葬焉。乃爲紀其事，俾刻於石，立之廡下，所以報神之貺也。

時嘉祐五年歲次庚子八月望日，東海徐無黨記。

元吴師道《敬鄉録》卷二

重修樓氏家乘序

公諱閲，字謀國，以其族譜授余曰：樓氏之居永康，自名永貞者始。武川來遷，其孫興鄴，官授黄岩縣令。鄴子紹宗，仕太子校書。乃孫昂登科甲，授將作監主簿。子曰闕，曰冲，曰圭。闕公授國子助教，其子定國登賈黯榜進士。冲公援朝議大夫，其子即公也，登楊寘榜進士。圭公授太子侍讀，其子觀公登馮京榜進士。蓋自始祖以來，迨今世矣。其譜牒始修於五世祖光嗣公，今公又續修焉，業已告成矣，名之曰《家乘》，來浼余序。余之於公，忝在同袍，極荷心知，固不得而讓也。

嗟乎！人之所願乎有後者，顯而爲公卿，積而致萬金，皆美矣，然未若得一士之賢爲尤美也。以樓氏而觀之，其富貴者不爲少矣。自遷居以來，滿門衣冠，簪纓接武，豈非富貴之盛矣乎？樓氏之族，益能篤學慎行，以繼先德於不墜，雖不貴於當時，必將取榮於後世矣，豈非賢子孫哉！願益懋之，予他日有望之。是爲序。

時宋元祐七年歲在壬申秋仲吉日，賜進士第授郡教授同邑姻生徐無黨頓首撰。

《永康華溪樓氏族譜》卷首

著　述

五代史記注

宋 歐陽修撰 徐無黨注

目　録 徐無黨注一條

徐無黨曰：凡諸國名號，《梁本紀》自封梁王以後始稱梁，《唐本紀》自封晉王以後始稱晉，自建國號唐以後始稱唐，各從其實也。自傳而下，於未封王建國之前，或稱梁、稱晉、稱唐者，史官從後而追書也。唐嘗稱晉，而石敬瑭又稱晉，李昪又稱唐；劉龑已稱漢，而劉旻又稱漢；王建已稱蜀，而孟知祥又稱蜀。石晉自爲一代，不待别而可知。唐、漢、蜀則加東、南、前、後以别其世家。梁初嘗封沛、東平，南唐初嘗稱齊，三號當時已不顯著，故皆略而不道。五代亂世，名號交雜而不常，史家撰述，隨事爲文，要於理通事見而已，覽者得以詳焉。

本紀 十二卷 徐無黨注二百〇九條

卷一　梁本紀第一

本紀，因舊以爲名，本原其所始起而紀次其事以時也。即位以前，其事詳，原本其所自來，故曲而備之，見其起之有漸有暴也。即位以後，其事略，居尊任重，所責者大，故所責者，惟簡乃可立法。

太祖神武元聖孝皇帝，姓朱氏，宋州碭山午溝里人也。其父誠，以《五經》教授鄉里，生三子，曰全昱、存、温。變諱某書名，義在"稱王"注中。誠卒，三子貧，不能爲生，與其母傭食蕭縣人劉崇家。全昱無他材能，然爲人頗長者。存、温勇有力，而温尤兇悍。

唐僖宗乾符四年，黄巢起曹、濮，存、温亡入賊中。巢攻嶺南，存戰死。巢陷京師，以温爲東南面行營先鋒使，攻陷同州，以爲同州防禦使。是時天子在蜀，諸鎮會兵討賊。諸鎮，記當時語也。唐謂節度使所治軍州爲藩鎮，故有赴鎮、移鎮之語。温數爲河中王重榮所敗，屢請益兵於巢，巢中尉孟楷抑而不通。温客謝瞳説温曰："黄家起於草莽，幸唐衰亂，直投其隙而取之爾，非有功德興王之業也，此豈足與共成事哉！今天子在蜀，諸鎮之兵日集以謀興復，是唐德未厭於人也。且將軍力戰于外，而庸人制之於内，此章邯所以背秦而歸楚也。"温以爲然，乃殺其監軍嚴實，自歸于河中，因王重榮以降。都統王鐸承制拜温左金吾衛大將軍、河中行營招討副使，天子賜温名全忠。

中和三年三月，拜全忠汴州刺史、宣武軍節度使。四月，諸鎮兵破巢，復京師，巢走藍田。七月丁卯，全忠歸于宣武。是歲，黄巢出藍田關，陷蔡州，節度使秦宗權叛附于巢，遂圍陳州。徐州時溥凡稱"某州某人"者，皆其節度使。爲東南面行營兵馬都統，會東諸鎮兵以救陳。陳州刺史趙犨亦乞兵于全忠。溥雖爲都統而不親兵。四年，全忠乃自將救犨，率諸鎮兵擊敗巢將黄鄴、尚讓等。犨以全忠爲德，始附屬焉。是時，河東李克用下兵太行，渡河，出洛陽，與東兵會擊巢。巢已敗去，全忠及克用追敗之于鄾城。巢走中牟，又敗之于王滿。巢走封丘，又大敗之。巢挺身東走，至泰山狼虎谷，爲時溥追兵所殺。九月，天子以全忠爲檢校司徒、同中書門下平章事，封沛郡侯。光啓二年三月，進爵王。義成軍亂，逐其節度使安師儒，推牙將張驍爲留後。師儒來奔，殺之。遣朱珍、李唐賓陷滑州，以胡真爲留後。十二月，徙封吴興郡王。

自黄巢死，秦宗權稱帝，陷陝、洛、懷、孟、唐、許、汝、鄭州，遣其將秦賢、盧瑭、張晊攻汴。賢軍板橋，晊軍北郊，瑭軍萬勝，環汴爲三十六栅。王顧兵少，不敢出。始而稱名，既而稱爵，既而稱帝，漸也。爵至王而後稱，著其逼者。乃遣朱珍募兵於東方，而求救於兖、鄆。三年春，珍得兵萬人、馬數百匹以歸。乃擊賢板橋，拔其四栅。又擊瑭萬勝，瑭敗，投水死。

宗權聞瑭等敗，乃自將精兵數千柵北郊。五月，兗州朱瑾、鄆州朱宣來赴援。流俗本"宣"從"王"者，非。王置酒軍中，中席，王陽起如廁，以輕兵出北門襲晊，而樂聲不輟。晊不意兵之至也，兗、鄆之兵又從而合擊，遂大敗之，斬首二萬餘級。宗權與晊夜走，過鄭，屠其城而去。宗權至蔡，復遣張晊攻汴。王聞晊復來，登封禪寺後岡，望晊兵過，遣朱珍躡之，戒曰："晊見吾兵必止，望其止，當速返，毋與之鬬也。"已而晊見珍在後，果止，珍即馳還。王令珍引兵蔽大林，而自率精騎出其東，伏大冢間。晊止而食，食畢，拔旗幟，馳擊珍。珍兵小却，王引伏兵横出，斷晊軍爲三而擊之。晊大敗，脱身走。宗權怒，斬晊。而河陽、陝、洛之兵爲宗權守者，聞蔡精兵皆已殲於汴，因各潰去。故諸葛爽將李罕之取河陽、張全義取洛陽以來附。十月，天子使來，賜王紀功碑。朱宣、朱瑾兵助汴，已破宗權東歸，王移檄兗、鄆，誣其誘汴亡卒以東，乃發兵攻之，取其曹州、濮州，遂遣朱珍攻鄆州，大敗而還。十二月，天子使來，賜王鐵券及德政碑。

（中略）

光化元年三月，天子以王兼天平軍節度使。四月，遣葛從周攻晉之山東，取邢、洺、磁三州。襄州趙匡凝自其父德諲時來附，匡凝又與楊行密、李克用通，而其事泄。七月，遣氏叔琮、康懷英攻匡凝，取其泌、隨、鄧三州。曾三異校定曰：三異案，《唐書·地理志》：唐州，天祐三年，朱全忠徙治泌陽，表更名泌州。則是天祐二年，唐州舊名猶在，至三年始更爲泌。光化之初，未常有泌州之名，今書爲泌，則誤也。匡凝請和，乃止。十二月，李罕之以潞州來降。二年，幽州劉仁恭攻魏，羅紹威來求救。王救魏，敗仁恭于内黄。四月，遣氏叔琮攻晉太原，不克。七月，李克用取澤、潞。十一月，保義軍亂，殺其節度使王珙，推其牙將李璠爲留後，其將朱簡殺璠來降，以簡爲保義軍節度使。三年四月，遣葛從周攻劉仁恭之滄州，取其德州，及仁恭戰于老鵶堤，大敗之。八月，晉取洺州，王如洺州，復取之。是時，鎮、定皆附于晉，遂攻鎮州，破臨城，王鎔來送款。進攻定州，王部奔于晉，其將王處直以定州降。

唐宦者劉季述作亂，天子幽于東宫。天復元年正月，護駕都頭孫德昭誅季述，天子復立，封王爲梁王。遣張存敬攻王珂于河中，出含山，下晉、絳二州。王珂求救于晉，晉不能救，乃來降。三月，大舉攻晉，氏叔琮出太行，取澤、潞。葛從周、張存敬、侯言、張歸厚及鎮、定之兵，皆會于太原，圍之，不克，遇雨而還。五月，天子以王兼河中尹、護國軍節度使。六月，晉取慈、隰。

自劉季述等已誅，宰相崔胤外與梁交，欲假梁兵盡誅宦者。而鳳翔李茂貞、邠寧王行瑜等皆遣子弟以精兵宿衛天子，宦者韓全誨等亦因恃以爲助。天子與胤計事，宦者屬耳，頗聞之。乃選美女，内之宫中，陰令伺察其實。久之，果得胤奏謀所以誅宦者之説。全誨等大懼，日夜相與涕泣，思圖胤以求全。胤知謀泄，事急，即矯爲制，召梁兵入，誅宦者。十月，王以宣武、宣義、天平、護國兵七萬，至于河中，取同州，遂攻華州，韓建出降。全誨等聞梁王兵且至，即以岐、邠宿衛兵劫天子奔于鳳翔。王乃上書言胤所以召之之意。天子怒，罷胤相，責授工部尚書，詔梁兵還鎮。王引兵去，攻邠州，屯于三原。邠州節度使楊崇本以邠、寧、慶、衍四州降。崔胤奔于華州。二年春，王退軍于河中。晉攻晉、絳，遣朱友寧擊敗晉軍于蒲縣，取汾、慈、隰，遂圍太原，不克而還，汾、慈、隰復入于晉。四月，友寧引兵西至興平，及李茂貞戰于武功，大敗之。王兵犯鳳翔，茂貞數出戰，輒敗，遂圍之。十一月，鄜坊李周彝以兵救鳳翔，王遣孔勍襲鄜州，虜周彝之族，徙于河中，周彝乃降。是時，岐兵屢敗，而圍久，城中食盡，自天子至後宫皆凍餒。三年正月，茂貞殺韓全誨等二十人，囊其首，示梁軍，約出天子以爲解。甲(子)，天子出幸梁軍，遣使者馳召崔胤，胤託疾不至。王使人戲胤曰："吾未識天子，懼其非是，子來爲我辨之。"天子還至興平，胤率百官奉迎。王自爲天子執轡，且泣且行，行十餘里，止之。見者咸以爲忠。己巳，天子至自鳳翔，素服哭于太廟而後入，殺宦者七百餘人。二月甲戌，天子賜王“回天再造竭忠守正功臣”，以輝王祚爲諸道兵馬元帥，王爲副元帥。王乃留子友倫爲護駕指揮使。曾三異校定曰：三異案，《家人傳》：友倫乃王兄存之子。其後中書上議，亦皆謂之皇姪。以爲天子衛，引兵東歸。天子餞于延喜樓，賜楊柳枝五曲。

初，梁兵已西，青州王師範遣其將劉鄩襲據梁兗州，王已還梁。四月，如鄆州，遣朱友寧攻青州，師範敗之于石樓，友寧死。九月，楊師厚敗青人于臨朐，取其棣州，師範以青州降，而鄩亦降。友倫擊鞠，墮馬死。王怒，以爲崔胤殺之，遣朱友謙殺胤于京師。曾三異校定曰：三異案《家人傳》，殺崔胤者朱友謀，非友謙。其與友倫擊鞠者皆殺之。

自天子奔華州，王請遷都洛陽，雖不許，而王命河南張全義修洛陽宫以待。天祐元年正月，王如河中，遣牙將寇彦卿如京師，請遷都洛陽，并徙長安居人以東。天子行至陜州，王朝于行在，先如東都。是時，六軍諸衛兵已散亡，其從以東者，小黄門十數人，打毬供奉、内園小兒等二百餘人。行至穀水，王教醫官許昭遠告其謀亂，悉殺而代之，然後以聞。由是天子左右皆梁人矣。四月甲辰，天子至自西都。是時晉王李克用、岐王李茂貞、楚王趙匡凝、蜀王王建、吴王楊行密。曾三異校定曰：三異案，《克用本紀》及《茂貞傳》，建、行密《世家》皆書其在唐所授，獨匡凝不書其在唐，此乃闕文。聞梁遷天子洛陽，皆欲舉兵討梁，王大懼。六月，楊崇本復附于岐，王乃以兵如河中，聲言攻崇本，遣朱友恭、氏叔琮、蔣玄暉等行弑，昭宗崩。十月，王朝于京師，殺朱友恭、氏叔琮。十一月，攻淮南，取其光州，攻壽州，不克而旋。二年二月，遣蔣玄暉殺德王裕等九王于九曲池。六月，殺司空裴贄等百餘人。七月，天子復使來賜王“迎鑾紀功碑”。

（下略）

卷二　梁本紀第二

開平元年春正月壬寅，天子使御史大夫薛貽矩來勞軍，宰相張文蔚率百官來勸進。

夏四月壬戌，更名晃。甲子，皇帝即位。自即位以後，大事則書，變古則書，非常則書，意有所示則書，後有所因則書，非此五者，則否。戊辰，大赦。赦文皆曰“大赦天下。”此書“大”，見其志之欲遠及也，不曰天下，實有所不及也。改元，國號梁。封唐主爲濟陰王。謂天子爲唐主，録其本語如此。升汴州爲開封府，建爲東都，以唐東都爲西都，廢京兆府爲雍州。州縣廢置，見《職方考》，惟京都則書之。賜東都酺一日。契丹阿保機使袍笏梅老來。夷狄來，不言朝，不責其禮；不言貢，不貴其物，故書曰“來”。五代亂世，著其屢來，以見夷狄之來不來，不因治亂。而亂世屢來，不足貴也。

五月丁丑朔，以唐相張文蔚、楊涉爲門下侍郎，御史大夫薛貽矩爲中書侍郎、同中書門下平章事。戊寅，渤海、契丹遣使者來。夷狄君臣姓名、官爵，或書或否，不必備，或因其舊史之詳略，但書其來以示意爾。乙酉，封兄全昱爲廣王，子友文博王。友文非子而書子，語在《家人傳》。友珪郢王，友璋福王，友貞均王，友徽建王，姪友諒衡王，友能惠王，友誨邵王。甲午，改樞密院爲崇政院，太府卿敬翔爲使。是月，潞州行營都指揮使李思安及晉人戰，敗績。我敗曰敗績，彼敗曰敗之，文理宜然。已見行營，故戰不言地。

（中略）

八月丁卯，同州蝦蚄蟲生，隰州黄河清。於此書，見不爲瑞也。

九月，括馬。

冬十月己未，講武于繁臺。

十一月壬寅，赦亡命背軍、髡黥刑徒。於好殺之世，小赦必書，見其亦有愛人之意也。

二年春正月丁酉，渤海遣使者來。己亥，卜郊於西都。弑濟陰王。弑，臣子之大惡也。書“濟陰王”，從其實；書“弑”，正梁罪名。

二月辛未，契丹阿保機遣使者來。

三月壬申朔，如西都。幸已至也。如，往而未至之辭。書如，則在道，有事可以書。丙子，如懷州。五代亂世，兵無虚日，不可悉書，故用兵無勝敗，攻城無得失，皆不書。其命大將與天子有所如，自著大事爾。此如懷、澤者，以兵方攻潞州也。丁丑，如澤州。戊寅，封鴻臚李崧萊國公，爲二王後。梁嘗更"戊"曰"武"，而《舊史》悉復爲"戊"。壬午，匡國軍節度使劉知俊爲潞州行營招討使。癸巳，改卜郊。張文蔚薨。

夏四月癸卯，楊涉罷。吏部侍郎于兢爲中書侍郎，翰林學士承旨、禮部侍郎張策爲刑部侍郎、同中書門下平章事。壬子，至澤州。

五月己丑，潞州行營都虞候康懷英及晉人戰于夾城，敗績。築城圍潞，戰于城中，故書地。戊戌，立唐三廟。契丹遣使者來。

六月壬寅，忠武軍節度使劉知俊爲西路行營招討使，以伐岐。用兵之名有四：兩相攻曰攻，以大加小曰伐，加有罪曰討，天子自往曰征。隨事爲文，不得不異，非有褒貶也。己酉，殺金吾衛上將軍王師範，滅其族。當殺曰伏誅，不當殺者以兩相殺爲文。丙辰，劉知俊及岐人戰于漠谷，敗之。

秋九月丁丑，如陝州。以晉人攻晉，絳故也。博王友文留守東都。

（中略）

三年春正月甲戌，如西都。復燃燈以祈福。燃燈，風俗相傳，自天子至於庶人，舉天下同其奢樂，而風俗敝之大者，故録其詔意，則其失可知。庚寅，享于太廟。辛卯，有事于南郊。祀天于南郊。書曰"有事"，録當時語。大赦。丙申，群臣上尊號曰睿文聖武廣孝皇帝。

二月壬戌，講武于西杏園。甲子，延州高萬興叛于岐，來降。唐末之亂，彊弱相併，或去彼來此，不可爲常，難於遽責。至此乃書曰"叛"，始正其定分也。

三月辛未，渤海國王大諲譔遣使者來。甲戌，如河中。以高萬興降，劉知俊兵攻鄜、延故也。山南東道節度使楊師厚爲潞州四面行營招討使。劉知俊取丹州。

夏四月丙午，知俊克延、鄜、坊三州。易得曰"取"，難得曰"克"，文理宜然爾。

五月己卯，至自河中，殺佑國軍節度使王重師。

六月庚戌，劉知俊執佑國軍節度使劉捍，叛附于岐。以身歸曰"降"，以地歸曰“附”，亦文理宜然爾。知俊爲忠武軍節度使，以同州附岐，今直書知俊叛，而不言地，蓋忠武已見上文。辛亥，如陝州。以劉知俊叛故也。乙卯，冀王朱友謙爲同州東面行營招討使。劉知俊奔于岐。丹州軍亂，逐其刺史宋知誨。

秋七月，商州軍亂，逐其刺史李稠，稠奔于岐。乙丑，克丹州，執其首惡王行思。初不知首惡之人，故直曰“軍亂”，既克而推得之也。克丹州，無主將姓名，行思無官爵，又不見伏誅之日，皆舊史失之。乙亥，至自陝州。甲申，襄州軍亂，殺其留後王班。智不足以衛身，才不足以治衆而見殺者，不書死之，而以被殺爲文見死。得其死者，士之大節，不妄以予人。房州刺史楊虔叛附于蜀。

八月辛亥，降死罪囚。辛酉，均州刺史張敬方克房州，執楊虔。

閏月癸酉，契丹遣使者來。己卯，閱稼于西苑。

九月壬寅，行營招討使、左衛上將軍陳暉克襄州，執其首惡李洪。命暉討亂。舊史失不書，至此始見。既克而推得其首惡，故初亦且書軍亂。丁未，保義軍節度使王檀爲潞州東面行營招討使。辛亥，韓建、楊涉罷。太常趙光逢爲中書侍郎、翰林學士承旨，工部侍郎杜曉爲户部侍郎、同中書門下平章事。辛酉，李洪、楊虔伏誅。

冬十一月甲午，日南至，告謝于南郊。南至不必書，因其以至日告謝而書。告謝主用至日，故書之。不曰“有事于南郊”，亦從其本語，蓋比南郊禮差簡。己酉，搜訪賢良。鎮國軍節度使康懷英伐岐。

十二月，懷英克寧、慶、衍三州，及劉知俊戰于升平，敗績。

四年春正月壬辰朔，始用樂。自唐末之亂，禮樂亡，至此始用樂，故書。丁未，講武于榆林。

二月己丑，閱稼于穀水。

秋八月丙寅，如陝州。以岐人、晉人攻夏州故也。河南尹張宗奭留守西都。辛未，護國軍節度使楊師厚爲西路行營招討使以伐岐。

（中略）

（乾化元年）九月辛巳朔，御文明殿，入閤。“御殿”而云“入閤”，録其本語。書之以見禮失，事在《李琪列傳》。此禮其後屢行，皆不書，一書以見其失足矣。庚子，如魏州。以晉人攻魏故也。張宗奭留守西都。

（中略）

二年春二月丁巳，光禄卿盧玭使于蜀。甲子，如魏州。亦以晉人及鎮、定攻相、魏也。張宗奭留守西都。次白馬，殺左散騎常侍孫隲、右諫議大夫張衍、兵部郎中張儁。戊寅，如貝州。

三月丙戌，屠棗彊。書"屠"，著其酷之甚者。丁未，復如魏州。

夏四月己巳，至自魏州。下書"如西都"，則此至東都可知。戊寅，如西都。

五月丁亥，德音降死罪已下囚。德音，赦之小者，從其本名，以著其實。罷役徒，禁屠及捕生。渤海遣使者來。是月，薛貽矩薨。

六月，疾革，郢王友珪反。叛者，背此而附彼，猶臣於人也。反，自下謀上，惡逆之大者也。日月之書不書，雖無義例，而事亦有不得而日。反非一朝一夕，不能得其日，故反者皆不日。戊寅，皇帝崩。年六十一。不書崩處，以異於得其終者。乾化二年十一月，友珪葬之河南伊闕縣，號宣陵。以不得其死，故不書葬。

（下略）

卷三　梁本紀第三

末帝，太祖第三子友貞也。"末"非謚號，從其本語。爲人美容貌，沉厚寡言，雅好儒士。太祖即位，封均王，爲左天興軍使、東京馬步軍都指揮使。

乾化二年六月，太祖遇弑，友珪自立，殺博王友文，以弑帝之罪歸之。以王爲東京留守、開封尹，敬翔爲中書侍郎、同中書門下平章事，户部尚書李振爲崇政院使。

明年，友珪改元曰鳳曆。二月，駙馬都尉趙巖至東都，王私與之謀，遣馬慎交之魏州見楊師厚計事。師厚遣小校王舜賢至洛陽，告左龍虎統軍袁象先使討賊。是時，懷州龍驤屯兵叛，方捕索之，王乃僞爲友珪詔書，發左右龍驤在東都者皆還洛陽，因激怒之曰："天子以懷州屯兵叛，追汝等欲盡坑之。"諸將皆泣，莫知所爲。王曰："先皇帝經營王業三十餘年，今日尚爲友珪所殺，汝等安所逃死乎！”因出太祖畫像示諸將而泣曰：“汝能趨洛陽擒逆賊，則轉禍爲福矣。”軍士皆呼萬歲，請王爲主，王乃遣人趣象先等。庚寅，象先等以禁兵討賊，友珪死，杜曉見殺。象先遣趙巖持傳國寶至東都，請王入洛陽。王報曰：“夷門，太祖所以興王業也，北拒并、汾，東至淮、海，國家藩鎮，多在東方，命將出師，利于便近。”

是月，皇帝即位於東都。即位大事失其日，而書“是月”，見亂之甚。“於東都”，終上文也。復稱乾化三年，復博王友文官爵。

（中略）

貞明元年春正月，存節克徐州。時蔣殷自燔死，故不書“伏誅”。

三月丁卯，趙光逢罷。平盧軍節度使賀德倫爲天雄軍節度使。命官不書，非常而有故則書，此書爲天雄軍亂張本。分其相、澶、衛州爲昭德軍，宣徽使張筠爲節度使。己丑，天雄軍亂，賀德倫叛附于晉。軍亂書首惡，不書而書“德倫叛”，責貴者深也。德倫不可加以首惡，而可責其不死以叛。張彦實首惡，而略不書。彦，微者，德倫可誅而不誅，故以德倫獨任其責。邠州李保衡叛于岐，來附。

夏六月庚寅朔，晉王李存勖入于魏州，遂取德州。

冬十月辛亥，康王友孜反，伏誅。反者不日，誅反者有日，故書。

十一月乙丑，改元。耀州温昭圖叛于岐，來附。

是歲，更名瑱。《舊史》失其日月。

（中略）

（貞明二年）九月，晉人取滄州，横海軍節度使戴思遠奔于京師。晉人克貝州，守將張源德死之。書“死”，得其死也。

（中略）

（貞明四年）是歲，泰寧軍節度使張守進叛附于晉，亳州團練使劉鄩爲兖州安撫制置以討之。舊史不書，亡其月日，故書于歲末，爲明年克兖州張本。

五年春正月，晉軍于德勝。用兵無勝敗不書，此梁、晉得失所繫，故書也。

秋八月乙未朔，開封尹王瓚爲北面行營招討使。

（中略）

龍德元年春，趙將張文禮殺其君鎔來乞師，不許。文禮初爲鎔養子，號王德明，此書張文禮者，從舊史也。

（中略）

（龍德二年）夏閏四月，唐人取鄆州。晉未即位，已自與梁爲敵國，至其建號，於梁無所利害，故不書。唐建號而書"唐人"者，因事而見爾。

（中略）

冬十月甲戌，宣義軍節度使王彥章及唐人戰于中都，敗績，死之。凡官皆不重書，此書者，嫌彥章已罷招討使而與唐戰，蓋罷使而别將兵以戰也。唐人取曹州，盜竊傳國寶奔于唐。戊寅，皇帝崩。年三十六。梁亡。書曰"梁亡"，見唐莊宗之立速也。四月，莊宗立，稱唐。十月梁始亡，見唐不待滅梁而立。

卷四　唐本紀第四

莊宗光聖神閔孝皇帝，其先本號朱邪，蓋出於西突厥。至其後世，别自號曰沙陀，而以朱邪爲姓。

（中略）

（朱邪）執宜死，其子曰赤心。懿宗咸通十年，神策大將軍康承訓統十八將討龐勛於徐州，以朱邪赤心爲太原行營招討沙陀三部落軍使。以從破勛功，拜單于大都護、振武軍節度使，賜姓名李國昌，以之屬籍。沙陀素彊，而國昌恃功益横恣，懿宗患之。十三年，徙國昌雲州刺史、大同軍防禦使，國昌稱疾拒命。

國昌子克用，尤善騎射，能仰中雙鳧，爲雲州守捉使。國昌已拒命，克用乃殺大同軍防禦使段文楚，據雲州，自稱留後。唐以太僕卿盧簡方爲振武節度使，會幽、并兵討之。簡方行至鳳州，軍潰。由是沙陀侵掠代北，爲邊患矣。

明年，僖宗即位，以謂前太原節度使李業遇沙陀有恩，而業已死，乃以其子鈞爲靈武節度使、宣慰沙陀六州三部落使。六州三部落，皆不見其名處，據《唐書》除使有此語爾。以招緝之，拜克用大同軍防禦使。

（中略）

（廣明三年）十一月，遣其弟克修攻昭義孟方立，取其澤、潞二州。方立走山東，以邢、洺、磁三州自別爲昭義軍。昭義軍在唐時跨山東、西，管五州，至是澤、潞入于晉，邢、洺、磁孟氏據之，故當時有兩昭義。黄巢南走至蔡州，降秦宗權，遂攻陳州。四年，克用以兵五萬救陳州，出天井關，假道河陽，諸葛爽不許，乃自河中渡河。四月，敗尚讓於太康，又敗黄鄴于西華。巢且走且戰，至中牟，臨河未渡，而克用追及之，賊衆驚潰。比至封丘，又敗之，巢脱身走，克用追之，一日夜馳三百里，至于冤朐，不及而還。

（中略）

光啓元年，河中王重榮與宦者田令孜有隙，徙重榮兗州，以定州王處存爲河中節度使，詔克用以兵護處存之鎮。克用不僭號，故不稱王。重榮使人紿克用曰："天子詔重榮，俟克用至，與處存共誅之。"因僞爲詔書示克用曰："此朱全忠之謀也。"克用信之，八上表請討全忠，僖宗不許，克用大怒。

（下略）

卷五　唐本紀第五

存勖，克用長子也。初，克用破孟方立于邢州，還軍上黨，置酒三垂崗，伶人奏《百年歌》，至于衰老之際，聲辭甚悲，坐上皆悽愴。時存勖在側，方五歲，克用慨然捋鬚，指而笑曰："吾行老矣，此奇兒也，後二十年，其能代我戰于此乎！"存勖年十一，從克用破王行瑜，遣獻捷于京師。昭宗異其狀貌，賜以鸂鶒卮、翡翠盤，而撫其背曰："兒有奇表，後當富貴，無忘予家。"及長，善騎射，膽勇過人，稍習《春秋》，通大義，尤喜音聲歌舞俳優之戲。

（中略）

燕王劉守光聞晉攻梁深入，乃大治兵，聲言助晉。王患之，乃旋師。（天祐八年）七月，會趙王王鎔于承天軍，劉守光稱帝于燕。九年正月，遣周德威會鎮、定以攻燕，守光求救於梁，梁軍攻趙，屠棗彊，李存審擊走之。八月，朱友謙以河中叛于梁來降，梁遣康懷英討友謙，友謙復臣于梁，而亦陰附于晉。十年十月，劉守光請降，王如幽州，守光背約不降，攻破之。十一年，殺燕王劉守光于太原，用其父仁恭于鴈門。剖心以祭墓也。於是趙王王鎔、北平王王處直奉册推王爲尚書令，始建行臺。七月，攻梁邢州，戰于張公橋，晉軍大敗。

（中略）

同光元年春三月，李繼韜以潞州叛附于梁。

夏四月己巳，皇帝即位，大赦，改元，國號唐。行臺左丞相豆盧革爲門下侍郎，右丞相盧程爲中書侍郎、同中書門下平章事，中門使郭崇韜、昭義監軍張居翰爲樞密使。樞密使，唐故以宦者爲之，其職甚微，至此始參用士人，而與宰相權任鈞矣，故與宰相並書。以魏州爲東京，太原爲西京，鎮州爲北都。

閏月，追尊祖考爲皇帝，妣爲皇后。曾祖執宜、祖妣崔氏皆謚曰“昭烈”，廟號懿祖。祖國昌、祖妣秦氏皆謚曰文景，廟號獻祖。考謚曰武，廟號太祖。立廟于太原。自唐高祖、太宗、懿宗、昭宗爲七廟。追尊祖考，則立廟可知，故皆不書廟。此書者，以立高祖已下四廟故也。此大事也，舊史失其日。壬寅，李嗣源取鄆州。後唐太祖置義兒軍，如李嗣昭等甚衆，初皆賜姓名而不全若子。故書李嗣源者，書其所賜姓名爾，不以子書也，與友文、從珂異。

五月辛酉，梁人取德勝南城。

六月，及王彦章戰于新壘，敗之。是月，盧程罷。

秋八月，梁人克澤州。唐末，澤、潞皆屬晉，梁初已得澤州，至此又屬晉，而梁克之。中間不見晉得澤州年月，蓋舊史闕不書。五代之亂，戰争攻取，彼此得失不常，多類此也。守將裴約死之。

九月戊辰，李嗣源及王彦章戰于遞坊，敗之。

冬十月壬申，如鄆州以襲梁。掩其不備，疾馳而入之，故曰“襲”，文理宜然，無褒貶也。甲戌，取中都。丁丑，取曹州。己卯，滅梁。敬翔自殺。翔爲梁臣，梁所以亡唐，翔之謀爲多。梁之亡也，翔雖死之，不書“死”而書“自殺”，死大節也，見不輕予人。丙戌，貶鄭珏爲萊州司户參軍，蕭頃登州司户參軍。殺李振、趙巖、張漢傑、朱珪，滅其族。己丑，德音降死罪囚，流已下原之。

十一月乙巳，復北都爲鎮州，太原爲北都。丙辰，復汴州爲宣武軍。丁巳，尚書左丞趙光胤爲中書侍郎，禮部侍郎韋説同中書門下平章事。戊午，新羅國王金朴英遣使者來。辛酉，復永平軍爲西都。甲子，如洛京。“洛京”，從當時語。

十二月庚午朔，至自汴州。辛巳，李繼韜伏誅。繼韜之弟繼達殺其兄繼儔于潞州。繼儔以被殺書，非不予其死，蓋繼達殺兄，自當著其罪爾，與書弑其君者同。壬辰，畋于伊闕。

二年春正月，河南尹張全義及諸鎮進暖殿物。己酉，求唐宦者。凡書過惡辭無譏貶者，直書其實而自見也。庚戌，新羅國王金朴英及其泉州節度使王逢規皆遣使者來。乙卯，渤海國王大諲譔使大禹謨來。庚申，如河陽。迎皇太后也。太后曹氏，莊宗母也。莊宗即位，遣盧程奉册爲皇太后。舊史、實録皆無奉册月日，故不書。辛酉，至自河陽。丁卯，七廟神主至自太原，祔于太廟，朝獻于太微宫。戊辰，享于太廟。

二月己巳朔，有事于南郊，大赦。癸酉，群臣上尊號曰昭文睿武光孝皇帝。戊寅，幸李嗣源第。癸未，立劉氏爲皇后。五代十三君，立后者七，辭有不同。立得其正者，曰“以某妃某夫人某氏爲皇后”；其不正者，直曰“立某氏爲皇后”。嫌與得正同爾，無褒貶也。

三月己酉，党項來。庚戌，賜從平汴州及入洛、南郊立仗軍士等功臣。庚申，工部郎中李塗爲檢視諸陵使。唐諸帝陵也。潞州將楊立反。

夏五月壬寅，教坊使陳俊爲景州刺史，内園栽接使儲德源爲憲州刺史。命官不書，此書其甚也。丙辰，渤海國王大諲譔遣使者來。丙寅，李嗣源克潞州。不書命將，舊史闕。

六月丙子，楊立伏誅。己丑，封回紇王仁美爲英義可汗。

秋七月己酉，如雷山，賽天神。夷狄之事也。

八月，大雨霖，河溢。

九月壬子，置水于城門，以禳熒惑。本紀書災不書異，熒惑爲置水，非禮書爾，見其有懼禍之意，而不知畏天以修德。水、旱、風、蝗之類害物者，災也，故書；其變逆常理，不知所以然者，異也，以其不可知，故不書爾。甲寅，幸郭崇韜第。丙辰，黑水遣使者來。

冬十月癸未，左熊威軍將趙暉妻一産三男子。此亦變異而書者，重人事，故謹之。後世以此爲善祥，故於亂世書，以見不然。

十一月癸卯，畋于伊闕。丙午，至自伊闕。書"至"，見其留四日而荒甚。丁巳，回鶻使都督安千想來。

十二月庚午，及皇后幸張全義第。

三年春正月庚子，如東京，毁即位壇爲鞠場。

二月己巳，聚鞠于新場。乙亥，射鴈于王莽河。辛巳，突厥渾解樓、渤海國王大諲譔皆遣使者來。射鴈于北郊。乙酉，射鴨于郭泊。庚寅，射鴈于北郊。

三月乙未，寒食，望祭于西郊。俚俗之祭也，非禮，故書。庚申，至自東京。辛酉，改東京爲鄴都，以洛京爲東都。

夏四月乙亥，及皇后幸郭崇韜、朱漢賓第。旱。庚寅，趙光胤薨。

五月丁酉，皇太妃薨，廢朝五日。太祖正室，於莊宗爲嫡母，書"太妃"及"輟朝"，見亂世禮壞而恩薄。己酉，黑水、女真皆遣使者來。

六月辛未，宗正卿李紓爲昭宗、少帝改卜園陵使。少帝，濟陰王也，梁嘗謚曰"哀皇帝"，唐人謂之"少帝"，從其本語。括馬。

秋七月壬寅，皇太后崩。不書册皇太后，已見上注。

八月癸未，殺河南縣令羅貫。

九月庚子，魏王繼岌爲西川四面行營都統，郭崇韜爲招討使以伐蜀。自六月雨至于是月。丁巳，射鴈于尖山。

冬十月壬午，奚、吐渾、突厥皆遣使者來。戊子，葬貞簡太后于坤陵。

十一月丁未，高麗遣使者來。己酉，蜀王衍降。唐兵入蜀，不攻不戰，君臣迎降，故直書其實，以見下書"殺衍"爲殺降。郭崇韜殺王宗弼及其弟宗渥、宗訓，滅其族。

十二月己卯，畋于白沙。癸未，至自白沙。

閏月辛亥，封弟存美爲邕王，存霸永王，存禮薛王，存渥申王，存乂睦王，存確通王，存紀雅王。

四年春正月壬戌，降死罪以下囚。甲子，魏王繼岌殺郭崇韜及其三子于蜀。實皇后劉氏作教與繼岌，使殺崇韜，而書"繼岌殺"者，繼岌將兵在外，后教非天子命，可止而不止。戊寅，契丹使梅老鞋里來。庚辰，殺其弟睦王存乂及河中護國軍節度使李繼麟，滅其族。乙酉，沙州曹義金遣使者來。丙戌，回鶻阿咄欲遣使者來。丁亥，殺李繼麟之將史武、薛敬容、周唐殷、楊師太、王景、來仁、白奉國，皆滅其族。

二月己丑，宣徽南院使李紹宏爲樞密使。癸巳，鄴都軍將趙在禮反于貝州。反者皆不書日，獨在禮書日，推迹其心可知爾。其事具本傳。蓋在禮初無亂心，以是日見迫而反爾。雖加以大惡之名，猶原其本心而異於佗反者。於此見凡書人善惡，不妄加之也如此。甲午，畋于冷泉。趙在禮陷鄴都，武寧軍節度使李紹榮討之。邢州軍將趙太反，東北面招討使李紹真討之。甲辰，成德軍節度使李嗣源討趙在禮。

三月，趙太伏誅。李嗣源反。博州守將翟建自稱刺史。甲子，殺王衍，滅其族。許其不死，降而殺之，又滅其族，於殺非罪此爲甚，而書無異辭者，前書"衍降"，義自見也。乙丑，如汴州。壬申，次滎澤。龍驤指揮使姚彦温以前鋒軍叛降于李嗣源，嗣源入于汴州。甲戌，至自萬勝。帝至萬勝鎮，聞嗣源已入汴州，乃還。從馬直指揮使郭從謙反。

夏四月丁亥朔，皇帝崩。年四十三。帝尸爲伶人焚之，明宗入洛，得其骨燼。天成元年七月，葬之河南新安縣，號雍陵。至晉避廟諱，更曰伊陵。其不書葬，與梁太祖同。

卷六　唐本紀第六

明宗聖德和武欽孝皇帝，世本夷狄，無姓氏。父霓，爲鴈門部將，生子邈佶烈，以騎射事太祖。爲人質厚寡言，執事恭謹，太祖養以爲子，賜名嗣源。

（中略）

天成元年，實同光四年，而書“天成元年”者，大赦改元文見下可知。《莊宗本紀》自書“同光四年”，各從其所稱，既曰改元，不嫌二號也。郭崇韜、朱友謙皆以讒死，嗣源以名位高，亦見疑忌。趙在禮反於魏，大臣皆請遣嗣源討賊，莊宗不許。群臣屢請，莊宗不得已遣之。

三月壬子，嗣源至魏，屯御河南，在禮登樓謝罪。甲寅，軍變，嗣源入于魏，與在禮合，夕出，止魏縣。丁巳，以其兵南，遣石敬瑭將三百騎爲先鋒。嗣源行過鉅鹿，掠小坊馬二千匹以益軍。壬申，入汴州。

四月丁亥，莊宗崩。己丑，入洛陽。甲午，監國，朝群臣于興聖宫。乙未，中門使安重誨爲樞密使。殺元行欽及租庸使孔謙。壬寅，左驍衛大將軍孔循爲樞密使。丙午，始奠于西宫。曰“始奠”，見其緩也。自己丑入洛，至此二十日矣。皇帝即位于柩前。柩前即位，嗣君之禮也。反逆之臣自立，而用嗣君之禮，書從其實而不變文者，蓋先已書反，正其罪矣。此書其實者，見其猶有自愧之心，而欲逃大惡之名也。易斬縗以衮冕。既用嗣君之禮矣，遽釋縗而服冕，故書以見其情詐。壬子，魏王繼岌薨。諸王薨不書，此書者，見明宗舉兵實反，會從謙弑逆，遂託赴難爲名。及即位時，莊宗元子猶在，則其辭屈矣。甲寅，大赦，改元。渤海國王大諲譔使大陳林來。是月，張居翰罷。

五月丙辰朔，太子賓客鄭珏、工部尚書任圜爲中書侍郎、同中書門下平章事。戊辰，趙在禮爲義成軍節度使。在禮始亂宜誅，而明宗因之以反，命以方鎮報其功也，故書。

六月丁酉，汴州控鶴軍亂，指揮使張諫殺其權知州事高逖。己亥，諫伏誅。

秋七月庚申，安重誨殺殿直馬延于御史臺門。御史臺所以糾百官之不法,殺人于臺門,惡其甚。契丹使梅老述骨來,渤海使大昭佐來。己卯,貶豆盧革爲辰州刺史,韋説叙州刺史。甲申,流革于陵州,説于合州。

八月乙酉朔,陜州硤石縣民高存妻一産三男子。丁酉,以象笏三十二賜百官之無笏者。是時朝廷衰弱之甚,故書。閱稼于冷泉宫。己亥,契丹寇邊。丁未,平盧軍節度使霍彦威殺其登州刺史王公儼。甲寅,醫官張志忠爲太原少尹。

(中略)

(天成二年)二月壬午朔,新羅使張芬來。西川節度使孟知祥殺其兵馬都監李嚴。丙申,赦京師囚。郭從謙爲景州刺史,既而殺之。從謙弑君,不討而命以官,故書。與在禮同罪宜誅而書"殺"者,明宗亦同罪,不得行誅,故以兩相殺書之。戊戌,山南東道節度使劉訓爲南面招討使,以伐荆南。是時荆南自絶於中國而附吴,不足以有罪,書"討"而書"伐",見非内臣,不責其叛。

三月壬子朔,幸會節園。群臣買宴。遊幸若不過度,則小事也,皆不書。惟莊宗及晉出帝之世則書者,著其過度耳。明宗於五代爲勤儉之君,遊幸無過度,此書以著買宴,見君臣之失矣。盧臺軍亂,殺其將烏震。新羅使林彦來。

(中略)

冬十月乙酉,如汴州。宣武軍節度使朱守殷反,馬步軍都指揮使馬彦超死之。己丑,守殷自殺。不書克汴州者,天子自以兵討,未嘗攻戰,直入其城也。佗"自殺"不書,爲書"克州";此不書"克州",故書"自殺"。乙未,殺太子少保致仕任圜。實安重誨矯詔殺之。不書重誨殺者,明宗知而不責,又下詔書誣圜以罪,故以明宗自殺書之。辛丑,德音釋輕繫囚。是月,傳箭于霍彦威。夷狄之事也。

(中略)

四年春正月壬辰,回鶻使掣撥都督來。

二月癸卯,王晏球克定州。王都自焚,故不書"伏誅"。辛酉,晏球獻馘俘。趙敬怡薨。丁卯,崔協薨。庚午,至自汴州。

三月丙戌,殺姪從璨。

夏四月,契丹寇雲州。癸丑,契丹使撩括梅里來求禿餒,殺之。

甲寅，端明殿學士、尚書兵部侍郎趙鳳爲門下侍郎兼工部尚書、同中書門下平章事。

五月己巳，朝群臣，賀朔。不曰“視朝”，而曰“賀朔”，著非禮。視朝常事，自不書爾。五月賀朔，出於道家之説，自唐以來用之，書之，見亂世舉非禮之不急者。此禮其後屢行，皆不復書者，與入閤同。乙酉，追謚少帝曰昭宣光烈孝皇帝。契丹寇雲州。

（中略）

（長興元年）夏四月戊戌，安重誨使河中衙内指揮使楊彦温逐其節度使從珂。壬寅，西京留守索自通、侍衛步軍指揮使藥彦稠討之。辛亥，自通執彦温殺之。彦温雖有罪，有命獲而勿殺，自通擅殺之，故不書“誅”而書“殺”。戊午，群臣上尊號曰聖明神武文德恭孝皇帝。辛酉，吐蕃首領于撥葛來。

五月丁丑，回鶻使孽栗祖來。庚辰，回鶻使安黑連來。

秋七月壬午，訪莊宗子孫瘞所。莊宗子孫而不知瘞所，見明宗舉兵不順，禍害所罹者可哀也。於此始求之，見事緩而無恩也。

八月乙未，忠武軍節度使張延朗爲三司使。三司使始於此，而今遂因之。壬寅，殺捧聖都軍使李行德、大將張儉，滅其族。吐渾來附。封子從榮爲秦王。戊申，海州將王傳極殺其刺史陳宣，叛于吴來降。乙卯，吐渾康合畢來。丙辰，封子從厚爲宋王。

（中略）

十一月庚申朔，秦王從榮受册，謁于太廟。册禮廢於亂世，至此始一行之，故書。丙戌，契丹東丹王突欲來奔。夷狄不可以禮義責，故不曰叛于契丹。

十二月丁未，二王後、祕書丞、酅國公楊仁矩卒，廢朝一日。丁巳，回鶻順化可汗王仁裕使翟末斯來。安重誨討董璋。不命將名，直以樞密使往。沙州曹義金遣使者來。

（中略）

（長興二年）冬十一月戊申，吐蕃遣使者來。辛丑，旌表棣州民邢釗門閭。干戈之世，王道息而禮義亡，民猶有自知孝悌，而時君旌表猶有勸民之意，故兩善而書之。

十二月甲寅朔，除鐵禁。初税農具錢。至今因之，故書。己未，西凉府遣使者來。己巳，回鶻使安永思來。辛未，渤海使文成角來。党項寇方渠。

（中略）

（長興四年）二月戊午，孟知祥使朱滉來。十國外而不書，此書者，知祥本唐臣而反，至此改過自歸，絶之則嫌不許其自新，録之則尚冀其遷善。然其來也，臣禮不備，故如夷狄書之。

三月甲辰，追册晉國夫人夏氏爲皇后。

夏五月戊寅，封子從珂爲潞王。從珂非子而書"子"，與梁博王友文同。從益許王，姪從温兖王，從璋洋王，從敏涇王。丙戌，契丹使述骨來。

秋七月乙未，回鶻都督李末來獻白鶻，命放之。

八月戊申，大赦。

九月戊戌，趙延壽罷。山南東道節度使朱弘昭爲樞密使。

冬十月庚申，范延光罷。三司使馮贇爲樞密使。壬申，幸士和亭，得疾。書"得疾"，爲從榮事詳之。

十一月壬辰，秦王從榮以兵入興聖宫，不克，伏誅。君病不侍疾，以兵求立，罪當誅，故書"伏誅"。其意以謂帝崩矣，懼不得立，而舉兵自助，非反，故不書"反"。乙未，侍衛親軍都指揮使康意誠殺三司使孫岳。戊戌，皇帝崩于雍和殿。年六十七。清泰元年，葬河南洛陽縣，號徽陵。雖得其死，而爲賊所葬，故亦不書葬。

（下略）

卷七　唐本紀第七

愍皇帝，明宗第五子從厚也。爲人形質豐厚，寡言好禮，明宗以其貌類己，特愛之。天成二年，以檢校司徒拜河南尹，判六軍諸衛事，加檢校太保、同中書門下平章事。從厚妃，孔循女也，安重誨怒循以女妻從厚。三年，罷循樞密使，出從厚爲宣武軍節度使。明年，徙鎮河東。長興元年，封從厚宋王，徙鎮成德。二年，徙鎮天雄，累加兼中書令。

四年十一月，秦王從榮伏誅，明宗病甚，遣宦者孟漢瓊召王于鄴，而明宗崩，祕其喪六日。十二月癸卯朔，發喪于西宮，皇帝即位于柩前，群臣見于東階，復于喪位。丙午，成服于西宫。二代五君，於此始見。嗣君即位服喪之事，先君得其終，嗣君得其始，而免禍亂於臣民。於篡亂之世，稀見之事也，故特詳言之。庚戌，登光政門樓，存問軍民。辛亥，殺司衣王氏。癸丑，始聽政。乙卯，殺司儀康氏。丁巳，馮道爲大行皇帝山陵使，户部尚書韓彦惲爲副，中書舍人王延爲判官，禮部尚書王權爲禮儀使，兵部尚書李鏻爲鹵簿使，御史中丞龍敏爲儀仗使，左僕射權判河南府盧質爲橋道頓遞使。丁卯，禫。

應順元年春正月壬申朔，視朝于廣壽殿。著非禮也。乙亥，契丹使都督没辣于來。戊寅，大赦，改元，用樂。回鶻可汗王仁美遣使者來。沙州、瓜州遣使者來。乙未，朱弘昭、馮贇獻錢助作山陵。

閏月丙午，册皇太后。不書姓氏，不曰"册某人爲皇太后"者，母尊不可斥，其事自見於傳也。甲寅，册太妃王氏。北京留守石敬瑭獻銀絹助作山陵。

二月庚寅，視作山陵。鳳翔節度使、潞王從珂反。辛卯，西京留守王思同爲西面行營都部署，静難軍節度使藥彦儔爲副。

三月丙辰，思同兵潰，嚴衛指揮使尹暉、羽林指揮使楊思權以其軍叛降于從珂。辛酉，殺侍衛親軍馬軍都指揮使朱弘實。癸亥，河陽三城節度使康義誠爲鳳翔行營都招討使，王思同爲副。西京副留守劉遂雍叛降于從珂，思同奔歸于京師，不克，死之。丁卯，京城巡檢使安從進叛，殺馮贇，朱弘昭自殺，從進傳其二首于從珂。戊辰，如衛州。不書"帝崩"者，當於《廢帝紀》書"弑鄂王"也。

廢帝，鎮州平山人也。本姓王氏，其世微賤，母魏氏，少寡，明宗爲騎將，過平山，掠得之。魏氏有子阿三，已十餘歲，明宗養以爲子，名曰從珂。及長，狀貌雄偉，謹信寡言，而驍勇善戰，明宗甚愛之。自晉兵戰梁于河上，從珂常立戰功，莊宗呼其小字曰："阿三不徒與我同年，其敢戰亦類我。"

（中略）

（清泰元年）夏四月壬申，入京師，馮道率百官迎王于蔣橋，王辭不見，入哭于西宫，遂見群臣，道拜，王答拜。入居于至德宫。癸酉，以太后令降天子爲鄂王，命王監國。乙亥，皇帝即位。丙子，率河南民財以賞軍。丁丑，借民房課五月以賞軍。戊寅，弑鄂王。義與"弑濟陰王"同。慈州刺史宋令詢死之。乙酉，大赦，改元。戊子，殺康義誠及藥彦稠。義誠叛于愍帝，罪宜曰"誅"，而廢帝同惡相殺，故書"殺"。

（中略）

八月辛未，尚書左丞姚顗爲中書侍郎、同中書門下平章事。許御署官選。御署官，疑是廢帝初舉兵時所置之官，以其非吏部正授，故須有旨方得選。此於事無勸戒，不必書。以舊史不詳，故存所不知，慎傳疑也。

（中略）

二年春二月甲戌，范延光罷。己丑，追尊魯國太夫人魏氏爲皇太后。非嫡母，故詳其爵氏。

三月辛丑，忠武軍節度使趙延壽爲樞密使。

夏五月辛卯，宣徽南院使劉延皓爲樞密使。契丹寇邊。六月癸未，群臣獻添都馬。都者，軍伍之名。

（中略）

（清泰三年）六月癸亥，以令昭爲右千牛衛將軍，權知天雄軍事。佗命官不書"以"，此書"以"者，明令昭猶可"以"。甲戌，宣武軍節度使范延光爲天雄軍四面招討使。

（中略）

閏月甲子，楊光遠殺張敬達，以其軍叛降于契丹。敬達不書"死之"而書"殺"者，敬達大將，宜以義責光遠而誅之。雖不果而見殺，猶爲得死，乃諷光遠殺己以叛，故書之如其志。甲戌，契丹及晉人至于潞州。丁丑，至自河陽。辛巳，皇帝崩。年五十一。帝自焚死，晉高祖命葬其燼骨於徽陵域中。

（下略）

卷八　晉本紀第八

高祖聖文章武明德孝皇帝，其父臬捩鷄本出於西夷，自朱邪歸唐，從朱邪入居陰山。其後晉王李克用起於雲、朔之間，臬捩鷄以善騎射，常從晉王征伐有功，官至洺州刺史。臬捩鷄生敬瑭，其姓石氏，不知其得姓之始也。

（中略）

（天福元年）十一月丁酉，皇帝即位，於《廢帝本紀》書"契丹立晉"，據所見也。於此書"皇帝即位"，以自立爲文，原其心也。晉高祖之反，無契丹之助，亦必自立，蓋其志在於爲帝，故使自任其惡也。國號晉，以幽、涿、薊、檀、順、瀛、莫、蔚、朔、雲、應、新、嬀、儒、武、寰州入于契丹。己亥，大赦，改元掌書記桑維翰爲翰林學士、尚書禮部侍郎、知樞密使事。

閏月丙寅，翰林學士承旨尚書户部侍郎趙瑩爲門下侍郎，桑維翰爲中書侍郎、同中書門下平章事兼樞密使。甲戌，趙德鈞及其子延壽叛于唐來降，契丹鏁之以歸。己卯次河陽，節度使萇從簡叛于唐來降。是日，廢帝猶在。辛巳，至自太原。盧文紀、姚顗罷。甲申，大赦，殺張延朗、劉延朗，赦房暠。

十二月乙酉，如河陽，追降王從珂爲庶人。"王從珂"，從晉人本語。丁亥，司空馮道兼門下侍郎、同中書門下平章事。己丑，曹州指揮使石重立殺其刺史鄭玩。辛卯，御札求直言。癸巳，鎮州牙内都虞候祕瓊逐其節度副使李彦珂、同州裨將門鐸殺其將楊漢賓。庚子，天平軍節度使王建立殺其副使李彦贇。旱。

二年春正月癸亥，安遠軍節度使盧文進叛降於吴。丁卯，天雄軍節度使范延光殺齊州防禦使祕瓊。戊寅，兵部侍郎李崧爲中書侍郎、同中書門下平章事、樞密使，封唐宗室子爲公，及隋酅公爲二王後，以周介公備三恪。唐宗室子，史失其名，書之以見二王後、三恪猶存，不必著其人也。

（中略）

秋七月，從賓陷汜水關，殺巡檢使宋廷浩。壬子，右衛大將軍尹暉叛奔于吴，不克，伏誅。右監門衛大將軍婁繼英叛降于張從賓。義成軍亂，殺戍將侍衛馬步軍都指揮使白奉進。甲寅，戍將奉國指揮使馬萬執符彦饒歸于京師，命殺之于赤岡。彦饒雖有縱軍之罪，被誣以反而見殺，故不書"誅"，曰"命殺"，嫌萬擅殺。乙卯，楊光遠爲魏州行營都招討使。辛酉，杜重威克汜水關。張從賓投河死，故不書"伏誅"。壬申，楊光遠克博州。丙子，安州屯防指揮使王暉殺其節度使周瓌、右衛上將軍李金全討之。金全未至而暉走，見殺，故不書暉反，不書克安州，不書暉誅。

八月丙申，静難軍節度使安叔千進添都馬。乙巳，赦非死罪囚及張從賓、符彦饒、王暉餘黨。

九月，楊光遠進粟。

冬十月辛巳，禁造甲兵。

三年春二月戊戌，諸鎮皆進物以助國。殘民以獻其上，君臣同欲，賄賂公行，至此而不勝其多矣。故總言諸鎮，此後不復書矣。

三月壬戌，回鶻可汗王仁美使翟全福來。丁丑，禁私造銅器。

秋七月辛酉，以皇業錢作受命寶。作寶不必書，皇業錢者，私錢也，天子畜私錢，故書。

八月戊寅，馮道及左僕射劉昫爲契丹册禮使。壬午，澶州刺史馮暉降。丙戌，許御署官選。己丑，蠲水旱民税。辛丑，歸伶官于契丹。高祖以父事契丹，其有所求，不曰"與"，而曰"歸"者，若輸之也。

九月己酉，赦范延光。初，延光請降，高祖不許，延光遂堅壁攻之，久不克，卒悔而赦之，故不書降。己未，歸静鞭官劉守威、金吾勘契官王殷、司天鷄叫學生殷暉于契丹，于闐使馬繼榮來回鶻使李萬金來。己巳，赦魏州，蠲民税。是月，宣徽南院使劉處讓爲樞密使。

（中略）

四年春正月，盜發唐愍皇帝墓。愍帝附于明宗徽陵域中，無陵名，故曰“墓”。晉高祖即位，追謚爲愍皇帝。五代諸帝謚號不可爲法，皆不足道，惟愍帝宜書者，嫌嘗降爲鄂王也，而國亡禮闕，舊史實録皆無奏謚上册月日，故雖當書而不得，因事而見於此爾。辛亥，澶州防禦使張從恩爲樞密副使，旌表深州民李自倫門閭。

（中略）

六年春正月戊寅，封唐叔虞爲興安王，臺駘爲昌寧公。

二月戊申，停買宴錢。三月，除民二年至四年，以前税。見税斂重而民不堪。

（中略）

七年春正月丁巳，克鎮州，安重榮伏誅，赦廣晉。庚午，契丹使達剌來。

三月，歸德軍節度使安彦威塞决河于滑州。

閏月，天興蝗，食麥。

夏五月乙巳，尊皇太妃劉氏爲皇太后。高祖所生母也。

六月丙辰，吐渾使念醜漢來。乙丑，皇帝崩于保昌殿。年五十二。

卷九　晉本紀第九

出帝父敬儒，高祖兄也。爲唐莊宗騎將，早卒，高祖以其子重貴爲子，高祖六子五皆早死而重睿幼，故重貴得立。

（中略）

（天福）七年六月乙丑，高祖崩，皇帝即位于柩前。庚午，使左驍衛將軍石德超以御馬二，撲祭于相州之西山。夷狄之禮也。如京使李仁廓使于契丹，契丹使梅李來。丙子，馮道爲大行皇帝山陵使，門下侍郎竇貞固爲副，太常卿崔棁爲禮儀使，户部侍郎吕琦爲鹵簿使，御史中丞王易簡爲儀仗使。舊史、實録無橋道頓遞使，疑不置，或闕書，漢高祖亦然。己卯，四方館使朱崇節、右金吾衛大將軍梁言使于契丹。

秋七月壬辰，皇祖母劉氏崩，輟視朝三日。高祖所生母也，高祖時尊爲皇太后矣。其崩也，喪葬不用后禮，見恩禮之薄。不書曰："皇太后"者，於帝爲祖母也。曰"崩"，正其名也。丁酉，使石德超撲馬于相州之西山。前已備見，故文省。庚子，大赦。甲辰，契丹使通事來。

八月戊午，高行周克襄州。安從進自焚死，故不書伏誅。庚申，天平軍節度使景延廣、義成軍節度使李守貞、彰德軍節度使郭謹進錢粟助作山陵。甲子，契丹使郎五來。庚午，葬皇祖母於魏縣。癸酉，契丹使其客省使張九思來。

九月辛丑，李守貞爲大行皇帝、山陵都部署。

冬十月己未，契丹使舍利來。庚午，回鶻遣使者來。

十一月，契丹使大卿來。庚寅，葬聖文章武孝皇帝于顯陵。陵在河南壽安縣。五代之亂，至此七君，而不得其死者五。明宗雖善終，而愍帝不克葬，至廢帝時始克葬，故皆不書。至此始見子得葬其父，故并祔廟詳書之。己亥，牛羊使董殷使于契丹。庚子，祔高祖神主于太廟。辛丑，蠲高祖靈車所過民租之半。

十二月庚午，北京留守劉知遠進百頭穹廬。穹廬，夷狄之用也。契丹于越使令骨支來。辛未，又使野里已來。丙子，于闐使都督劉再昇來，沙州曹元深、瓜州曹元忠皆遣使者附再昇以來。旱，蝗。

八年春正月，契丹于越使烏多奥來。

二月壬子，景延廣爲御營使。己未，如東京，赦廣晉府囚。庚申，次澶州，赦囚。乙丑，至自鄴都。庚午，寒食，望祭顯陵于南莊，焚御衣、紙錢。焚衣野祭之類，皆閭巷人之事也。用之天子，見禮樂壞甚。

（中略）

冬十月戊申，立馮氏爲皇后。馮氏於帝爲叔母。壬子，畋于近郊，幸沙臺。丙寅，契丹使通事劉胤來。庚午，括借民粟。

十一月己卯，董殷使于契丹。甲申，幸八角，閱馬牧。乙未，契丹使梅里來。戊戌，齊州刺史楊承祚奔于青州。辛丑，高麗使其廣評侍郎金仁逢來。

十二月癸丑，給事中邊光範、登州刺史郭彦威使于契丹。甲寅，高麗使太相來平盧軍節度使楊光遠反，淄州，刺史翟進宗死之。

開運元年春正月甲戌朔，契丹寇滄州。己卯，陷貝州。庚辰，歸德軍節度使高行周爲北面行營都部署，契丹入鴈門，寇代州。辛巳，殿直王班使于契丹，至于鄴都，不得進而復。晉自高祖以父事契丹甚謹，而歲時遣使，舊史、實録皆不書。至出帝立，使者旁午不絶，不可勝數，故其官卑者皆略而不書，班以不得進，故書。大饑。壬午，前静難軍節度使李周留守東京，景延廣爲御營使。乙酉，北征。丙戌，契丹寇黎陽。辛卯，講武于澶州，契丹屯于元城，趙延壽寇南樂。甲午，劉知遠爲幽州道行營招討使。括馬。丙申，契丹寇黎陽。辛丑，劉知遠及契丹偉王戰于秀容，敗之。博州刺史周儒叛降于契丹。

二月戊申，前軍都虞候李守貞及契丹戰于馬家渡，敗之。癸丑，北面行營都虞候馬全節及契丹戰于北平，敗之。

三月癸酉，及契丹戰于戚城，契丹去。戰而兩各傷失，收兵徐去，晉不能追，故以自去爲文。己丑，冀州刺史白從暉及契丹戰于衡水，敗之。癸巳，籍民爲武定軍。

（中略）

十二月己亥朔，射兔于皐門。丁巳，楊承勳囚其父光遠以降，殺之。出帝已許其不死，已而命李守貞殺之，故不書伏誅。

閏月乙酉，德音赦青州，囚契丹寇恒州。

二年春正月，契丹陷秦州。壬子，馬全節及契丹戰于榆林，兩軍皆潰。戊午，幸南莊，張從恩留守東都。辛酉，高行周爲御營使。乙丑，北征，契丹去。

二月己巳，幸黎陽。横海軍節度使田武爲東北面行營都部署，以備契丹。曰"以備契丹"，嫌契丹已去而命將。丙子，大閲于戚城。丙戌，閲馬於鐵丘。丙申，端明殿學士、尚書户部侍郎馮玉爲户部尚書、樞密使。

（中略）

（開運三年）十二月己未，杜威軍于中渡。壬戌，奉國都指揮使王清及契丹戰于滹沱，敗績，死之。戰將殁于陣、守將殁于城而不書死者，以其志未可知也。或欲走而不得，或欲降而未暇，遽以被殺爾。若不走、不降而死節明者，自書“死”，如清是已。杜威、李守貞、張彦澤以其軍叛，降于契丹。庚午，射兔于沙臺。壬申，張彦澤犯京師，殺開封尹桑維翰。契丹滅晉。出帝雖存，而晉則亡矣，故書滅。

（下略）

卷十　漢本紀第十

高祖睿文聖武昭肅孝皇帝，姓劉氏，初名知遠，其先沙陀部人也。其後世居于太原，知遠弱不好弄，嚴重寡言，面紫色，目多白睛，凜如也。

（中略）

廢帝入立，高祖復鎮河東，已而有隙。高祖將舉兵，知遠與桑維翰密爲高祖謀畫，贊成之。高祖即位於太原，以知遠爲侍衛親軍都虞候，領保義軍節度使。契丹耶律德光送高祖至潞州，臨決，指知遠曰：“此都軍甚操剌，世俗謂勇猛爲“操剌”，録其本語。無大故勿棄之。”

（中略）

（開運四年）二月戊辰，河東行軍司馬張彦威等上牋勸進。辛未，皇帝即位，稱天福十二年。天福，晉高祖年號也。天福止八年，改元開運，至此四年矣。漢雖建國，而未有國號，又稱晉年號，捨開運而追續天福爲十二年，初無義理，但書其實爾。磁州賊首梁暉取相州來歸。變來降曰“來歸”，哀斯人也。是時天下無主，得其主，則往歸之，與乎叛于彼而來於此者異矣。漢高祖非有德之君，惶惶斯人之無所歸者，猶得而歸也，故曰“歸”。武節都指揮使史弘肇取代州，殺其刺史王暉、晉州將藥可儔，殺其守將駱從朗及括錢使諫議大夫趙熙來歸。辛巳，陝州留後趙暉、潞州留後王守恩來歸。

三月丙戌朔，蠲河東雜税。辛卯，延州軍亂，逐其節度使周密。壬辰，丹州指揮使高彦詢以其州來歸。壬寅，契丹遯。聞漢起太原，畏而去，故與自去異其文，"遯"者，退避之稱。以其將蕭翰爲宣武軍節度使，守汴州。

（中略）

六月丙辰，次河陽，殺李從益及其母于京師。甲子，至自太原。戊辰，改國號漢。高祖初建國無國號，蓋其制詔皆無明文，故闕不書。然稱天福十二年，則國仍號晉可知，但無明據，故慎於所疑爾。此書"改國號漢"，則未改之前宜有所稱，此可以推知也。赦罪人，蠲民税，于闐遣使者來。

是夏，劉昫薨。

秋閏七月乙丑，禁造契丹服器。天雄軍節度使杜重威反。杜重威於晉出帝時避出帝名去"重"，至漢而復之。天平軍節度使高行周爲鄴都行營都部署以討之。庚辰，追尊祖考爲皇帝，妣爲皇后。高祖湍，謚曰明元，廟號文祖；祖妣李氏，謚曰明貞。曾祖昂，謚曰恭僖，廟號德祖；祖妣楊氏，謚曰恭。惠祖僎謚曰昭憲，廟號翼祖；祖妣李氏，謚曰昭穆。考琠，謚曰章聖，廟號顯祖；妣安氏，謚曰章懿。以漢高皇帝爲高祖光武皇帝爲世祖，皆不祧。

（中略）

乾祐元年春正月乙卯，大赦，改元。己未，更名暠。丁丑，皇帝崩于萬歲殿。年五十四。

隱帝，高祖第二子承祐也。高祖即位，拜右衛上將軍、大内都點檢魏王承訓長而賢，高祖愛之，方屬以爲嗣。承訓薨。高祖不豫，悲哀疾劇，乃以承祐屬諸將相，宰相蘇逢吉曰：皇子承祐未封，王請亟封之。未及封，而高祖崩，祕不發喪，殺杜重威。

（中略）

夏四月辛巳，陝州兵馬都監王玉克潼關。壬午，永興軍將趙思綰叛附于李守貞，客省使王峻帥師屯于關西。峻不命爲將，又不令討賊，但令以兵實關西，下文乃見命將。楊邠爲中書侍郎兼吏部尚書、同中書門下平章事，郭威爲樞密使，鎮寧軍節度使郭從義爲永興軍兵馬都部署。戊子，保義軍節度使白文珂爲河中兵馬都部署，河決原武。

（中略）

十一月甲寅，殺太子太傅李崧，滅其族。壬申，葬睿文聖武昭肅孝皇帝于睿陵。在河南告成縣。

十二月己卯，彰武軍節度使高允權殺太子太師致仕劉景巖。

二年，隱帝即位至此，宜改元而不改元，具周顯德二年注。而帝名承祐，年名乾祐，舉國臣民共稱而不改避，當時莫大之失，本紀無譏者，但書其實，後世自見也。春正月乙巳朔，赦囚。

（中略）

秋七月丁巳，郭威殺華州留後趙思綰于京兆。甲子，克河中。守貞自焚死，故不書伏誅。

（中略）

三年春正月，西面行營都部署趙暉克鳳翔。景崇自焚死，故不書伏誅。丙午，郭威進添都馬。壬子，趙暉獻馘俘。

（中略）

冬十一月丙子，殺楊邠及侍衛親軍都指揮使史弘肇、三司使王章，皆滅其族。郭威反。庚辰，義成軍節度使宋延渥叛附于威。壬午，威犯封丘。泰寧軍節度使慕容彦超軍于七里店。癸未，勞軍于北郊。甲申，勞軍于劉子陂，慕容彦超及郭威戰敗績。開封尹侯益叛，降于威。郭允明反。乙酉，皇帝崩。年二十。周廣順元年葬之許州陽翟縣，號穎陵，爲賊所葬，故不書。蘇逢吉自殺。漢亡。自隱帝崩後四十二日，周太祖始即位，而斷自帝崩書“漢亡”者，見帝崩而漢已亡矣。其太后臨朝，湘陰公嗣立，皆周所假託，非誠實所以破其姦。故書曰“漢亡”，見周之立遲也，遲而難於自立，則猶有自媿之心焉。

嗚呼！人君即位，稱元年，常事爾，古不以爲重也。孔子未修《春秋》，其前固已如此，雖暴君昏主，妄庸之史，其記事先後遠近，莫不以歲月一二數之，乃理之自然也。其謂一爲元，亦未嘗有法，蓋古人之語爾。古謂歲之一月，亦不云一，而曰正月；《國語》言六吕曰元間大吕；《周易》列六爻曰初九。大抵古人言數多不云一，不獨謂年爲元也。及後世曲學之士，始謂孔子書元年爲《春秋》大法，遂以改元爲重事。

自漢以後，又名年以建元，而正僞紛雜，稱號遂多，不勝其紀也，五代，亂世也，其事無法而不合於理者多矣，皆不足道也。至其年號乖錯以惑後世，則不可以不明。初，梁太祖以乾化二年遇弑，明年末，帝已誅友珪，黜其鳳曆之號，復稱乾化三年，尚爲有説。至漢高祖建國，黜晉出帝開運四年，復稱天福十二年者，何哉？蓋以其愛憎之私爾。方出帝時，漢高祖居太原，常憤憤下視晉，而晉亦陽優禮之，幸而未見其隙。及契丹滅晉，漢未嘗有赴難之意，出帝已北遷方陽，以兵聲言追之，至土門而還。及其即位改元，而黜開運之號，則其用心可知矣。蓋其於出帝無復君臣之義，而幸禍以爲利者，其素志也，可勝歎哉！夫所謂有諸中必形於外者，其見於是乎！

卷十一　周本紀第十一

太祖聖神恭肅文武孝皇帝，姓郭氏，邢州堯山人也。父簡，事晉爲順州刺史。劉仁恭攻破順州，簡見殺。子威少孤，依潞州人常氏。

（中略）

廣順元年春正月丁卯，皇帝即位，大赦，改元，國號周。己巳，上漢太后尊號曰昭聖皇太后。戊寅，漢劉崇自立于太原。吴、蜀諸國自立，皆絶而不書，此書，與其不屈于周，語在《十國年譜論》。己卯，馮道爲中書令。

二月辛丑，西州回鶻使都督來。丁未，契丹使裊骨支來。癸丑，寒食，望祭于蒲池。蒲池，佛寺名也。丁巳，尚書左丞田敏使于契丹。回鶻使摩尼來。

三月甲戌，武寧軍節度使王彦超克徐州。鞏延美、楊温不書"死之"，語在《贇傳》。

（中略）

冬十月丙午，漢人來討，討加有罪。漢之於周，義所得誅。攻自晉州。云"自晉州"者，見漢兵當誅罪人于京師，自晉州而入耳。攻城無得失不書，此書者，許漢來討。

（中略）

（廣順二年）夏五月庚申，東征李穀留守東都，鄭仁誨爲大内都點檢。癸亥，次曹州，赦流罪以下囚。乙亥，克兖州。彦超投井死，故不書伏誅。壬午，赦兖州。

（中略）

（廣順三年）三月甲申，封榮爲晉王。不書“子”者，榮於禮不得爲子，不書“子”則當書其本姓，又不書者，周人所共諱。丙戌，鄭仁誨罷。己丑，棣州團練使王仁鎬爲右衛大將軍、樞密副使。

（中略）

顯德元年春正月丙子朔，有事于南郊，大赦，改元群臣上尊號曰聖明文武仁德皇帝。戊寅，罷鄴都。丙戌，鎮寧軍節度使鄭仁誨爲樞密使。壬辰，端明殿學士户部侍郎王溥爲中書侍郎、同中書門下平章事王仁鎬罷。是日，皇帝崩于滋德殿。年五十一。書“是日”連上文，嫌無崩日。

卷十二　周本紀第十二

世宗睿武孝文皇帝，本姓柴氏，邢州龍岡人也。柴氏女適太祖，是爲聖穆皇后。后兄守禮子榮，幼從姑長太祖家，以謹厚見愛，太祖遂以爲子。太祖後稍貴，榮亦壯，而器貌英奇，善騎射，略通書史黄老，性沉重寡言。太祖爲漢樞密使，榮爲左監門衛將軍。太祖鎮天雄，榮領貴州刺史、天雄軍牙内都指揮使。

（中略）

顯德元年正月丙子，郊，僅而成禮，即以王判内外兵馬事。壬辰，太祖崩，祕不發喪。丙申，發喪。皇帝即位于柩前。於書封晉王，正其非子矣。其餘假竊嗣君之禮，不待譏貶而可知，故皆無異辭。右監門衛大將軍魏仁浦爲樞密副使。

（中略）

三月辛巳，大赦。癸未，鄭仁誨留守東京。乙酉，如潞州以攻漢。

不曰伐，曲在周，不可以大小爲言，故用兩相攻爲文。壬辰，次澤州，閱兵于北郊。癸巳，及劉旻戰于高原，敗之。與其不屈于周，不與其稱帝，故書姓名。追及于高平，又敗之。丁酉，幸潞州。己亥，侍衛馬軍都指揮使樊愛能、步軍都指揮使何徽伏誅。壬寅，天雄軍節度使符彦卿爲河東行營都部署。

夏四月乙卯，葬神聖文武恭肅孝皇帝于嵩陵。在鄭州新鄭縣。汾州防禦使董希顔叛于漢來附。丙辰，遼州刺史張漢超叛于漢來附。辛酉，取嵐、憲州。壬戌，立衛國夫人符氏爲皇后，取石、沁州。乙丑，馮道薨。庚午，赦潞州，流罪以下囚。如太原。忻州監軍李勍殺其刺史趙臯，叛于漢來附。

（中略）

二年。五代亂世，以嗣君即位者五，而改元不依古者四。梁末帝、晉出帝即位踰年，宜改元而不改，又明年然後改，漢隱帝、周世宗皆仍稱先帝年號，終其世不改，而本紀無譏者，但書其實，自見其失也。春二月，御札求直言。

（中略）

（顯德三年）三月庚子，内外馬步軍都軍頭袁彦爲竹龍都部署。是月，取光、舒、常州。書"是月"，見取三州不同日。

（中略）

十一月庚寅，廢諸祠不在祀典者。乙巳，殺李景之臣孫晟。書"殺景臣"而不書晟死，蓋已深罪周殺忠臣，則臣之死節自著。

四年春正月己丑朔，赦非死罪囚。

二月甲戌，王朴留守東京。乙亥，南征。

三月丁未，克壽州。不書劉仁贍降，事見《死節傳》。蓋仁贍實不降，故書周自克之爾。"克"者，難取之名也，壽難取，則見仁贍之節著。不書"死之"者，仁贍自以病死，以其守節至死，故列之《死節傳》。

（中略）

十二月乙卯，泗州守將范再遇叛于唐，以其州來降。庚申，濠州團練使郭廷謂以其州來降。身居其地而來降者書"附"，再遇、廷謂雖以地降，既降而不居其地，故不書附而書降。廷謂不書“叛”，事見《南唐世家》。丁丑，取泰州。

五年春正月丁亥，取海州。壬辰，取静海軍。丁未，克楚州，守將張彦卿、鄭昭業死之。自四年十二月辛酉攻之，彦卿等堅守四十餘日，乃克之，其不走不降可知，故予其死。本紀書“死”者十餘人，宋令詢及李遐、彦卿、昭業皆以事迹不完，不能立傳。然所貴者死爾，本紀著其大節可矣。

二月甲寅，取雄州。丁卯，如揚州。癸酉，如瓜州。

三月壬午朔，如泰州。丁亥，復如揚州。辛卯，幸迎鑾。己亥，克淮南十有四州，以江爲界。并前所得通十四州耳，書之，見其本志所止。三月辛亥，李景來買宴。

（中略）

六年春正月，高麗王昭遣使者來。辛酉，女真使阿辨來。

三月己酉，甘州回鶻來獻玉，却之。庚申，王朴薨。丙寅，宣徽南院使吴延祚留守東京。癸酉，停給銅魚。甲戌，北征。是月，吴延祚爲左驍衛上將軍、樞密使。夏四月壬辰，取乾寧軍。辛丑，取益津關，以爲霸州。癸卯，取瓦橋關，以爲雄州。州縣廢置不書，此書，重復中國故地。世宗下三關，瓦橋、益津以建州及見，淤口關止置寨，故舊史、實録皆闕不書，遂不見其取得時日，今信安軍是也。

五月乙巳朔，取瀛州。復中國故地，故不書“契丹”。甲戌，至自雄州。

六月癸未，立皇后符氏。符氏無國爵，不曰立符氏爲皇后，嫌同於不正也。蓋其位先定而後娶，故書曰“立皇后符氏”，文理宜然，無褒貶也。封子宗訓爲梁王，宗讓燕國公。戊子，占城使莆訶散來。己丑，范質、王溥参知樞密院事，魏仁浦同中書門下平章事。癸巳，皇帝崩于滋德殿。年三十九。

恭皇帝，世宗第四子宗訓也。世宗即位，大臣請封皇子爲王，世宗謙抑久之。及北取三關，遇疾還京師，始封宗訓梁王，時年七歲。

（中略）

冬十一月壬寅，葬睿武孝文皇帝于慶陵。在鄭州管城縣。高麗遣使者來。

七年春正月甲辰，遜于位。宋興。五代之亡，所書不同，隨事爲文爾。“梁亡”見唐之速，“漢亡”見周之遲也。唐欺天下以討賊，周欺天下以立贇。故書“梁亡”，見唐之立速，則知其志不在於討賊也；“漢亡”見周之立遲，則知立贇者僞也。唐亡無辭，莊宗之弑，唐已亡矣。而明宗又稱唐，愍帝之奔，唐又亡矣。而廢帝又稱唐，其亡也不可以屢書，故不書也。晉亡曰“契丹滅晉”，明言以深戒。周曰“遜于位”，遜，順也，能順乎天命也。

嗚呼！五代本紀備矣！備謂喪亂之事無所不有。君臣之際，可勝道哉！梁之友珪反唐，戕克寧而殺存乂、從璨，則父子骨肉之恩幾何其不絶矣。太妃薨而輟朝，立劉氏、馮氏爲皇后，則夫婦之倫幾何其不乖而不至於禽獸矣。寒食野祭而焚紙錢，居喪改元而用樂，殺馬延及任圜，則禮樂刑政幾何其不壞矣。至於賽雷山、傳箭而撲馬，則中國幾何其不夷狄矣。可爲亂世也歟！而世宗區區五六年間，取秦隴，平淮右，復三關威武之聲震懾夷夏，而方内延儒學文章之士，考制度，修通禮、定正樂、議刑統，其制作之法，皆可施於後世。其爲人明達英果，議論偉然。即位之明年，廢天下佛寺三千三百三十六。是時中國乏錢，乃詔悉毁天下銅佛像以鑄錢，嘗曰：“吾聞佛説以身世爲妄，而以利人爲急，使其真身尚在，苟利於世，猶欲割截，况此銅像，豈有所惜哉？”由是群臣皆不敢言。嘗夜讀書見唐元稹、均田圖，慨然歎曰：“此致治之本也。王者之政自此始。”乃詔頒其圖法，使吏民先習知之，期以一歲大均天下之田，其規爲志意豈小哉！其伐南唐，問宰相李穀以計策後克淮南，出穀疏，使學士陶穀爲贊，而盛以錦囊，嘗置之坐側。其英武之材，可謂雄傑，及其虚心聽納，用人不疑，豈非所謂賢主哉！其北取三關，兵不血刃，而史家猶譏其輕社稷之重，而僥倖一勝於倉卒，殊不知其料彊弱、較彼我而乘述律之殆得不可失之機。此非明於決勝者，孰能至哉？誠非史氏之所及也。

列傳 四十五卷 徐注二十四條

卷十四　唐家人傳第二

莊宗五子：長曰繼岌，其次繼潼、繼嵩、繼蟾、繼嶢。繼岌母曰劉皇后，其四皆不著其母名號。

（中略）

同光三年，詔以皇子繼嵩、繼潼、繼蟾、繼嶢皆爲光禄大夫、檢校司徒，蓋其皆幼，故不封。當莊宗遇弑時，太祖子孫在者十有一人。明宗入立，其四人見殺，其餘皆不知其所終。太祖之後，遂絶。梁、唐《家人傳》皆先兄弟而後諸子，兄弟之子，各從其父，此理之常也。至莊宗七弟所書事迹，不以長幼爲次者，各因其死之先後而書之，便於述事爾，無定法也。

卷十八　漢家人傳第六

高祖皇后李氏，晉陽人也。其父爲農，高祖少爲軍卒，牧馬晉陽，夜入其家，劫取之。高祖已貴封魏國夫人，生隱帝。

（中略）

周太祖入京師，舉事皆稱太后誥。已而議立湘陰公贇爲天子，贇未至，太祖乃請太后臨朝。已而太祖出征契丹，軍士擁之以還。太祖請事太后爲母。太后誥曰："侍中功烈崇高，德聲昭著，剪除禍亂，安定家邦，謳歌有歸，歷數攸屬，所以軍民推戴，億兆同歡。老身未終殘年，屬此多難，唯以衰朽，託於始終。載省來牋，如母見待，感認深意，涕泗横流。"於是遷后於太平宫，上尊號曰昭聖皇太后。顯德元年春，崩。隱帝，舊史、實録皆無皇后。帝立三年崩，時年二十，蓋未嘗立后也。

（中略）

楊邠等死，信大喜，謂其僚佐曰："吾嘗謂天無眼，而使我鬱鬱於此者三年矣！主上孤立，幾落賊手，諸公可以勸我一杯矣。"已而聞難作，信憂不能食。周太祖軍變於澶州，王峻遣前申州刺史馬鐸以兵巡檢許州，信乃自殺。周太祖即位，追封蔡王。《傳》先贇而後信，亦便於述事爾。

卷二十三　梁臣傳第十一

楊師厚，潁州斤溝人也。少事河陽李罕之，罕之降晉，選其麾下勁卒百人獻于晉王，師厚在籍中。師厚在晉，無所知名。後以罪奔于梁。梁太祖以爲宣武軍押衙、曹州刺史。梁攻王師範，師厚戰臨朐，擒其偏將八十餘人，取棣州，以功拜齊州刺史。

（中略）

是時，梁兵攻趙，久無功，太祖病卧洛陽，少間，乃自將北擊趙。師厚從太祖至洹水，夜行迷失道。明旦，次魏縣，聞敵將至，梁兵潰亂不可止，久之無敵，乃定。已而太祖疾作，乃還。明年少間，而晉軍攻燕，燕王劉守光求援於梁，太祖爲之擊趙以牽晉，屯於龍花，遣師厚攻棗彊，三月一作日。不能下。太祖怒，自往督戰，乃破，屠之，進圍蓨縣。晉史建瑭以輕兵夜擊梁軍，梁軍大擾，太祖與師厚皆棄輜重南走。太祖還東都，師厚留屯魏州。明年，太祖遇弑，友珪自立，師厚乘間殺魏牙將潘晏、臧延範等，逐出節度使羅周翰，友珪因以師厚爲天雄軍節度使。

（中略）

賀瓌，字光遠，濮州人也。事鄆州朱宣爲都指揮使。梁太祖攻朱瑾于兗州，宣遣瓌與何懷寶、柳存等以兵萬人救兗州。瓌趨待賓館，欲絶梁餉道。梁太祖略地至中都，得降卒，言瓌等兵趨待賓館矣，以六壬占之，得“斬關”，卦名。以爲吉，乃選精兵夜疾馳百里，期先至待賓以逆瓌，而夜黑，兵失道，旦至鉅野東，遇瓌兵擊之，瓌等大敗。瓌走，梁兵急追之。瓌顧路窮，登塚上大呼曰：“我賀瓌也，可勿殺我。”太祖馳騎取之，并取懷寶等數十人，降其卒三千餘人。是日，大風揚沙蔽天，太祖曰：“天怒我殺人少邪？”即盡殺降卒三千人，而縶瓌及懷寶等至兗城下以招瑾，瑾不納，因斬懷寶等十餘人，而獨留瓌。瓌感太祖不殺，誓以身自效。從太祖平青州，以爲曹州刺史。太祖即位，累遷相州刺史。末帝時，遷左龍虎統軍，宣義軍節度使。

貞明元年，魏兵亂，賀德倫降晉，晉王入魏州，劉鄩敗于故元城，走黎陽，貝、衛、洺、磁諸州皆入于晉。晉軍取楊劉，末帝乃以瓌爲招討使，與謝彦章等屯于行臺。晉軍迫瓌十里而栅，相持百餘日。瓌與彦章有隙，伏甲殺之。莊宗喜曰："將帥不和，梁亡無日矣。"乃令軍中歸其老疾於鄴，以輕兵襲濮州。環自行臺躡之，戰于胡柳陂，晉人輜重在陣西，環軍薄之，晉軍亂，斬其將周德威，盡取其輜重。環軍已勝，陣無石山，日暮，晉軍仰攻之，環軍下山擊晉軍，環大敗，晉遂取濮州，城德勝，夾河爲柵。環以舟兵攻南柵，不能得，還軍行臺，以疾卒，年六十二。贈侍中。有子光圖。凡言有子某者，皆仕皇朝有聞。

卷二十四　唐臣傳第十二

安重誨，應州人也。其父福遷，事晉爲將，以驍勇知名。梁攻朱宣于鄆州，晉兵救宣，宣敗，福遷戰死。

重誨少事明宗，爲人明敏謹恪。明宗鎮安國，以爲中門使。及兵變于魏，所與謀議大計，皆重誨與霍彦威決之。明宗即位，以爲左領軍衛大將軍、樞密使，兼領山南東道節度使。固辭不拜，改兵部尚書，使如故。在位六年，累加侍中兼中書令。

（中略）

嗚呼！官失其職久矣！予讀梁宣底，見敬翔、李振爲崇政院使，凡承上之旨，宣之宰相而奉行之。宰相有非其見時而事當上決者，與其被旨而有所復請者，則具記事而入，"記事"，若今學士院諮報，今士大夫間以文字相往來謂之"簡帖"，俚俗猶謂之"記事"也。因崇政使聞，得旨則復宣而出之。梁之崇政使，乃唐樞密之職，蓋出納之任也。唐常以宦者爲之，至梁戒其禍，始更用士人。其備顧問、參謀議于中則有之，未始專行事于外也。至崇韜、重誨爲之，始復唐樞密之名，然權侔於宰相矣。後世因之，遂分爲二，文事任宰相，武事任樞密，樞密之任既重，而宰相自此失其職也。

卷二十七　唐臣傳第十五

藥彦稠，沙陀三部落人也。初爲騎將，明宗即位，拜澄州刺史。

從王晏球破王都定州，遷侍衛步軍部虞候，領壽州節度使。安重誨矯詔遣河中指揮使楊彦温逐其節度使潞王從珂，以彦稠爲招討使。明宗疑彦温有所説，戒彦稠得彦温毋殺，將訊之。彦稠希重誨旨，殺彦温以滅口，明宗大怒，然不之罪也。

（中略）

潞王從珂反，彦稠爲招討副使，王思同兵潰，彦稠與思同俱東走，爲潞王兵所得，囚之華州獄，已而殺之。晉高祖立，贈侍中。彦稠與思同俱以敗走，時愍帝猶在，唐未亡，二人走歸國，於節未虧，異於元行欽之走也。然思同辭義不屈，其死可嘉。彦稠直被執見殺爾，餘無可稱，故不列於《死事》。

卷二十九　晉臣傳第十七

吴巒，字寶川，鄆州盧縣人也。少舉明經不中。清泰中，爲大同沙彦珣節度判官。晉高祖起太原，召契丹爲援。契丹過雲州，彦珣出城迎謁，爲契丹所虜。城中推巒主州事，巒即閉門拒守，契丹以兵圍之。高祖入立，以雲州入于契丹，而巒猶守城不下，契丹圍之凡七月，高祖義巒所爲，乃以書告契丹，使解兵去。高祖召巒，以爲武寧軍節度副使、諫議大夫、復州防禦使。

出帝即位，與契丹絶盟，河北諸州皆警，以謂貝州水陸之衝，緩急可以轉餉，乃積芻粟數十萬。以王令温爲永清軍節度使，令温牙將邵珂，素驕狠難制，令温奪其職。珂閑居無憀，乃陰使人亡入契丹，言貝州積粟多而無兵守，可取。令温以事朝京師，心頗疑珂，乃質其子崇範以自隨。晉大臣以巒前守雲州七月，契丹不能下，乃遣巒馳驛代令温守貝州。巒善撫士卒，會天大寒，裂其帷幄以衣士卒，士卒皆愛之。珂因求見巒，願自效，巒推心信之。開運元年正月，契丹南寇，圍貝州，巒命珂守南門。契丹圍三日，四面急攻之，巒從城上投薪草，焚其梯衝殆盡。已而珂自南門引契丹入，巒守東門方戰，而左右報珂反，巒顧城中已亂，即投井死。而令温家屬爲契丹所虜。出帝憫之，以令温爲武勝軍節度使。後累歷方鎮。周顯德中卒。令温，瀛州河間人也。王令温疑邵珂而質其子矣，鑾不能察其姦，反委以兵。及契丹入貝州，又不拒戰，遽投井死。其死不足貴，故不列於《死事》。

卷三十三　死事傳第二十一

嗚呼甚哉！自開平訖于顯德，終始五十三年而天下五代，士之不幸而生其時，欲全其節而不二者，固鮮矣。於此之時，責士以死與必去，則天下爲無士矣。然其習俗遂以苟生不去爲當然。至於儒者，以仁義忠信爲學，享人之禄、任人之國者不顧其存亡，皆恬然以苟生爲得，非徒不知愧而反以其得爲榮者，可勝數哉！故吾於死事之臣有所取焉，君子之於人也，樂成其美而不求其備，況死者人之所難乎？吾於五代得全節之士三人而已。其初無卓然之節，而終以死人之事者，得十有五人焉，而戰没者不得與也。然吾取王清史彦超者，其有旨哉，其有旨哉！作《死事傳》。不能立傳者五人：馬彦超附《朱守殷傳》，宋令詢、李遐、張彦卿、鄭昭業見於本紀而已。

夏魯奇，字邦傑，青州人也。唐莊宗時，賜姓名曰李紹奇。其後莊宗賜姓名者，皆復其故。

（中略）

唐師伐荆南，以魯奇爲招討副使，無功而還，徙鎮武信，東川董璋反，攻遂州，魯奇閉城拒之，旬月救兵不至，城中食盡，魯奇自刎死。年四十九。吴鑾兵猶可戰而不戰，魯奇食盡力窮而死，故取捨異。

王思同，幽州人也。其父敬柔，娶劉仁恭女，生思同。思同事仁恭爲銀胡簶指揮使，仁恭爲其子守光所囚，思同奔晉，以爲飛勝指揮使。梁、晉相拒于莘，遣思同築壘楊劉，以功遷神武十軍都指揮使，累遷鄭州防禦使。思同爲人敢勇，善騎射，好學，頗喜爲詩，輕財重義，多禮文士，然未嘗有戰功。

（中略）

應順元年二月，潞王從珂反鳳翔，馳檄四鄰，言姦臣幸先帝疾病，賊殺秦王而立幼嗣，侵弱宗室，動摇藩方，陳己所以興兵討亂之狀，因遣伶奴安十十以五絃謁思同，欲因其懽以通意。是時，諸鎮皆懷嚮背，所得潞王書檄，雖以上聞，而不絶其使。獨思同執十十及從珂所使推官郝詡等送京師。愍帝嘉其忠，即以思同爲西面行營馬步軍都部署。三月，會諸鎮兵圍鳳翔，破東西關城，從珂兵弱而守甚堅，外兵傷死者衆，從珂登城呼外兵而泣曰：吾從先帝二十年，大小數百戰，甲不解體，金瘡滿身，士卒固嘗從我矣。今先帝新棄天下，而朝廷信用姦人，離間骨肉，我實何罪而見伐乎？因慟哭。士卒聞者，皆悲憐之。興元張虔釗攻城西，督戰甚急，士卒苦之，反兵攻虔釗，虔釗走。羽林指揮使楊思權呼曰："潞王，吾主也。"乃引軍自西門入降從珂。而思同未知，猶督戰。嚴衛指揮使尹暉麾其衆曰："城西軍入城受賞矣，何用戰邪？"士卒解甲棄仗，聲聞數里，遂皆入城降。諸鎮之兵皆潰。思同挺身走，至長安，西京副留守劉遂雍閉門不納，乃走潼關，從珂引兵東，至昭應，前鋒追執思同。從珂責曰："罪可逃乎？"思同曰："非不知從王而得生，恐終死不能見先帝於地下。"從珂媿其言，乃殺之。漢高祖即位，贈侍中。思同東走，將自歸于天子，與元行欽走異，故予其死。

張敬達，字志通，代州人也。小字生鐵。少以騎射事唐莊宗爲廳直軍使。明宗時，爲河東馬步軍都指揮使，領欽州刺史，累遷彰國、大同軍節度使，徙鎮武信、晉昌。

（中略）

敬瑭求救于契丹。九月，契丹耶律德光自鴈門入，旌旗相屬五千餘里。德光先遣人告敬瑭曰："吾欲今日破敵，可乎？"敬瑭報曰："大兵遠來，而賊勢方盛，要在成功，不必速也。"使者未復命，而兵已交。

敬達陣於西山。契丹以羸騎三千，革鞭木鐙，人馬皆不甲冑，以趨唐軍，唐軍争馳之。契丹兵走，追至汾曲，伏發，斷唐軍爲二，其在北者皆死，死者萬餘人。敬達收軍栅晉安，契丹圍之，廢帝遣趙延壽、范延光等救之。延壽屯團柏谷，延光屯遼州，相去皆百餘里。契丹兵圍敬達者，自晉安寨南，長百餘里，闊五十里，敬達軍中望之，但見穹廬連屬如岡阜，四面亘以毛索，掛鈴爲警，縱犬往來，敬達軍中有夜出者，輒爲契丹所得，由是閉壁不敢復出。延壽等皆有二心，無救敬達意。敬達猶有兵五萬人、馬萬匹。久之食盡，削木篩糞以飼其馬，馬死者食之，已而馬盡。副招討使楊光遠勸敬達降晉，敬達自以不忍背唐而救兵且至，光遠促之不已。敬達曰："諸公何相迫邪？何不殺我而降？"光遠即斬敬達降。契丹耶律德光聞敬達死，哀其忠，遣人收葬之。本紀責其不誅光遠而諷其殺己以降賊，故不書死而書如其志。而傳録其死者，終嘉其不降也。然己雖不屈而諷人降賊，故不得爲死節。

卷三十九　雜傳第二十七

王鎔，其先回鶻阿布思之遺種，曰没諾干，爲鎮州王武俊騎將，武俊録以爲子，遂冒姓王氏。没諾干子曰末坦活，末坦活子曰昇，昇子曰廷湊，廷湊子曰元逵，元逵子曰紹鼎、紹懿，紹鼎子曰景崇。自昇以上三世，常爲鎮州騎將，自景崇以上四世五人，皆爲成德軍節度使。景崇官至守太尉，封常山郡王。唐中和二年卒。子鎔立，年十歲。

（中略）

其後梁太祖下晉、邢、洺、磁三州，乃爲書詔。古本作招。鎔，使絶晉而歸。梁鎔依違不決。一作訣。晉將李嗣昭復取洺州，梁太祖擊敗嗣昭，嗣昭棄洺州走。梁獲其輜重，得鎔與嗣昭書，多道梁事，太祖怒，因移兵常山，顧謂葛從周曰："得鎮州以與爾，爾爲我先鋒。"從周至臨城，中流矢，卧輿中，梁軍大沮。梁太祖自將傅城下，焚其南關。鎔懼，顧其屬曰："事急矣，奈何！"判官周式，辨士也，對曰："此難于力争而可以理奪也。”式與梁太祖有舊，因請入梁軍。太祖望見式，罵曰：“吾常以書招鎔不來，今吾至此，而爾爲説客，晚矣。且晉吾仇也，而鎔附之。吾知李嗣昭在城中，可使先出。”乃以所得鎔與嗣昭書示式，式進曰：“梁欲取一鎮州而止乎，而欲成霸業於天下也？且霸者責人以義而不私，今天子在上，諸侯守封睦鄰，所以息争，且休民也。昔曹公破袁紹，得魏將吏與紹書，悉焚之，此英雄之事耳。今梁知兵舉無名，而假嗣昭以爲辭。且王氏五世六公撫有此土，豈無死士，而待嗣昭乎？”梁太祖大喜，起牽式衣而撫之曰：“吾言戲耳。”因延式於上坐，議與鎔和。鎔以子昭祚爲質，梁太祖以女妻之。太祖即位，封鎔趙王。

（中略）

羅紹威，字端己，其先長沙人。祖讓，北遷爲魏州貴鄉人。父弘信，爲牧馬監，卒。文德元年，魏博牙軍亂，遂古本作逐。殺其帥樂彦貞，立其將趙文建爲留後，已而又殺之，牙將未知所立，乃聚呼曰：“孰能爲我帥者？”弘信從衆中出，應曰：“我可爲君等帥也。”弘信狀貌奇怪，面色青黑，軍中異之，共立爲留後。唐昭宗即位，拜弘信節度使。

（中略）

魏博自田承嗣始有牙軍，牙軍歲久益驕。至紹威時已二百年，父子世相婚姻以自結。前帥史憲誠、何全皡、韓君雄、樂彦貞等皆由牙軍所立，怒輒遂古本作逐字。殺之。紹威爲人精悍明敏，通習吏事，爲政有威嚴，然其家世由牙軍所立。天祐二年，魏州城中地陷，紹威懼有變。已而牙校李公佺作亂，紹威誅之，乃間遣使告梁乞兵，欲盡誅牙軍。梁太祖許之，爲遣李思安等攻滄州，召兵於魏，紹威因悉發魏兵以從，獨牙軍在。

（下略）

卷四十　雜傳第二十八

李茂貞，深州博野人也。本姓宋，名文通，爲博野軍卒，戍鳳翔。

黄巢犯京師，鄭畋以博野軍擊賊，茂貞以功自隊長遷軍校。

（中略）

茂貞表其子繼密權知興元軍府事，昭宗乃徙茂貞爲山南西道節度使，以宰相徐彦若鎮鳳翔，茂貞不奉詔，上表自論曰："但慮軍情忽變，戎馬難羈，徒令甸服生靈，因兹受幣，未審乘輿播越，自此何之？"昭宗以茂貞表辭不遜，不能忍，以問宰相杜讓能，讓能以謂："茂貞地大兵彊，而唐力未可以致討。鳳翔又近京師，易以自危，而難於後悔。佗日雖欲誅晁錯以謝諸侯，恐不能也。"昭宗怒曰："吾不能孱孱坐古本作生受淩弱。"乃責讓能治兵，而以覃王嗣周爲京西招討使，令下，京師市人皆知不可相，與聚承天門，遮宰相請無舉兵，争投瓦石擊宰相，宰相下輿而走，亡其堂印，人情大恐。昭宗意益堅，覃王率扈駕軍五十四都戰于盩厔，唐軍敗潰，茂貞遂犯京師，屯于三橋。昭宗御安福門，殺兩樞密以謝茂貞，使罷兵，茂貞與讓能素有隙，因曰："謀舉兵者非兩樞密，乃讓能也。"陳兵臨臯驛，請殺讓能。讓能曰："臣固先言之矣，惟殺臣可以紓國難。"昭宗泣下沾襟貶讓能雷州司户參軍，賜死，茂貞乃罷兵。

（中略）

初，茂貞破楊守亮取興元，而邠、寧、鄜坊皆附之，有地二十州，其被梁圍也，興元入于蜀，開平已後，邠、寧、鄜坊入于梁，秦、鳳、階、成又入于蜀，當梁末年所有七州而已。二十州者，岐、隴、涇、原、渭、武、秦、成、階、鳳、邠、寧、慶、衍、鄜、坊、丹、延、梁、洋也。

卷四十二　雜傳第三十

朱宣，宋州下邑人也。少從其父販鹽爲盜，父抵法死，宣乃去事青州節度使王敬武爲軍校，敬武以隸其將曹全晸。中和二年，敬武遣全晸入關與破黄巢。還過鄆州，鄆州節度使薛崇卒，其將崔君預自稱留後。全晸攻殺君預，遂據鄆州。宣以戰功，爲鄆州馬步軍都指揮使。已而全晟死，軍中推宣爲留後。唐僖宗即拜宣天平軍節度使。

梁太祖鎮宣武，以兄事宣。太祖新就鎮，兵力尚少，數爲秦宗權所困，太祖乞兵於宣。宣與其弟瑾以兗、鄆之兵救汴，大破蔡兵，走宗權。是時，太祖已襲取滑州，稍欲并吞諸鎮。宣、瑾既還，乃馳檄兗、鄆，言宣、瑾多誘宣武軍卒亡以東，乃發兵收亡卒，因攻之，遂爲敵國，苦戰曹、濮間。是時，梁又東攻徐州，西有蔡賊，北敵强晉，宣、瑾兄弟自相首尾，然卒爲梁所滅。

乾寧四年，宣敗走中都，爲葛從周所執，斬于汴橋下。今流俗以宣瑾兄，於名加"王"者，非也。

（下略）

卷六十　職方考第三

（上略）

自唐有方鎮，而史官不録於地理之書，以謂方鎮兵戎之事，非職方所掌故也。然而後世因習以軍目地而没其州名。若今永興，本節度軍名，而今命守臣遂曰知永興軍府事，而不言雍州京兆，是也。又今置軍者，徒以虚名升建，爲州府之重，此不可以不書也。州縣凡唐故而廢於五代，若五代所置而見于今者及縣之割隸，今因之者皆宜列以備職方之考。其餘嘗置而復廢。嘗改割而復舊者，皆不足書。山川物俗職方之掌也。五代短世，無所遷變，故亦不復録而録其方鎮軍名，以與前史互見之云。

卷六十一

嗚呼！自唐失其政，天下乘時，黥髡盜販，衮冕峨巍。吴暨南唐，姦豪竊攘，蜀險而富，漢險而貧，貧能自彊，富者先亡。閩陋荆蹙，楚開蠻服，剥剽弗堪，吴越其尤。牢牲視人，嶺蜑遭劉，百年之間，並起争雄。山川亦絶，風氣不通。語曰：清風興，群陰伏；日月出，爝火息。

故真人作而天下同。作《十國世家》。

吴世家第一

（上略）

嗚呼！盜亦有道，信哉！行密之書，稱行密爲人寬仁雅信，能得士心。其將蔡儔叛於廬州，悉毁行密墳墓。及儔敗，而諸將皆請毁其墓以報之。行密嘆曰："儔以此爲惡，吾豈復爲邪？"嘗使從者張洪負劍而侍洪拔劍擊行密，不中，洪死，復用洪所善陳紹負劍，不疑。又嘗罵其將劉信，信忿，奔孫儒，行密戒左右勿追，曰："信豈負我者邪？其醉而去，醒必復來。"明日果來。行密起於盜賊，其下皆驍武雄暴，而樂爲之用者以此也。故二世四主垂五十年，及渥已下，政在徐温，於此之時，天下大亂，中國之禍，篡弑相尋，而徐氏父子，區區詐力，裴回三主，不敢輕取之，何也？豈其恩威亦有在人者歟？據《吴録》《運曆圖》《九國志》皆云行密以唐景福元年再入揚州，至晉天福二年爲李昪所篡，實四十六年。而《舊唐書》《舊五代史》皆云大順二年入揚州，至被篡，四十七年。《吴録》，徐鉉等撰，《運曆圖》，龔穎撰，二人皆江南故臣，所記宜得實。而唐末喪亂，中朝文字多差失，故今以鉉、穎所記爲定。

卷六十二　南唐世家第二

（上略）

予世家江南，其故老多能言李氏時事，云太祖皇帝之出師南征也。煜遣其臣徐鉉朝于京師。鉉居江南，以名臣自負。其來也，欲以口舌馳説存其國，其日夜計謀思慮言語應對之際詳矣。及其將見也，大臣亦先入請，言鉉博學有材辯，宜有以待之。太祖笑曰："第去，非爾所知也。"明日，鉉朝于庭，仰而言曰：李煜無罪，陛下師出無名。太祖徐召之升，使畢其説，鉉曰："煜以小事大，如子事父，未有過失，奈何見伐？"其説累數百言。太祖曰："爾謂父子者爲兩家可乎？"鉉無以對而退。嗚呼，大哉，何其言之簡也。蓋王者之興，天下必歸于一統，其可來者來之，不可者伐之，僭僞假竊，期於掃蕩一平而後已。予讀周世宗《征淮詔》，怪其區區捃摭前事，務較曲直以爲辭，何其小也。然世宗之英武有足喜者，豈爲其辭者之過歟？據湯悦所撰《江南録》云："景以保大十五年正月，改元交泰，是歲盡獻淮南十四州，畫江爲界。"保大十五年，乃周顯德四年也。按《五代舊史》及《世宗實録》，顯德四年十月壬申，世宗方復南征。五年正月丙午，始克楚州。二月己亥，景始盡獻淮南諸州，畫江爲界，當是保大十六年也。悦等南唐故臣，記其目見之事，何其差繆！而《九國志》《紀年通譜》之類，但以悦書爲正，不復參校，遂皆差一年。至於景滅閩國是保大四年，《江南録》書於三年，亦差一年，已見《閩世家》注。或疑景立踰年而改元，則滅閩國當爲三年，周取淮南當爲十五年不差，但《江南録》誤於景立之年改元保大，所以當差一年也。今知不然者，以諸書參校，閩人殺王延羲，當晉開運元年，周師始伐南唐當顯德二年，據景以初立之年即改元，則開運元年爲保大二年，顯德二年爲保大十三年。今《江南録》書延羲被殺於二年，周師始伐於十三年，則是景立之年改元，不誤，而悦等書滅王氏、割淮南自各差一年爾。昪自晉天福二年建國，至皇朝開寶八年國滅，凡三十九年。

卷六十三　前蜀世家第三

（上略）

夫破人之惑者，難與爭於篤信之時，待其有所疑焉，然後從而攻之可也。麟、鳳、龜、龍，王者之瑞，而出於五代之際，又皆萃于蜀，此雖好爲祥瑞之説者，亦可疑也。因其可疑而攻之，庶幾惑者有以思焉。據《前蜀書》《運曆圖》《九國志》皆云建以唐大順二年入成都爲西川節度使，天復七年九月建號，明年正月改元武成，今以爲定。惟《舊五代史》云"龍紀元年入成都，天祐五年建號改元"者，謬也。至後唐同光三年，蜀滅，則諸書皆同。自大順二年至同光三年，凡三十五年。

卷六十四　後蜀世家第四

孟知祥，字保胤，邢州龍岡人也。其叔父遷，當唐之末，據邢、洺、磁三州，爲晉所虜。晉王以遷守澤潞。梁兵攻晉，遷以澤潞降梁。知祥父道，獨留事晉而不顯。及知祥壯，晉王以其弟克讓女妻之，以爲左教練使。莊宗爲晉王，以知祥爲中門使。前此爲中門使者多以罪誅，知祥懼，求他職。莊宗命知祥薦可代己者，知祥因薦郭崇韜自代，崇韜德之。知祥遷馬步軍都虞候。莊宗建號，以太原爲北京，以知祥爲太原尹、北京留守。

（中略）

昶，知祥第三子也。知祥爲兩川節度使，昶爲行軍司馬，知祥僭號，以昶爲東川節度使、同中書門下平章事。知祥病，昶監國，知祥已卒，而祕未發喪。王處回夜過趙季良，相對泣涕不已。季良正色曰："今彊侯握兵，專伺時變，當速立嗣君以絶非望，泣無益也。"處回遂與季良立昶而後發喪，昶立，不改元，仍稱明德，至五年始改元曰廣政。

（中略）

昶至京師，拜檢校太師兼中書令，封秦國公，七日而卒，追封楚王。其母李氏爲人明辯，甚見優禮，詔書呼爲國母。嘗召見，勞之曰："母善自愛，無戚戚思蜀，他日當送母歸。"李氏曰："妾家本太原，儻得歸老，故鄉，不勝大願。"是時劉鈞尚在。太祖大喜曰："俟平劉鈞，當如母願。"昶之卒也，李氏不哭，以酒酹地，祝曰："汝不能死社稷，苟生以取羞，吾所以忍死者，以汝在也。吾今何用生爲？"因不食而卒。其餘事具國史。知祥興滅年數甚明，諸書皆同。蓋自同光二年乙酉入蜀，至皇朝乾德三年乙丑國滅，凡四十一年。惟《舊五代史》云同光三年丙戌至乾德三年乙丑四十年者，謬也。

卷六十五　南漢世家第五

劉隱，其祖安仁，上蔡人也。後徙閩中，商賈南海，因家焉。父謙，爲廣州牙將。唐乾符五年，黃巢攻破廣州，去略湖、湘、間、廣州，表謙封州刺史、賀江鎮遏使以禦梧、桂以西，歲餘，有兵萬人，戰艦百餘艘。謙三子曰隱、台、巖。

（中略）

（大寶）十三年，詔潭州防禦使潘美出師。師次白霞。鋹遣龔澄樞守賀州，郭崇岳守桂州，李托守韶州以備。是歲秋，潘美平賀州。十月，平昭州，又平桂州。十一月，平連州，鋹喜曰："韶、桂、連、賀，本屬湖南，今北師取之足矣，其不復南也。"其愚如此。十二月，平韶州。開寶四年正月，平英、雄二州。鋹將潘崇徹先降，師次瀧頭，鋹遣使請和，求緩師。二月，師度馬逕。鋹遣其右僕射蕭漼奉表降。漼行，鋹惶迫，復令整兵拒命，美等進師。鋹遣其弟祥王保興率文武詣美軍降，不納。龔澄樞、李托等謀曰："北師之來，利吾國寶貨爾，焚爲空城，師不能駐，當自還也。"乃盡焚其府庫、宫殿。鋹以海舶十餘，悉載珍寶、嬪御，將入海，宦官樂範竊其舟以逃歸。師次白田，鋹素衣白馬以降，獻俘京師，赦鋹爲左千牛衛大將軍，封恩赦侯。其後事具國史。隱興滅年世，諸書皆同。蓋自唐天祐二年隱爲廣州節度使，至皇朝開寶四年國滅，凡六十七年。《舊五代史》以梁貞明三年龑僭號爲始，故曰五十五年爾。

卷六十六　楚世家第六

周行逢，武陵人也，與王進逵俱爲静江軍卒，事希萼爲軍校。進逵攻邊鎬，行逢别破益陽，殺李景兵二千餘人，擒其將李建期。進逵爲武安軍節度使，拜行逢集州刺史，爲進逵行軍司馬。進逵與劉言有隙行，逢爲畫謀策，遂襲殺言。進逵據武陵，行逢據潭州。

（中略）

行逢卒，子保權立，文表聞之，怒曰："行逢與我起微賤而立功名，今日安能北面事小兒乎！"遂舉兵叛，攻下潭州。保權乞師於朝廷，亦命楊師璠討文表，告以先人之言，感激涕泣，師璠亦泣，顧其軍曰：汝見郎君乎？年未成人而賢若此。軍士奮然，皆思自効。師璠至平津亭，文表出戰，大敗之。初，保權之乞師也，太祖皇帝遣慕容延釗討文表，未至，而文表爲師璠所執。延釗兵入朗州，保權舉族朝于京師。其後事具國史。殷自唐乾寧二年入湖南，至周廣順元年，凡五十七年，餘具《年譜》注。

卷六十七　吴越世家第七

（上略）

嗚呼！天人之際，爲難言也。非徒自古術者好奇而幸中。至於英豪草竊亦多自託於妖祥，豈其欺惑愚衆，有以用之歟？蓋其興也，非有功德漸積之勤，而黥髡盜販，倔起於王侯，而人亦樂爲之傳歟？考錢氏之始，終非有德澤施其一方，而百年之際，虐用其人甚矣。其動於氣象者，豈非其孽歟！是時四海分裂，不勝其暴，又豈皆然歟？是皆無所得而推歟？術者之言不中者多而中者少，而人特喜道其中者歟？繆世興滅，諸書皆同。蓋自唐乾寧二年爲鎮海、鎮東軍節度使兼有兩浙，至皇朝太平興國三年國除，凡八十四年。

卷六十八　閩世家第八

王審知，字信通，光州固始人也。父恁世爲農，兄潮爲縣史。

（中略）

審知同光三年卒，年六十四，謚曰忠懿。子延翰立。

延翰字子逸，審知長子也。同光四年，唐拜延翰節度使。是歲，莊宗遇弑，中國多故，延翰乃取司馬遷《史記》閩越王無諸傳，示其將吏曰："閩，自古王國也，吾今不王，何待之有？"於是軍府將吏上書勸進。十月，延翰建國稱王，而猶稟唐正朔。

（中略）

鏻，審知次子也。唐即拜鏻節度使，累加檢校太師、中書令，封閩王。

（中略）

繼鵬，鏻長子也。既立，更名昶，改元通文，以李倣判六軍諸衛事。倣有弑君之罪，既立昶，而心常自疑，多養死士以爲備，昶患之，因大享軍，伏甲擒倣殺之，梟其首于市。倣部曲千人叛，燒啓聖門，奪倣首，奔於錢唐。

（中略）

延羲，審知少子也。既立，更名曦，遣使者朝貢于晉，改元永隆。鑄大鐵錢，以一當十。

（中略）

延政，審知子也。曦立，爲淫虐，延政數貽書諫之。曦怒，遣杜建崇監其軍，延政逐之。曦乃舉兵攻延政，爲延政所敗。延政乃以建州建國稱殷，改元天德。

（中略）

留從効聞延政降唐，執王繼勳送于金陵。李景以泉州爲清源軍，以從効爲節度使。景已破延政，遣人召李仁達，使入朝，仁達不從，遂降于吴越，而留從効亦逐景守兵據泉、漳二州。景猶封從，効晉江王。周世宗時，從効遣牙將蔡仲興爲商人，間道至京師，求置邸内屬。是時，世宗與李景畫江爲界，遂不納，從効仍臣于南唐。其後事具國史。晉開運三年丙午，南唐保大四年也。是歲，李景兵破建州，王氏滅。《江南録》云“保大三年，虜王氏之族，遷于金陵”，謬也。據王潮實以唐景福元年入福州，拜觀察使。而後人紀録者，乃用“騎馬來，騎馬去”之讖以爲據，遂以王潮光啓二年歲在丙午拜泉州刺史爲始年，至保大四年歲復在丙午而滅，故爲六十一年。然其奄有閩國，則當自景福元年爲始，實五十五年也。今諸家記其國滅丙午是也，其始年則牽於讖書，謬矣。惟《江南録》又差其末年也。

卷六十九　南平世家第九

高季興，字貽孫，陝州硤石人也。本名季昌，避後唐獻祖廟諱，更名季興。季興少爲汴州富人李讓家僮。梁太祖初鎮宣武，讓以入貲得幸，養爲子，易其姓名曰朱友讓。季興以友讓故得進見。太祖奇其材，命友讓以子畜之，因冒姓朱氏，補制勝軍使，遷毅勇指揮使。

（中略）

天成三年冬卒，年七十一，謚曰武信。季興子九人，長子從誨立。

從誨字遵聖。季興時，入梁爲供奉官，累遷鞍轡庫使，賜告歸寧，季興遂留爲馬步軍都指揮使、行軍司馬。季興卒，吴以從誨爲荆南節度使。從誨以父自絶于唐，懼復見討，乃遣使者聘于楚。楚王馬殷爲之請命于唐，而從誨亦遣押衙劉知謙奉表自歸，進贖罪銀三千兩，明宗納之。長興元年正月，拜從誨節度使，追封季興楚王，謚曰武信。三年，封從誨渤海王。應順元年，封南平王。

（中略）

保融字德長。從誨時爲節度副使，兼峽州刺史。從誨卒，拜節度使。廣順元年，封渤海郡王。顯德元年，進封南平王。世宗征淮，保融遣指揮使魏璘率兵三千，出夏口以爲應。又遣客將劉扶奉牋南唐，勸其内附。李景稱臣，世宗得保融所與牋，大喜，賜以絹百匹。荆南自後唐以來，數歲一貢京師，而中間兩絶。及世宗時，無歲不貢矣。保融以謂器械金帛，皆土地常産，不足以効誠節，乃遣其弟保紳來朝，世宗益嘉之。

（中略）

保勖字省躬，從誨第十子也。保融卒，拜節度使。三年，保勖疾，謂其將梁延嗣曰："我疾遂不起，兄弟孰可付之後事者？"延嗣曰："公不念貞懿王乎？先王寢疾，以軍府付公，今先王子繼冲長矣。"保勖曰："子言是也。"即以繼冲判内外兵馬。十一月，保勖卒，年三十九，贈侍中。保融之子繼冲立。

繼冲，字成和，保勖卒，拜節度使。

（中略）

乾德元年，有事于南郊，繼冲上書願陪祠。九月，具文告三廟，率其將吏、宗族五百餘人朝于京師，拜武寧軍節度使以卒。光憲拜黄州刺史。其後事具國史。季興興滅年世甚明，諸書皆同。蓋自梁開平元年鎮荆南，至皇朝乾德元年國除，凡五十七年。

卷七十　東漢世家第十

劉旻，漢高祖母弟也。初名崇，爲人美鬚髯，目重瞳子。少無賴，嗜酒好博，嘗黥爲卒。高祖事晉爲河東節度使，以旻爲都指揮使。高祖即帝位，以爲太原尹、北京留守、同中書門下平章事。隱帝時，累加中書令。

（中略）

承鈞，旻次子也。少頗好學，工書。旻卒，承鈞遣人奉表契丹，自稱男。述律答之以詔，呼承鈞爲兒，許其嗣位。初，旻常謂張元徽等曰："吾以高祖之業，賫之寃，義不爲郭公屈爾，期與公等勉力以復家國之讎，至於稱帝一方，豈獲已也？顧我是何天子，爾亦是何節度使？"故其僭號仍稱乾祐，不改元，不立宗廟，四時之祭，用家人禮。承鈞既立，始赦境内，改乾祐十年曰天會元年，立七廟於顯聖宫。

（中略）

繼恩本姓薛氏，父釗爲卒，旻以女妻之，生繼恩，漢高祖以釗婿也，除其軍籍，置之門下。釗無材能，高祖衣食之，而無所用。妻以旻女常居中，釗罕得見，釗常怏怏，因醉拔佩刀刺之，傷而不死。釗即自裁。旻女後適何氏，生子繼元，而何氏及旻女皆卒。旻以其子承鈞無子，乃以二子命承鈞養爲子。

（中略）

初，承鈞之語郭無爲也。繼恩怨無爲不助己。及立，欲逐之而未果，故霸榮之亂，人皆以謂無爲之謀。霸榮死，口滅而無知者，無爲迎，繼元而立之。

繼元爲人忍。旻子十餘人，皆無可稱者。當繼元時，有鎬、鍇、錡、錫於繼元爲諸父，皆爲繼元所殺。獨銑以佯愚獲免。承鈞妻郭氏，繼元兄弟自少母之。繼元妻段氏，嘗以小過爲郭氏所責，既而以它疾而卒，繼元疑其殺之。及立，遣嬖者范超圖殺郭氏，郭氏，方縗服哭承鈞于柩前，超執而縊殺之，於是劉氏之子孫無遺類矣。

（中略）

太平興國四年，王師復北征，繼元窮窘，而并人猶欲堅守。其樞密副使馬峯老疾居于家,昪入見繼元,流涕以興亡諭之。繼元乃降。太宗御城北高臺受降,以繼元爲右衛上將軍,封彭城公。其後事具國史。旻年世興滅,諸書皆同。自周廣順元年建號,至皇朝太平興國四年國滅,凡二十八年,餘具《年譜》注。

卷七十一　十國世家年譜第十一

（上略）

或問:十國固非中國有也,然猶命以封爵,而稱中國年號來朝貢者,亦有之矣,本紀之不書,何也?曰:封爵之不書,所以見其非中國有也。其朝貢之來如夷狄,以夷狄書之則甚矣。問者曰:四夷十國,皆非中國有也。四夷之封爵朝貢則書,而十國之不書,何也?曰:以中國而視夷狄,夷狄之可也。以五代之君而視十國,夷狄之則未可也。故十國之封爵、朝貢不如夷狄,則無以書之,書如夷狄,則五代之君未可以夷狄之也。是以外而不書,見其自絶於中國焉。爾問者曰:外而不書,則東漢之立何以書?曰:吾於東漢,常異其辭於九國也。春秋因亂世而立治法本紀以治法而正亂君。世亂則疑難之事多,正疑處難,敢不慎也。周、漢之事,可謂難矣哉!或謂,劉旻嘗致書于周,求其子贇不得而後自立。然則旻之志不以忘漢爲讎,而以失子爲讎也。曰:漢嘗詔立贇爲嗣,則贇爲漢之國君,不獨爲旻子也。旻之大義,宜不爲周屈。其立雖未必是,而義當不屈于周,此其可以異乎九國矣。終旻之世,猶稱乾祐,至承鈞立,然後改元,則旻之志豈不可哀也哉!十國年世,惟楚、閩、東漢三國諸家之説不同,而互有得失,最難考正。今略其諸説而正其是者,庶幾博覽者不惑,而一以《年譜》爲正也。馬氏,據《湖湘故事》《九國志》《運曆圖》並云,殷以長興元年卒,是歲,子希聲立,長興三年卒。而《五代舊史》殷列傳云,殷長興二年卒,享年七十八,子希聲立,不周歲而卒;明宗本紀長興元年,書希聲除節度使,起復,三年八月,又書希聲卒。今據《九國志》,殷以大中六年歲在壬申生,享年七十九。蓋自大中壬申至長興元年庚寅,實七十九年,爲得其實。而希聲,據《湖湘故事》《九國志》《運曆圖》皆以三年卒,與明宗本紀皆合,不疑。惟《舊史》書殷卒二年,及年七十八,希聲立不周歲卒爲繆爾。

希萼、希崇之亂，南唐盡遷馬氏之族歸於金陵。《五代舊史》云，時廣順元年也。而《運曆圖》云乾祐二年馬氏滅者，繆也。初，殷入湖南，掘地得石，讖云："龍起頭，猪掉尾。"蓋殷以乾寧三年歲在丙辰，自立於湖南，至廣順元年辛亥而滅。《九國志》以乾祐三年爲辛亥，《湖湘故事》以顯德元年爲辛亥者，皆繆也。惟《五代舊史》得其實。王氏世次，曰潮、曰審知、曰延翰、曰鏻、曰昶、曰曦、曰延政，凡七主。而潮以唐景福元年歲在壬子始入福州，至開運三年丙午而滅，實五十五年。當云七主五十五年，爲得其實。而《運曆圖》云五十六年，《九國志》《五代舊史》《紀年通譜》《閩中實録》《閩王列傳》皆云七主六十年者，皆繆也。審知，《五代舊史》本傳云，同光元年十二月卒，《九國志》亦云同光元年卒。《運曆圖》同光三年卒。今檢《五代舊史》莊宗本紀，同光二年五月丙午，審知加檢校太師守中書令，豈得卒于元年也？又至四年二月庚子，福建副使王延翰奏稱權知軍府事，三月辛亥，遂除延翰威武軍節度使。以此推之，審知卒當在同光三年十二月，蓋閩去京師遠，明年二月延翰之奏始至京師，理當然也。又據《閩王列傳》《九國志》，皆云審知在位二十九年。審知以唐乾寧四年嗣位，是歲丁巳，至同光三年乙酉，實二十九年。則《運曆圖》爲是，而《舊史》《九國志》元年卒者，皆繆也。鏻本名延鈞，《五代舊史》本傳云在位十二年，《九國志》云在位十一年，《閩王列傳》《紀年通譜》皆云在位十年。蓋鏻以天成元年殺延翰自立，是歲丙戌，至清泰二年乙未，實十年而卒，與《閩王列傳》合，而《舊史》《九國志》皆繆也。鏻以清泰二年改元永和，是歲見殺，而《舊史》《九國志》《運曆圖》皆無永和之號，又《運曆圖》書鏻見殺在天福元年丙申者，皆繆也。劉旻，《九國志》云，乾祐七年十一月旻卒，享年六十，子承鈞立，時年二十九。乾祐七年，乃顯德元年也。而《五代舊史》《周世宗實録》《運曆圖》《紀年通譜》皆云顯德二年冬旻卒。又有旻僞中書舍人王保衡《晉陽見聞要録》云，旻乙卯生，卒年六十一，子承鈞立。承鈞丙戌生，立時年二十九。保衡是旻之臣，其親所見聞，所得最實，然而頗爲轉寫差誤爾。按保衡書旻乙卯生，若享年六十一，當於乙卯歲卒，則是顯德二年也。又書承鈞丙戌生，立時年二十九，則當是顯德元年甲寅歲也。豈有旻卒於二年，承鈞以元年嗣位？理必不然。以《九國志》參較，旻享年六十，顯德元年卒，承鈞以是歲嗣位，時年二十九，爲得其實，但《見聞要録》衍"一"字爾。其云二年卒者皆繆也。《九國志》又云，承鈞立，服喪三年，至乾祐九年服除，改十年爲天會元年，當是顯德四年。而《紀年通譜》以顯德三年爲天會元年者，繆也。晉與梁爲敵國，自稱天祐者二十年，故首列於《年譜》，其後遂滅梁而爲唐，故不列於世家。

卷七十三　四夷附録第二

（上略）

嗚呼！自古夷狄服叛，雖不繫中國之盛衰，而中國之制夷狄，則必因其彊弱。予讀《周日曆》，見世宗取瀛漠、定三關，兵不血刃，而史官譏其以王者之師，馳千里而襲人，輕萬乘之重於萑葦之間，以僥倖一勝。夫兵法決機因勢，有不可失之時。世宗南平淮甸，北伐契丹，乘其勝威，擊其昏殆。世徒見周師之出何速，而不知述律有可取之機也。是時述律以謂周之所取皆漢故地，不足顧也。然則十四州之故地，皆可指麾而取矣。不幸世宗遇疾，功志不就，然瀛漠三關，遂得復爲中國之人，而十四州之俗，至今陷於夷狄，彼其爲志，豈不可惜，而其功不亦壯哉！夫兵之變化屈伸，豈區區守常談者所可識也！

（中略）

契丹謂（胡）嶠曰："夷狄之人豈能勝中國？然晉所以敗者主暗而臣不忠。"因具道諸國事，曰"子歸，悉以語漢人，使漢人努力事其主，無爲夷狄所虜，吾國非人境也。"嶠歸，録以爲《陷虜記》云。契丹年號，諸家所記，舛繆非一，莫可考正。惟嘗見於中國者可據也。據耶律德光"立晉高祖册文"云"惟天顯九年歲次丙申"，是歲乃晉天福元年，推而上之，得唐天成三年戊子，爲天顯元年。按《契丹附録》，德光與唐明宗同年而立，立三年改元天顯，與此正合矣。又據開運四年，德光滅晉入汴，肆赦，稱會同十年，推而上之，得天福三年爲會同元年。是天顯盡十年，而十一年改爲會同矣。惟此二者，其據甚明，餘皆不足考也。《附録》所載夷狄年號，多略不書，蓋無所用，故不必備也。

附　編

交遊詩文

懷嵩樓晚飲示徐無黨無逸

滁山不通車，滁水不載舟。舟車路所窮，嗟誰肯來遊。念非吾在此，二子來何求。不見忽三年，見之忘百憂。問其别後學，初若繭緒抽。縱横漸組織，文章爛然浮。引伸無窮極，卒斂以軻丘。少進日如此，老退誠可羞。弊邑亦何有，青山繞城樓。泠泠谷中泉，吐溜彼山幽。石醜駭溪怪，天奇瞰龍湫。子初如可樂，久乃歎以愀。云此譬圖畫，暫看已宜收。荒涼草樹間，暮館城南陬。破屋仰見星，窗風冷如鎪。歸心中夜起，輾轉卧不周。我爲辦酒肴，羅列蛤與蝉。酒酣微探之，仰笑不頷頭。曰予非此儂，又不負譴尤。自非世不容，安事此爲囚。幸以主人故，崎嶇幾摧輈。一來勤已多，而況欲久留。我語頓遭屈，顔慚汗交流。川塗冰已壯，霰雪行將稠。羨子兄弟秀，雙鴻翔高秋。嗈嗈飛且鳴，歲暮憶南州。飲子今日歡，重我明日愁。來貺辱已厚，贈言愧非酬。

宋歐陽修《歐陽文忠公集》卷三

有馬示徐無黨

吾有千里馬，毛骨何蕭森。疾馳如奔風，白日無留陰。徐驅當大道，步驟中五音。馬雖有四足，遲速在吾心。六轡應吾手，調和如瑟琴。東西與南北，高下山與林。惟意所欲適，九州可周尋。至哉人與馬，兩樂不相侵。伯樂識其外，徒知價千金。王良得其性，此術固已深。良馬須善馭，吾言可爲箴。

宋歐陽修《歐陽文忠公集》卷五

送徐生秀州法曹

一笑暫相從，結交方恨晚。猶茲簿領困，況爾東南遠。落帆淮口暮，采石江洲暖。黄鵠可寄書，惟嗟雙翅短。

宋歐陽修《歐陽文忠公集》卷五十三

喜雪示徐生

清穹一作空凛冬威，旱野渴天澤。經旬三尺雪，萬物變顔色。愁雲嘘不開，慘慘連日夕。寒風借天勢，豪忽肆陵轢。空枝凍鳥雀，凝不避彈弋。長河寂無聲，厚地若龜坼。陰階夜自照，缺瓦晨復積。貯潔瑩冰壺，量深埋玉尺。凝陰反窮剥，陽九兆初晝。春回百草心，氣動黄泉脈。堅冰雖未破，土潤已潛釋。常聞老農語，一臘見三白。是爲豐年候，占驗勝蓍策。天兵血西陲，萬轍走供億。嗟予愧疲俗，奚術肥爾瘠。惟幸歲之穰，兹惠豈人力。非徒給租調，且可銷盗賊。從今潔舗廪，期共飽粹麥。

宋歐陽修《歐陽文忠公集》卷五十三

和徐生假山

匠智無遺巧，天形極幽探。謂我愛山者，爲山列前檐。頽垣不數尺，萬嶮由心潛。或開如斷裂，或吐似谺谽。或長隨靡迤，或瘦露崆嵌。陰一作險穴覰杳杳，高屏立巉巉。後出忽孤聳，群奔沓相參。霮若氣融結，突如鬼鎸鑱。昔歲貶荆楚，扁舟極東南。孤山馬當夾，兩岸臨江潭。常恨江水惡，輕風不留帆。峰巒千萬狀，可愛不可談。但欲借粉繪,圖之挂紈縑。豈如几席間,百態生濃纖。暮雲點新翠,孤煙起朝嵐。况此窮冬節,陰飈積凝嚴。幽齋喜深處,遠目生遐瞻。晝卧不移枕,晨興自開簾。吾聞君子居,出處無常占。卷道或獨善,施物仁貴兼。於時苟無益,懷禄古所慙。嵩山幸不遠,薇蕨豈不甘。自可結幽侣,披雲老溪巖。胡爲不即往,一室安且恬。辱子贈可愧,因詩以自讒。

宋歐陽修《歐陽文忠公集》卷五十四

讀梅氏詩有感示徐生

子美忽已死,聖俞舍吾南。嗟吾譬馳車,而失左右驂。勍敵嘗壓壘,羸兵當戒嚴。凡人貴勉强,惰逸易安恬。吾既苦多病,交朋復凋殲。篇章久不作,意思如膠粘。良田失時耕,草莽廢鋤芟。美井不日汲,何由發清甘。偶開梅氏篇,不覺日挂檐。乃知文字樂,愈久益無厭。吾嘗一作常哀世人,聲利競争貪。哇咬聾兩耳,死不享韶咸。而幸知此樂,又常深討探。今官得閒散,舍此欲奚耽。頑庸須警策,賴子發其箝。

宋歐陽修《歐陽文忠公集》卷五十四

送徐生之澠池

河南地望雄西京,相公好賢天下稱。吹嘘死灰生氣焰,談笑暖律回嚴凝。曾陪樽俎被顧盼,羅列臺閣皆名卿。徐生南國後來秀,得官古縣依崤陵。腳靴手板實卑賤,賢俊未可吏事繩。攜文百篇赴知己,西望未到氣已增。我昔初官便伊洛,當時意氣尤驕矜。主人樂士喜文學,幕府最盛多交朋。園林相映花百種,都邑四顧山千層。朝行緑槐聽流水,夜飲翠幕張紅燈。爾來飄流二十載,鬢髮蕭索垂霜冰。同時並遊在者幾,舊事欲説無人應。文章無用等畫虎,名譽過耳如飛蠅。榮華萬事不入眼,憂患百慮來填膺。羨子年少正得路,有如扶桑初日升。名高場屋已得儁，世有龍門今復登。出門相送親與友，何異籬鷃瞻雲鵬。嗟吾筆硯久已格，感激短章因數興。

宋歐陽修《歐陽文忠公集》卷五

伏日贈徐焦二生 一本作"徐、焦二子伏日游西湖，余以病不能往，因以贈之"

徐生純明白玉璞，焦子皎潔寒泉冰。清光瑩爾互輝映，當暑自可消炎蒸。平湖緑波漲渺渺，高樹一作樹古木陰層層。嗟哉我豈不樂此，心雖欲往身未能。俸優食飽力不用，官閑日永一作心樂睡莫興。不思高飛慕鴻鵠，反此愁卧償蚊蠅。三年永陽子所見，山林自放樂可勝。清泉白石對斟酌，巖花野鳥一作草爲交朋。崎嶇硐谷窮上下，追逐猿狖争超騰一作升。酒美賓佳足自負，飲酣氣横猶驕矜。奈何乖離纔幾日，蒼顔非舊白髮增。彊歡徒勞歌且舞，勉飲寧及合與升。行揩眼眵一作捷旋看物，坐見樓閣先愁登。頭輕目明脚力健，羨子志氣將飄凌。只今心意已如此，終竟事業知一作將何稱。少壯及時宜努力，老大無堪還可憎。

宋歐陽修《歐陽文忠公集》卷四

送徐無黨南歸序

草木鳥獸之爲物，衆人之爲人，其爲生雖異，而爲死則同，一歸於腐壞、澌盡、泯滅而已。而衆人之中，有聖賢者，固亦生且死於其間，而獨異於草木鳥獸衆人者，雖死而不朽，逾遠而彌存也。其所以爲聖賢者，修之於身，施之於事，見之於言，是三者所以能不朽而存也。

修於身者，無所不獲；施於事者，有得有不得焉；其見於言者，則又有能有不能也。施於事矣，不見於言可也。自《詩》、《書》、《史記》所傳，其人豈必皆能言之士哉？修於身矣，而不施於事，不見於言，亦可也。孔子弟子有能政事者矣，有能言語者矣。若顔回者，在陋巷，曲肱饑卧而已，其群居則默然終日如愚人。然自當時群弟子皆推尊之，以爲不敢望而及，而後世更百千歲亦未有能及之者。其不朽而存者，固不待施於事，况於言乎？

予讀班固《藝文志》、唐四庫書目，見其所列，自三代、秦、漢以來，著書之士，多者至百餘篇，少者猶三四十篇；其人不可勝數，而散亡磨滅，百不一二存焉。予竊悲其人，文章麗矣，言語工矣，無異草木榮華之飄風，鳥獸好音之過耳也。方其用心與力之勞，亦何異衆人之汲汲營營？而忽焉以死者，雖有遲有速，而卒與三者同歸於泯滅。夫言之不可恃也蓋如此。今之學者，莫不慕古聖賢之不朽，而勤一世以盡心於文字間者，皆可悲也。

東陽徐生，少從予學，爲文章稍稍見稱於人。既去，而與群士試於禮部，得高第，由是知名。其文辭日進，如水湧而山出。予欲摧其盛氣而勉其思也，故於其歸，告以是言。然予固亦喜爲文辭者，亦因以自警焉。

宋歐陽修《歐陽文忠公集》卷四十三

答徐無黨第一書

修白：人還，惠書及《始隱》《書論》等，並前所寄《獲麟論》，文辭馳騁之際，豈常人筆力可到？於辨論經旨，則不敢以爲是。蓋吾子自信甚鋭，又嘗取信於某，苟以爲然，誰能奉奪？凡今治經者，莫不患聖人之意不明，而爲諸儒以自出之説汩之也。今於經外又自爲説，則是患沙渾水，而投土益之也。不若沙土盡去，則水清而明矣。

魯隱公南面治其國，臣其吏民纔十餘年，死而入廟，立謚稱公，則當時魯人孰謂息姑不爲君也？孔子修《春秋》，凡與諸侯盟會、行師、命將，一以公書之，於其卒也，書曰“公薨”，則聖人何嘗異隱於他公也？據《經》，隱公立十一年而薨，則《左氏》何從而知其攝？《公羊》《穀梁》何從而見其有讓桓之迹？吾子亦何從而云云也？仲尼曰“吾其爲東周乎”，與吾子起於平王之説，何相反之甚邪！故某常告學者慎於述作,誠以是也。秋初許相訪,此不子細,略開其端,吾子必能自思而得之。不宣。某書白。

宋歐陽修《歐陽文忠公集》卷六十八

答徐無黨第二書

修再拜白:前夜自外歸,燈下得吾子書,言陳烈事。亟讀之,未暇求陳君之所爲,尤愛吾子辭意甚質,徑知吾子之有成,不負其千里所以去父母而來之之意。修亦粗塞責,不愧於吾子之父母與親戚鄰里鄉黨之人。甚善,甚善!

修今歲還京師,職在言責,值天下多事,常日夕汲汲,爲明天子求人間利病,無小大,皆躬自訪問於人。又夏大暑,老母病,故不得從今學者以游,得少如前歲之樂。自入京來,便聞陳君之名,數以問於人,多不識,今得吾子所言,如見其面矣。幸母病今已愈,望時過,且謀共見陳君。

宋歐陽修《歐陽文忠公集》卷六十八

與澠池徐宰 無黨

一　皇祐五年

某啓。久不得書,自聞省試,日望一信。人至,忽得所示,大慰鄙懷,兼喜春寒,所履無恙。程試賦詩極工矣,策贍博而辯論偉然,皆當在高等。人力所可爲者,止於如此耳,其他有命。然俗言運亨者臨事不惑,揮翰之際能至此,其亦奮發于兹時乎!計此書至,已在高第,故不子細。不次。修書白。

二　至和元年

某啓。真陽相别,忽以及兹。日月不居,大祥奄及,攀號擗踴,五内分崩,不孝罪逆,蒼天莫訴,哀苦哀苦。久不得書,日與無逸弟想望。忽捧來示，承在道曾感疾，喜今復常。又知淮水淺澀，雖深欲相見，但恐阻滯，遂失赴官之期。若於事有妨，則不若且就汴流西上。如淮水可行，與汴不争遠近，即兹來爲善。賢弟在此，寂寞中相伴，大幸。某秋涼方卜離此，南北未知何適？《五代史》，昨見曾子固議，今却重頭改换，未有了期。仍作注有難傳之處，蓋傳本固未可，不傳本則下注尤難，此須相見可論。改服哀苦中忙迫，偶奉接人行，聊此。

三　至和二年

某啓。專人至，辱書，承官下無恙，深慰。示及志文，甚佳。無逸弟又有煩惱，可哀。適值有人在此，志文當附去。又知且權河南澠池，本邑自可讀書爲政，何必求來府中？所云冬末當至京師，暫來甚善。無欲弟居監中，時相見。焦秀才亦在太學補監生。恐知。某碌碌于此，士大夫有所論，當悉以見告，庶助其不及，實有望也。未相見，多愛。

四　至和二年

某啓。人至，辱書，承官下無恙，深慰深慰。所云進取之道，能具達其如此，夫復何患？諭及富公言《范文正公神道碑》事，當時在潁，已共詳定，如此爲允。述吕公事，于范公見德量包宇宙，忠義先國家。于吕公事各紀實，則萬世取信。非如兩仇相訟，各過其實，使後世不信，以爲偏辭也。大抵某之碑，無情之語平；富之誌，嫉惡之心勝。後世得此二文雖不同，以此推之，亦不足怪也。某官序非差，但略爾，其後已自解云“居官之次第不書”，則後人不于此求官次也。幸爲一一白富公，如必要换，則請他别命人作爾。

五　嘉祐元年

某啓。縣人來，得書，承寒凝公外體氣無恙，深慰深慰。所寄近著尤佳，論議正宜如此。然著撰苟多，他日更自精擇，少去其繁，則峻潔矣。然不必勉强,勉强簡節之,則不流暢,須待自然之至,其如常宜在心也。《代天論》既各有篇目,不必謂之"代天"可也。某近權省得罷,稍閒,已有削乞洪井。若果得,則私便尤多。況非要任,求之必可得也。無欲弟在太學,見兒子云甚安。某一向多事少暇,他亦疏及門。恐知。銓中新制,破考之事稍緩。若在本州無妨,亦可已。新年,多愛。

六 嘉祐二年

某啓。人至,辱書,承蒞官進學無恙,甚以爲慰。所寄文字,大佳。然作文之體,初欲奔馳,久當收節,使簡重嚴正,或時肆放以自舒,勿爲一體,則盡善矣。某此待罪,誠碌碌,然期必有爲而自效。士大夫見責者深,是待我厚而愛之過爾,敢不佩服。冬寒,自愛。在致齋處草草。

宋歐陽修《歐陽文忠公集》卷一五〇

胥氏夫人墓誌銘

廬陵歐陽先生語其學者徐無黨曰:修年二十餘,以其所爲文見胥公於漢陽,公一見而奇之,曰:"子當有名於世。"因留置門下,與之偕至京師,爲之稱譽於諸公間。明年,當天聖八年,修以廣文館生舉,中甲科。又明年,胥公遂妻以女。

公諱偃,世爲潭州人,官至工部郎中、翰林學士。公以文章取高第,以清節爲時名臣。爲人沉厚周密。其居家,雖燕居必嚴,不少懈。每端坐堂上,四顧終日,如無人。雖其嬰兒女子,無一敢妄舉足發聲。其飲食衣服,少長貴賤,皆有常數。

胥氏女既賢,又習安其所見。故去其父母而歸其夫,不知其家之貧;去其姆傅而事其姑,不知爲婦之勞。後二年三月,胥氏女生子。未逾月,以疾卒,享年十有七。後五年,其所生子亦卒。後二十年,從其姑葬於吉州吉水縣沙溪之山。

修既感胥公之知己，又哀其妻之不幸短命，顧二十年間存亡憂患無不可悲者，欲書其事以銘，而哀不能文。因命無黨序其意，又代爲哀辭一篇，以吊胥氏，因並刻而藏于墓。當胥氏之卒也，先生時爲西京留守推官，實明道二年也。其哀辭曰：

清泠兮將絶之語言猶可記，仿佛兮平生之音容不可求。謂不見爲纔幾時兮，忽二紀其行周。豈無子兮久先於下土，昔事姑兮今從於此丘。同時之人兮藐獨予留，顧生余幾時兮一身而百憂。惟其不忘兮下志諸幽，松風草露兮閟此千秋。

宋歐陽修《歐陽文忠公集》卷六十三

送徐無黨歸婺州

吴蠶吐柔絲，越女織美紈。機杼固已勤，刀尺誠獨難。裁縫失分寸，長短爲損殘。嘗聞仲山甫，能補帝袞完。袞完民衣足，天下無苦寒。徐從信都學，染剪宜棄冠。彼實山甫徒，爾亦非綷剜。東歸道自勝，人誰故時看。

宋梅堯臣《宛陵集》卷五十五

出城訪無黨因宿齋館

關外尋君信馬蹄，漫成詩句任天倪。花枝到眼春相照一作映，山色侵衣晚自迷。今日笑談還喜共，經年勞逸固難齊。生涯零落歸心懶，多謝殷勤杜宇啼。

宋王安石《臨川先生集》卷二十三

冲厚居士墓誌銘

居士姓徐氏，始祖曰思仁，由汴州徙金華，自金華遷居永康南塘。至十二世曰寒堂，居士之先考也。居士諱正康，字楊甫。廉静樂道，不妄交遊。然至其晉接周旋，一以禮意，不以人之富貴貧賤而有所高下輕重也。善爲詩，又喜飲酒。鄉人有樓閎者，與之同好，游衍數十餘年，相得至密，而未嘗見其有過不及之行，而自以爲不能測也。嘉祐三年正月二十有五日，以疾終，年六十三。閎誄君之德，號之曰冲厚居士，而又紀其實録。

君凡六子：無黨、無邪、無怠、無犯、無欲、無偏，皆力學，善爲古文章。人有謂君諸子之文不與時合者，苟卑之無甚高，可以當有司。君弗禁也，曰："學至於爲君子而已矣。"諸子由是益自信。無黨、無欲，皆以進士登第。而蔡公君謨爲禮部，署無黨之文天下第一，如君之教云。己亥冬，葬於其縣之太平鄉五老崗前，曰塘東。厥子無黨以書來請，曰："不銘，則不足以信來世、圖不朽。"其辭哀而且恭。予既吊其柩，重其請，叙數語而銘之，曰：

世或謂仁不必壽，智不必顯，而以疑夫道，此未知道之蔽。夫仁固無所用壽，智固無所用顯。若徐君冲厚也，善少善長，善孝善終。其自得之風，奚壽且顯如之！是其出於名世也遠矣，尚何待於銘？然而有銘者，孝子之深長思也與！

朝散大夫、行起居舍人、知制誥、宣城縣開國男、食邑三百户、賜紫金魚袋劉敞撰，譙國樓閎填諱，男無黨書，侄無逸篆額。

《五崗徐氏宗譜》

冲厚公安人陸氏墓誌銘

安人姓陸，其先出衍國公之裔，爲東陽望族。父爲迪功郎，惟以德化民，民懷其德。母有賢操，閨門率化。安人幼有操持，志行賢淑，爲父所鍾愛。年十九來歸於徐君曰冲厚。克盡婦道，事舅姑以孝聞，待妯娌以和稱，外而宗姻，下而婢妾，無不得其歡心者。然而素愛雅潔，不事華飾，性勤女工，不好逸游，危坐一室，晏如也。初年頗以子爲憂，中歲得子，撫愛特至，一意以延師教子爲先。其薄以自奉，惟祭祀、賓客以豐潔爲尚。嘉祐壬寅十一月初一日卒於正寢，癸卯九月十二日與冲厚公合葬於塘東後泉邊。距生咸平己亥九月初九日寅時，享壽六十有四。男六人：無黨、無邪、無怠、無犯、無欲、無偏，皆力於學。二子登進士，克肖厥德。一女：適太平周孟虞，任大理寺評事。安人富而不驕，恭而有禮，内外無怨，始終一德，可謂賢矣。然而壽稱其德，孫枝茂植，庶可慰。安人瞑目矣。於是乎銘之，銘曰：

念彼安人，德全壽全。猗歟聖善，古今罕焉。

女中堯舜，誰與同之。閨門失範，人咸痛思。

嗚呼彼蒼，何謂其然。勒銘埋恨，永賁其賢。

時嘉祐癸卯菊月十二日旦吉，大博右丞相兼端明殿大學士常挺撰，吏部侍郎陳達書丹，文林郎、武城縣令曹正篆額。

《五嵩徐氏宗譜》

諸史雜記

皇祐元年，進士四百九十八人，諸科五百五十人，制科一人。省元馮京，狀元同。二年、三年、四年並停貢舉。五年，進士五百二十人，諸科五百二十二人，省元徐無黨，狀元鄭獬。至和元年、二年，嘉祐元年不貢舉。

元馬端臨《文獻通考》卷三十二

徐教授無黨。徐無黨，永康人。從歐陽修學古文辭。修嘗稱其文日進，如水涌而山出。又云馳騁之際，非常人筆力可到。嘗注《五代史》，妙得良史筆意。皇祐中，以南省第一人登進士第，仕止郡教授而卒，惜勿究厥施云。

明徐象梅《兩浙名賢録》卷四十六

教授徐先生無黨。徐無黨，永康人。從歐陽永叔學古文詞。永叔嘗稱其文日進，如水湧山出。又云其馳騁之際，非常人筆力可到。嘗注《五代史》，妙得良史筆意。皇祐中，以南省第一人登進士第，仕至郡教授。

清黄宗羲《宋元學案》卷四

徐無黨，永康人，皇祐間進士，仕至郡博士。歐陽修嘗稱其文詞日進如水涌。所著有《五代史集注》。

明胡宗憲等《(嘉靖)浙江通志》卷三十九

徐無黨，永康人。從歐陽修學古文詞。修嘗稱其文日進，如水涌而山出。又云馳騁之際，非常人筆力可到。嘗注《五代史》，妙得良史筆意。皇祐中，以南省第一人登進士第，止郡教授，惜勿究厥施云。

清沈麟趾《（康熙）金華府志》卷十五

徐無黨，永康人。早從歐陽修遊。登嘉祐癸巳進士，仕至郡博士。修稱其文曰進如水湧山出，將摧其盛氣，而勉其思，則其才亦鋭矣。修妻夫人胥氏墓志，無黨代作，又注《五代史》。

清王崇炳《金華徵獻略》卷十

徵引文獻

〔宋〕歐陽修撰,徐無黨注:《新五代史》,清武英殿刊本。

〔宋〕歐陽修撰,徐無黨注:《新五代史》,中華書局 2013 年版。

〔宋〕歐陽修:《歐陽文忠公集》,明刊本。

〔宋〕歐陽修:《歐陽修全集》,中華書局 2001 年版。

〔宋〕梅堯臣:《宛陵集》,清康熙四十一年刊本。

〔宋〕王安石:《臨川先生文集》,中華書局 1959 年版。

〔元〕脱脱等:《宋史》,中華書局 1977 年版。

〔元〕馬端臨:《文獻通考》,明馮天馭刊本。

〔元〕吴師道:《敬鄉録》,清適園叢書本。

〔明〕陳泗:《(正德)永康縣誌》,明正德年刊本。

〔明〕胡宗憲、薛應旗:《(嘉靖)浙江通志》,明嘉靖四十年刊本。

〔明〕徐象梅:《兩浙名賢録》,明天啓年刊本。

〔清〕黄宗羲:《宋元學案》,中華書局 1986 年版。

〔清〕王崇炳:《金華徵獻略》,清雍正年金律刊本。

〔清〕沈麟趾:《(康熙)金華府志》,清宣統元年嵩連石印本。

〔清〕沈藻、朱謹:《(康熙)永康縣誌》,清康熙年刊本。

〔清〕李汝爲、潘樹棠:《(光緒)永康縣誌》,清光緒年刊本。

〔清〕甘揚聲:《澠池縣志》,清嘉慶十五年刊本

黄靈庚、陶誠華:《金華宗譜文獻集成》,上海古籍出版社 2013 年版。

《永康華溪樓氏宗譜》,民國三十四年木活字本。

《永康梅城林氏風節宗譜》,民國刊本。

《龍山徐氏族譜》,民國活字本。

林大中集

前　言

本書爲南宋中期名臣林大中之存世遺文及相關史料文獻的彙編合集。

林大中(1131—1208),字和叔,婺州永康(今屬浙江金華)人。他自幼篤志學問,肆力於經史,旁通諸子百家,文章自出機杼。高宗紹興三十年(1160),登進士第,初授左迪功郎、湖州烏程縣主簿。孝宗乾道六年(1170),調池州貴池縣縣丞,改左宣教郎。淳熙三年(1176),知撫州金溪縣。五年,丁父憂,去職。七年,改知湖州長興縣。十年,任幹辦行在諸司糧料院。十二年冬,除太常寺主簿。十四年,丁母憂,去職。十六年夏,除諸皇宫大小教授、監察御史。光宗紹熙元年(1190),除殿中侍御史。二年,除侍御史。三年,兼侍講、吏部侍郎,直寶文閣,尋知寧國府,改知贛州。五年,除中書舍人,遷給事中,尋兼侍講。寧宗慶元元年(1195),知慶元府。二年,落職歸永康。三年,提舉武夷山冲佑觀。五年,罷職名,依舊朝請大夫致仕。六年,復原職致仕,未幾再落職。嘉泰三年(1203)十月,再復職。開禧三年(1207)十一月,簽書樞密院事。嘉定元年(1208)四月,兼太子賓客。六月,卒于任,謚正惠,年78歲。生平事迹詳見《宋史》卷三九三本傳、樓鑰《簽書樞密院事致仕贈資政殿學士正惠林公神道碑》、陳泗《正德永康縣誌》、王有年《康熙金溪縣誌》等。

林大中爲人“清修寡欲，退然如不勝衣，及其遇事而發，凜乎不可犯”[①]。他在朝爲官，抗直敢言，獨立不懼。執政清廉，一心爲民，不辭辛勞。在道義面前，他始終堅守原則，不阿權貴，無一物可以動其念，可謂“止於至善”。朱熹曾稱贊他“無一事不中的，去國一節，風義凜然，當於古人中求之”[②]。他重視大節，認爲判定人才“當觀其趣向之大體，不當責其行事之小節。趣向果正，雖小節可責，不失爲君子；趣向不正，雖小節可喜，不失爲小人”。“民族大義”是他心中至高無上的信念。他説：“今日之事，莫大于讎耻之未復。此事未就，則此念不可忘。此念存于心，于以來天下之才，作天下之氣，倡天下之義。此義既明，則事之條目可得而言，治功可得而成矣。”[③]縱觀林大中的一生，他始終堅守自己高潔的内心，不與人争名利，在任兢兢業業，勇於任事，是光宗、寧宗年間一位優秀的政治家、學者。

林大中一生爲官，無論是早期擔任州縣守吏，還是後來成爲宰執重臣，始終堅持以民爲本的觀念。如淳熙三年(1176)，林大中知撫州金谿縣，賦税催科甚急，他請求爲百姓寬限交租時間，未得批准，便想要離職。百姓爲挽留林大中，争相交租，以至“歲額反加”。又如大中三次彈劾馬大同用法嚴酷，四次劾宋之瑞不端，都是爲了維護百姓的利益。除了爲民請命，他還是一位實幹家，不辭辛苦，一心爲民。淳熙七年(1180)大中知湖州長興縣，解決民生問題，興辦教育，成爲當時循吏的典範。大中在知贛州任上，爲了治理河患，“撙節浮費”，節省開支，以石築堤，没有驚動官員和百姓，使得贛州百姓安定而富足[④]。再如他多次强調政令當以民生爲心，當時官方因缺少絹帛，故

① 〔元〕脱脱等：《宋史》卷三九三《林大中傳》，中華書局 1985 年版，第一二〇一六頁。

② 〔元〕脱脱等：《宋史》卷三九三《林大中傳》，第一二〇一四頁。

③ 〔元〕脱脱等：《宋史》卷三九三《林大中傳》，第一二〇一三頁。

④ 以上俱見〔宋〕樓鑰：《簽書樞密院事致仕贈資政殿學士正惠林公神道碑》，《攻媿集》卷九十八，清武英殿聚珍版叢書本。

以錢或鹽和百姓交换物資，所以有和買折帛制度，然而後來折價被官府隨意壓低，變相加大了人們的賦税，加重了百姓負擔。面對江、浙四路苦於和買折帛，林大中上奏指出："有産則有税，於税絹而科折帛，猶可言也。如和買折帛，則重爲民害。蓋自咸平馬元方建言，於春預支本錢，濟其乏絶，至夏秋，使之輸納，則是先支錢而後輸絹。其後則錢鹽分給，又其後則直取於民，今又令納折帛錢，以兩縑折一縑之直，大失立法初意。"[①]于是減其輸者三歲，一定程度上減輕了百姓的壓力。他還多次强調防止誤讀律令，以防小人投機取巧，誤傷良民，體現了他實事求是、以民爲本的思想。

在軍政思想方面，林大中多次上書討論邊防問題，他提倡"文武合一"的治軍理念，認爲："今之言備邊者，皆其細務。當遴選行實才略之人，付以江、淮、荆、襄經理之任，使文武合爲一道。"并闡明其積極作用："平時使之通情而共事，則緩急可以協濟而成功。無事則同任撫養士卒之責，有事則獨當號令行營之寄。"[②]這種"文武合一"的理念，是根據南宋時局的變化，對北宋以來"崇文抑武"思想的有效調整，這對此後南宋的邊防起到了重要的推動作用。另外，開禧三年(1207)，韓侂胄北伐失敗後，林大中被重新召回中樞，擔任簽書樞密院事。雖然前後只有半年多時間，但從戰後收拾殘局、穩定事態、安定人心等方面的有效措施，都可以看出他作爲政治家老成練達的格局與風範。

林大中在當時以能文著稱于世，據《神道碑》稱："公文詞淳實，如其爲人，未嘗無用而作。有《奏議》十卷，《外制》三卷，《文集》二十卷，藏于家。"[③]可惜這些著述在其身後都散佚不存了。所以本集的編纂

---

① 〔元〕馬端臨：《文獻通考》卷二〇，清浙江書局本。又見《宋史》卷三九三《林大中傳》。

② 〔宋〕樓鑰：《簽書樞密院事致仕贈資政殿學士正惠林公神道碑》，《攻媿集》卷九十八。

③ 同上。

采用輯佚和文獻彙編的方式，分《正編》和《附編》兩部分。其中《正編》輯録林大中本人所作詩文，共得詩 3 首、各體文 40 篇（含殘篇）。《附編》彙録與林大中相關的各種史料文獻，分傳記文獻、詔敕奏牘、交遊詩文、諸史雜記四個部分，以期能全面彙集林大中的相關史料。本書共徵引了歷代文獻 72 種，其具體書名及版本情況，附見于書後的《徵引文獻》。卷末另編製《林大中年譜》一卷，直觀呈現大中生平履歷，以爲讀者知人論世之一助。

在本書編輯過程中，楊森、王博等同學參與了資料收集工作，永康文獻叢書編委會以及林大中文化研究會提供了許多珍貴的地方文獻資料，於本編之完善助益不小，在此併鳴謝忱！本人學識淺陋，加之輯佚工作量巨大，部分地方文獻又真僞雜出，取捨爲難，所以錯漏之處在所難免，誠望海内賢達不吝賜正，用匡不逮！

壬寅七月，錢偉彊于畬經室

正　編

詩　詞

題椿桂堂

詩禮栽陪歲月深，流芳到此見天心。
桂枝競秀椿難老，寬占堂前十畝陰。

《十洲記》：仙家有洪桂，每一株占兩畝廣。

元徐碩《至元嘉禾志》卷三十二

送朱守軒致仕

秩滿陳情達九天，喜承優詔許歸田。
故鄉迢遞三千里，行李蕭條一二肩。
黃菊秋風霜露酒，白鷗春水木蘭船。
歸家此志終當遂，擬種庭槐待後賢。

《溪西朱氏宗譜》卷九

鶴鳴仙迹

神斧何年造石翁，翩翩雙鶴出崆峒。
九皋勝境盤旋久，萬里真源咫尺通。
聲徹紫霄成故事，霞飛崇道播仙風。
留題只恐傷虛誕，獨立無言感慨中。

《永康歷代詩詞選》

奏　狀

六曹寺監情弊當據事理輕重處置奏 淳熙十六年十二月三日

乾道七年四月聖旨指揮："今後諸處有合送大理寺公事，并取朝旨指揮。"及淳熙十四年四月臣僚劄子："婚、田末事，驅磨細務，不當瀆擾天獄，其六曹所行，有關利害，欲令取旨送寺。"其説未爲不當。然去年有南藥局庫子張謹偷盜本局湯藥，太府寺牒解臨安府究治，府司檢準《在京通用令》："諸官司事應推斷者送大理寺，或於官物有犯者準此。"遂將張瑾押還。近時六曹寺監庫務情弊稍多，所轄之官重於取旨，欲送大理寺，則礙指揮而不敢；欲送臨安府及兩屬縣，則執《通用令》而不受。臣以謂六曹寺監所轄如有情弊，各稟白其長貳，酌量事理輕重，其輕者姑送府縣，其稍重者徑送大理寺，其最重者取旨送寺，重作施行。庶幾百司知懼，姦弊戢。詔：遵依乾道七年四月七日指揮，其情理輕者送臨安府並兩屬縣施行。

《宋會要輯稿》職官二四之三八

論廟祀失禮之弊奏 淳熙十六年

臣昨簿正奉常，實陪廟祀，見其祝于神者，或舛於文；稱於神者，或訛其字；所宜厚者，或簡不虔；所宜先者，或廢不用；更制器服，或歲月太疏；夙興行事，或時刻太早：是皆禮意所未順，人情所未安也。

《宋史》卷三九三《林大中傳》。又見《歷代名臣奏議》卷二十二、《宋元通鑑》卷九〇

劾史彌正狀 紹熙元年二月二十七日

(史彌正)天資貪婪,怙勢驕横,今爲本路監司,必致撓政擾民,乞與祠禄。詔:新浙東提點刑獄史彌正差主管建寧府武夷山冲佑觀。

《宋會要輯稿》職官七二之五六

置《紹熙會計録》有合申請奏[①] 紹熙元年三月十三日

今置《紹熙會計録》,有合申請下項:一、今來稽考財賦,若自紹興元年以來取會,竊慮年歲深遠,難以根刷。今欲且取見紹興二十一二年、紹興二十七八年、紹興三十二年、隆興元年、淳熙元年,並十一、十六年在京諸百司干預取支財穀去處,開具逐年出納夾細窠名數目。或恐前項年分文字不全,欲且據逐處供到及其它年分文字,參照稽考。其取會官司,並限五日回報。一、欲從本所立限,行下淮東西、湖廣、四川總領所,照上項年分,各一全年應出納夾細窠名錢物若干、逐月所支甚處、屯兵元額職次各若干,自今見管官兵人數、職次各若干,支過券食、請給等錢物若干。或有創生增减,並非泛支使,逐一立項開析,攢見每月、一歲收支數目,所是樁積錢米等物,亦要見見在的確之數。一、欲從本所行下行在糧審院,各照上項年分,逐年批放過三衙、諸軍、百司,並諸司、局所額管職次人數,應干請給名色、挨排月分年分,及都總計數目,逐一攢申,以憑參考。詔:從之。

《宋會要輯稿》食貨五六之六三、六四

劾王煇陳賈狀 紹熙元年七月二十一日

(王)煇專事奔競,出入台諫給舍之門,以希進用。(陳)賈昨爲台

---

① 案《宋會要輯稿·食貨五六·户部》云:紹熙元年正月二十七日,宰執進呈右諫議大夫何澹劄子,乞置《紹熙會計録》,且言:"去歲臣僚嘗乞討論用度,已得指揮,令户部稽考。乞即降睿旨施行。"得旨:"令何澹同趙彦逾依已得指揮,稽考以聞。"二十八日,又詔:"更差葉翥,仍令林大中、沈詵、楊經同共稽考聞奏。"三月遂有此奏,故知此爲大中與何澹等人同奏。

諫，彈論徇私，納賂一節尤爲可鄙，難任郡寄。詔：大理司直王煇放罷，新知静江府陳賈罷新任。

《宋會要輯稿》職官七三之二

劾錢著狀 紹熙元年九月二十七日

（錢著）居官無狀。詔：提轄榷貨務錢著放罷。

《宋會要輯稿》職官七三之二

論裁減浮費奏[1] 紹熙元年十月二十一日

嘗考渡江之初，東南歲入止千餘萬，紹興以後，綱目始繁。據呂頤浩奏，宣和中，户部支費每月不過九十萬；紹興三年，户部之費每月一百一十萬。然則紹興之初，已多承平二十萬矣。所費既多，所取不得而不闊，如總制，如月椿，如折帛，如降本，如七分坊場、七分酒息、三五分税錢、三五分淨利寬剩折帛錢、僧道免丁錢之類，則紹興間權宜創置者也。如州用一半牙契錢、買銀收回頭子錢、官户不減半役錢、減下水腳錢之類，幾一百萬，則又乾道間權宜創置者也。如經制並無額錢、增收窠名之類，則紹興間因舊增添者也。如添收頭子錢、增收勘合錢、增添監袋錢之類，凡四百餘萬，則又乾道間因舊增添者也。方其軍興之初，則以乏興爲虞，及其事定之後，則又以養兵饋虜爲憂，是以有置而無廢、有增而無減。今總天下財賦，除内藏出入之數已降指揮自行稽考外，所有四川錢引一千六百一十萬二千二百六十三道，舊年指揮自行檢察支撥，亦不復稽考。特考其歸朝廷、隸户部與夫四總領所之科降，諸戍兵、牧馬、歸明、歸正等處之截留，凡六千八百萬一千二百萬貫，内朝廷九百六十五萬一千一百餘貫、户部一千八百七十二萬三千一百餘貫、四總所二千九百萬六千餘貫、諸戍兵

---

[1] 此奏爲大中與左諫議大夫何澹、權户部侍郎趙彦逾等同上。

牧馬歸正等處一千六十二萬餘貫，此其大凡也。户部歲收一千八百餘萬，歲支亦一千八百萬，每月所破宫禁、百司、三衙請俸、非泛雜支之類一百五十餘萬，然則比之紹興之初增四十萬，比之承平增六十萬矣。臣等再以淳熙十六年而較之隆興元年，則增一百二十餘萬，較之紹興三十二年，則數又倍增。欲舒國用，以寬民力，惟有裁減浮費。今具可以裁減者，畫一開具：一、欲除供奉三宫、皇子府、奉使入國使人到闕密賜，並接送伴公使支賜、文思院造作衣帶、招軍例物、駕出折食錢、三衙内外諸軍雪寒出戍借請、郊禮錫賜等錢物外，如宰執、文武百官司進書、慶典、拜郊支賜、生日及葬埋非泛賜賚錢物。並與三分減去一分。一、武臣、正任、遥刺以上請給，除南班及隨龍統兵戰守官，仍舊制得支真俸外，其餘乞免借減，並許户部執奏，仍許給舍繳駁。詔依，見請人依舊。

一、諸軍額外將官，多是並緣陳乞之人，近來殿、步兩司，遂至一百四十餘員，委是冗濫。乞行住差。一、諸軍權統制、統領等官供給錢，合遞降一等支破。近來乃有軍帥陳乞差權之人，徑乞先次支破正官供給。欲乞申嚴乾道八年五月十三日指揮行下。詔依，見任人依舊。

一、卿少、監少，乞不並置。其餘冗員太甚去處，亦量行減省。一、製造御前軍器所有東作坊、萬全作坊、萬四指揮，見今凡三千二百餘人。内萬四指揮，名爲雜役，其寔多供諸處當直，欲乞專委察官，與本部郎官、軍器監少同提點官躬親入所，揀汰老弱疾病之人，並行減半支請，與之養老。若無技藝之人，並與揀汰。一、御前祗應，見今五十九員，比之前日，委是大段增數。詔：權以三十人爲額，見任人許令依舊。其溢額人遇有遷改、事故，更不作闕。

一、閤門官見今四十八員。竊見祖宗時，宣贊引喝不過三五員，熙寧間始置通事舍人十三員、閤門看班祗候六員，欲乞詳酌，立一定額。詔：今後四十人爲額，見任人許令依舊。

一、建炎渡江之初，諸百官司前後打請不及，權行兜請，自後因循，不行釐正。欲乞今後支請之人，並依外郡例按月支給，更不兜請。詔依，其已兜請人依舊。

一、三省激賞庫，每年以十萬貫爲額，于左藏庫分料關支。隆興二年再添二萬貫。緣支用節次增添，故取撥雖多，而拖欠愈甚。近來宰執目子錢，並已改用乾道九年體例，所有本庫應干支用，自合一體施行。一、諸處犒設錢，本以酬勞，今所在吏職，每於年終或上下半年，輒支犒設，委是無謂。欲乞今後因事只與特支，不許泛行請也。一、雪寒錢，本以恤軍人之貧悴。今來玉牒所、秘書省、日曆所、國史院等處公吏，皆有上項支給，乞行減罷。一、省馬院見今有馬一百九十餘匹，緣爲不堪乘騎，合破省馬之官往往却於别處借用，而本院所養兵級三百餘人，多於諸處影占身役。今乞委官覈寔，除的合存留人外，其餘發歸元來去處。詔：日後有闕，權住差撥。

一、三省、樞密院録事、承旨已下所破齎擎、控馬、打食等人，緣渡江之初未有定止，權時創置，亦有體例，支破者人數猥衆。其間又有一時暫權職事，便行支破，職事既去，因仍冒請，欲乞委官究寔，庶免重耗。詔並依，令檢正都司檢詳究寔，開具申尚書省。

《宋會要輯稿》食貨五六之六五至六八

論進退人才當觀大體奏 紹熙元年

進退人才，當觀其趣向之大體，不當責其行事之小節。趣向果正，雖小節可責[①]，不失[②]爲君子；趣向不正，雖小節[③]可喜，不失爲小人。正者當益厚其養[④]，無責其一節之過差，以消沮其直大之氣。不正者深絶其漸，無以一節之可喜，而長其姦僞之萌。則君子得以全其

---

① “責”，《攻媿集》作“議”。
② “失”，《攻媿集》作“害”。
③ “節”，《攻媿集》作“有”。
④ 此句以下文字《宋史》皆無，據《攻媿集》補。

美，而小人無所容其姦。

《宋史》卷三九三《林大中傳》。又見宋樓鑰《攻媿集》卷九十八《林大中神道碑》

論讎耻之念不可忘奏 紹熙元年

今日之事，莫大于讎耻之未復。此事未就，則此念不可忘。然事變不常，我有備而後可爲，彼有釁而後可乘。恢復固未容輕議，惟此念存于心，則陵寢如見于羹牆，故都如見其禾黍。於以來天下之才，作天下之氣，倡天下之義。根本既立，綱紀日張[①]，則事之條目可得而言[②]，而治功可得而成矣。

宋樓鑰《攻媿集》卷九十八《林大中神道碑》。又見《宋史》卷三九三《林大中傳》，《宋元通鑑》卷九〇

論知静江陳賈不宜入奏奏 紹熙元年

（陳賈）庸回亡識，嘗表裏王淮，創爲道學之目，陰廢正人。儻許入奏，必再留中，善類聞之，紛然引去，非所以靖國。

《宋史》卷三九三《林大中傳》

論事多中出奏 紹熙二年二月

仲春雷電，大雪繼作，以類求之，則陰勝陽之明驗也。蓋男爲陽，而女爲陰，君子爲陽，而小人爲陰，當辨邪正，毋使小人得以間君子。當思正始之道，毋使女謁之得行以行于外[③]。

《宋史》卷三九三《林大中傳》。又見宋樓鑰《攻媿集》卷九十八《林大中神道碑》、《歷代名臣奏議》卷三〇八、《南宋書》卷四十一、《金華先民傳》卷三、《續資治通鑑》卷一五二

---

① “根本既立綱紀日張”，《宋史》本傳作“此義既明”。

② “則事之條目”句，據《宋史》本傳補。

③ “于外”二字，據《攻媿集》補。另《攻媿集》此句前有“夷狄得以窺中國”一句。

劾李思孝狀 紹熙二年二月二十三日

(李思孝)專事貪黷,虐士卒而害齊民,軍民疾之如仇讎。詔:池州駐劄御前諸軍都統制李思孝放罷。

《宋會要輯稿》職官七三之五

論匿名詩嘲嚴禁奏 紹熙二年三月十七日

近有造匿名詩嘲訕宰相、學官及樞臣、侍從者,乞申嚴法禁,有犯毋貸。詔:本府多出文榜曉諭,如有捉獲之人,送獄根勘,重作施行。

《宋會要輯稿》刑法二之一二四、一二五

劾宇文子震狀 紹熙二年三月二十一日

(宇文子震)前任淮東總領及知鎮江,贓汙狼籍,嘗遭降官勒停。詔:新知利州宇文子震罷新任。

《宋會要輯稿》職官七三之五

劾李思孝狀 紹熙二年六月二十四日

(李)思孝軍中兵卒行劫殺人,事發,思孝隱庇,反誣縣尉石應孫鑿空撰造,軍情不安,致其對換閑慢差遣。近池州捕到賊雷二所供,乃知作過者皆軍中所管,其誣罔可見。詔:前池州駐劄御前諸軍都統制李思孝特降一官。

《宋會要輯稿》職官七三之六

劾胡介韓杕張杰狀 紹熙二年六月二十四日

(胡)介嗜利無耻,(韓)杕貪殘害物,(張)杰劫持濟私。詔:新知興國軍胡介、新通判紹興府韓杕、新知臨安府富陽縣張杰並罷新任。

《宋會要輯稿》職官七三之六、七

劾張玠狀 紹熙二年七月二十五日

（張玠）驕横陰險，誕謾私任，不顧是否。詔：新湖北提刑張玠罷新任。

《宋會要輯稿》職官七三之七

乞宣諭留正俾安相位奏[①] 紹熙三年三月

近者聖躬衍豫，留某維持紀綱，勤備至今。陛下初御内殿，幾務方繁，非宰臣求去之時。乞宣諭公，俾安相位。

宋徐自明《宋宰輔編年録》卷十九

科舉委保嚴禁僞冒奏 紹熙三年五月二十四日

乞申嚴行下，令諸路轉運司徧牒諸州，如委保親戚，則牒官及保官照牒寔批印紙。如有僞冒，亦合照條科罪，仍令内外臺嚴行覺察。既嚴僞冒之門，稍寬進取之路。乞照前舉例，取旨量立解額，但比本州取解無異。彼非甚不得已者，亦各歸赴鄉舉。詔：從之。

《宋會要輯稿》選舉一六之二六

辟差李謙彭龜年奏 紹熙三年六月

准御史臺令，諸檢法官主簿聽長貳不限資序，舉承務郎上充。照得本臺檢法官曾三復，近已改除監察御史，尚闕臺屬一員。兩奉玉音，令臣辟差。臣竊見李謙，篤信好學，表裹無玷；彭龜年操行堅正，不爲詭隨，遇事通明，不事沽激，堪充臺屬差遣。欲望聖慈，特降睿旨施行，伏候敕旨。

《永樂大典》卷一四六〇七。又見宋樓鑰《攻媿集》卷九十六

---

① 此奏爲大中與諸臺臣同上。

太學待補不當徑罷奏[1] 紹熙三年六月

國家開設太學，本以混試招延士類，混試既弊，遂行待補。然關防之不密，考校之不精，抑又不能無弊，此議臣所以有放行混試之請。若以待補之弊，尚多遺才，所宜放行混試，但來者既衆，恐有喧哄蹂踐之患。今若令有司措置，保其無他，即與權住今年諸州所取待補，然亦未宜徑罷也。如明年場屋果無喧哄蹂踐，則自放省試年分，即與放行。倘有未便，則待補既未嘗罷，只就其間更加措置，使關防之密，考校之精，未爲不善也。今若徑罷待補，萬一明年混試，致有疏虞，而後舉又復待補，恐非朝廷更制立事之體。詔：從之。

《宋會要輯稿》崇儒一之四六

劾胡興祖關正孫黄直中狀 紹熙三年六月

（胡）興祖於刑法旨意懵不通曉，四方奏案，假手一斷刑法司，每月分己俸以給之。（關）正孫兇險可畏，知嘉州益無繩檢。（黄）直中貪鄙，侵欺水脚錢，鬻賣漕試。詔：大理評事胡興祖放罷，新知隆慶府關正孫、新知臨江軍黄直中並罷新任。

《宋會要輯稿》職官七三之一一

論常良孫特免真決奏 紹熙三年六、七月間[2]

此人死有餘責，然其曾祖安民爲元祐名臣，高宗念其以忠直斥死，擢其子同爲中司。願特免其真決，寧加遠竄。

宋樓鑰《攻媿集》卷九十八《林大中神道碑》

---

① 此奏爲大中與右正言胡琢，監察御史何異、曾三復同上。

② 此奏《神道碑》未著年月，案《宋會要輯稿·刑法六》載：“（紹熙）三年七月二日，詔：前監文思院上界常良孫特貸命，追毀出身以來文字，除名勒停，永不收叙，免真決，不刺面，配萬安軍牢城收管，仍籍没家財。以良孫在任日節次盜造作金銀入己，因提轄林復覺察，棘寺追勘得實，以家世之故，特貸之。”故此奏當作於是年六七月間。

乞仍舊以江東荆襄帥臣領制置奏 紹熙三年

今之言備邊者，皆其細務。當遴選行實才略之人，付以江、淮、荆、襄經理之任，使文武合爲一道。慶曆中，分河北、陝西各爲四路，悉用文臣爲大帥，武臣副之。平時使之通情而共事，則緩急可以協濟而成功。無事則同任撫養士卒之責，有事則獨當號令行營之寄。中興初[①]，沿江置制置使。自秦檜罷三大將兵權，專歸武臣，而江東、荆、襄帥臣不復領制置之職。宜仍舊制置，而以諸將爲副。久其任，重其權，則邊防立而國勢張矣。

宋樓鑰《攻媿集》卷九十八《林大中神道碑》。

又見《宋史》卷三九三《林大中傳》

論父祖令異財者無罪事奏 紹熙三年[②]

律有别籍異財之禁，祖父母、父母令别籍者减一等，而令異財者無罪，淳熙敕令所看詳亦然。今州縣不明法意，父祖令異財者亦罪之。知美風教之虚名，而不知壞風教之實禍。欲申嚴律文疏議及淳熙指揮，若止令其異財，初不析開户籍，自不應坐父祖之罪。其非理破蕩所異田宅者，理爲己分，則不肖者不萌昏賴之心，而其餘子孫皆可自安，實美化移風之大要也。

宋樓鑰《攻媿集》卷九十八《林大中神道碑》

論江浙四路和買之弊奏 紹熙三年

今日東南所入之數，較之祖宗時已不啻數倍。掌計之人，倘循中制取之，一歲之入自足以給一歲之用。苟爲國斂怨，所得少而所失多矣。

---

① “中興初”至“而以諸將爲副”一節，據《宋史》本傳補。

② 此奏《神道碑》未著年月，以録在前後兩奏之間，故繫于此年下。

有産則有税，於税絹而科折帛，猶可言也。如和買折帛，則重爲民害。蓋自咸平馬元方建言，於春預支本錢，濟其乏絶，至夏秋，使之輸納，則是先支錢而後輸絹①。其後則錢鹽分給，又其後則直取於民，今又令納折帛錢，以兩縑折一縑之直，大失立法初意。

馬端臨《文獻通考》卷二十，《宋史》卷三九三《林大中傳》。又見宋樓鑰《攻媿集》卷九十八《林大中神道碑》

贛州便民五事奏 紹熙四年②

一、論州之冗官無職事而糜廪禄者可罷；二、請添置土軍弓兵；三、請以錢分給諸邑而禁科罰；四、乞禁廣東之民誘致盜掠郡人，賣爲奴婢；五、謂贛縣兩武尉，乞差文臣一員。

宋樓鑰《攻媿集》卷九十八《林大中神道碑》

劾趙善蒙狀 紹熙五年二月

(趙)善蒙上不能律己，次不能決訟，下不能理財，若復付以縣寄，必爲百里之害。詔：知贛州信豐縣趙善蒙放罷。

《宋會要輯稿》職官七三之一七

繳韓侂冑轉一官彭龜年除職與郡奏③ 慶元元年

臣等今月初九日竊聞吏部侍郎彭龜年内殿奏事，退而居家待罪，不知其由。已而又聞知閤門事韓侂冑見求祠禄。方有傳聞，謂龜年

---

① 《攻媿集》此下文字多不同，作："和買其初先支錢而後輸絹，中以錢與鹽分數均給，後遂白納紬絹。今又使納折帛，反成倍輸，全失立法之本意。欲求對補之策，以寬民力而固邦本。"

② 案《彭龜年神道碑》大中於紹熙三年十二月與郡，之任當在四年，故繫于此。

③ 此奏爲大中與中書舍人樓鑰同上，全稿見樓鑰《攻媿集》卷三十，《宋史》大中本傳、樓鑰《林大中神道碑》、《宋元通鑑》等書所載俱爲節本。題下有注："韓侂冑轉一官，依所乞除在京宫觀；彭龜年除焕章閣待制與郡。"

論侂胄甚切，故皆不自安，然而不知所論者何事也。今有上項指揮，則知傳聞之不謬。龜年以侍郎得次對與郡，侂胄解閤門及都承旨職事，轉一官内祠，有以見陛下之處事不失一偏。然臣等愚忠，猶有當言者。陛下自在嘉邸，眷禮僚舊，一旦龍飛，不惟寵以爵秩，延見訪問，幾無虚日。天下不以爲私，而服陛下好賢篤舊之德。不謂三數月間，所謂五人者，黄裳遽成長往，黄由尋遭外艱，沈有開、陳傅良相繼論罷，惟龜年一人猶在，從列經筵。又其賦性伉直，論事不回，尤蒙眷獎。必其懷不自已，盡言無隱。今又去之，則陛下之舊寮無遺。不惟傷伐木之義，而四方謂其以盡言得罪，尤害政體，此臣等所以重惜也。知閤門事及都承旨皆武臣之高選，陛下不難于侂胄之罷，可謂英斷。然次對不過在外之職，序位反下于貳卿，廉車之升留務，則寵之已至。況一去一留，恩意不同：去者遂遠，不復得侍左右；留者既曰内祠，則召見無時，終不能遠。人言籍籍，尚以爲不平。臣等欲望睿慈更加詳處，或留龜年于經筵，則可以不失講讀之舊。若其不然，則命侂胄以外祠，或予以外任，事體適平，人亦無可言者。如龜年之賢，陛下素知，顧豈遂將終棄？後日召用，正自未晚，然目前處事，貴于得宜。臣等誠恐指揮一出，難于反汗，故敢罄竭愚慮，以俟採擇。所有録黄，臣等未敢書讀。

宋樓鑰《攻媿集》卷三十。又見《宋史》卷三九三《林大中傳》，宋樓鑰《攻媿集》卷九十八《林大中神道碑》，《宋元通鑑》卷九十一，《續資治通鑑》卷一五三

再繳韓侂胄彭龜年奏[①] 慶元元年

臣等昨繳論彭龜年、韓侂胄事，得旨令並依已降指揮施行。臣等

① 此奏爲大中與中書舍人樓鑰同上，全稿見樓鑰《攻媿集》卷三十，《宋史》大中本傳、樓鑰《林大中神道碑》、《續資治通鑑》等書所載俱爲節本。原題下有注："聖旨：彭龜年除職與郡，已是優異。韓侂胄初無過尤，屢求閒退，罷職奉祠，亦不爲過。並依已降指揮。"

何敢不承君命，然二人者事既相關，須當適平。龜年以真侍郎除職與郡，若以爲優異，則侂胄之轉承宣使，非優異乎？若謂侂胄初無過尤，則龜年論事乃出于愛君之誠心，不顧其身，以進忠言，豈爲過乎？臣等區區，不敢更留龜年。在龜年，進退之義，亦不可復留。但直臣去國，公議爲之歎息，恐自此無敢有爲陛下出力論事者矣。龜年既以決去，侂胄難以獨留，欲望聖慈俯從臣等所奏，予侂胄以外任，或奉外祠，以均事體，以慰公議，不勝幸甚！再犯天威，無任震懼，伏惟陛下裁幸。所有録黄，臣等未敢書讀。

宋樓鑰《攻媿集》卷三十。又見宋樓鑰《攻媿集》卷九十八《林大中神道碑》，《宋史》卷三九三《林大中傳》，《續資治通鑑》卷一五三

乞旌表譏切韓侂胄以得罪者奏 開禧三年

吕祖儉以言侂胄得罪，死於瘴鄉，雖贈官畀職，而公議未厭。彭龜年面奏侂胄過尤，朱熹論侂胄竊弄威柄，皆爲中傷，降官鐫職，卒以老死，宜優加旌表。其他因譏切侂胄以得罪者，望量其輕重而旌別之，以伸被罪者之冤。

《宋史》卷三九三《林大中傳》

書　札

秋暑未艾帖

大中竊以爲秋暑未艾，伏惟察院年丈霜臺靖嚴，神職森護，台候動止萬福，年家眷至上下均祉。大中近遣人投謝表堂帥，略奏□紙，計已呈徹。此間事體，也微見端緒。若民訟度可勉强，唯是財賦，却費料理。蓋與舊時不同，郡中無酒課，無䌷絹折帛雜窠名可收，全仰諸縣板帳。若解發不欠分文，而郡計尚少三萬餘緡。況是拖欠動以萬計。近日諸邑集郡中，與之通情商量。舊欠與蠲四萬緡，其餘痛減，令帶補。舊例，新守到任，諸縣隨事力各獻數百千，此亦一切不要，其新錢按日合解者，又與展限十日，亦可謂責人以所可辦矣。再三與之言，事事已從寬。只欲守此信約，既而不如約者已太半，忒不相體□矣。只能委曲諭之，隨分□□□警之也。大中自到郡，逐日得雨，方以歲事可望爲幸。偶霖霪不已，江流暴漲，已即禱祈，隨得開霽。雖晚禾必傷，而居民低下者多被渰浸，已各支錢米賑恤。但諸縣未見有無多寡數目，當亦次第施行矣。茲因遣人通侍從臺諫書，再以□紙稟布。所遣兩兵，其一前回，先覓數字，後回者亦望揮數字與之。不惟欲知年家動静，亦要知時事大概耳。伏祈台照。右謹具呈。七月　日，年末朝請郎、直寶文閣、權知贛州軍州事林大中劄子。

《鳳墅殘帖釋文》卷下

八月初帖

大中八月初遣都下人曾布謝緘，伏計已徹聰聽。比辰秋令正中，敬惟台候神相萬福。大中少意稟懇，往歲遷權吏侍，雖略供職，即在假乞祠，不曾受誥。繼而得郡，亦恐先用部中批書印紙，而部吏乃云："已除從官，不用批書。"匆匆去國，無暇問及子細。今得相識報，謂既在外任，且係殿撰以下職名，恐它時理會磨勘有阻節。今付去印紙，煩年丈爲叩曲折。却託部中批上改除供職一節。免磨勘時有阻難也。此事想隸沈同年。近方致書，玆以冗，不暇再作。區區百懷，尚需後訊。近事時望一報。尚阻參覲，惟有遠業自愛，以需大用之禱。右謹具呈。八月　日，年末朝請郎、直寶文閣、權知贛州軍州事林大中劄子。

《鳳墅殘帖釋文》卷下

序　跋

青龍李氏宗譜序[①]

昔杜正倫求附城南之族，郭崇韜妄拜汾陽之墓，皆有以貽笑萬年。狄青既貴，有持狄梁公身詣青，告曰："公實梁公後也，願以此獻。"青謝不受，君子稱其賢。此無他，以其知所重也。萬物本乎天，人本乎祖，爲人子孫，其可以不重其本乎！且譜爲族作也，所以尊祖宗，正苗裔，明長幼，辨戚疏也。凡族者，則譜之；非族，則不譜也。然則作譜者，其可以不謹乎？吾永康市中之西，著姓李者，始祖遠公爲杭州刺史，生子曰旸，參軍提兵，渡江收裘賊，平浙東之亂，班師居杭。生子桓而遷婺城。桓生德明，再遷居永康，允祚綿延，家業興盛，充萬石長，福民賑濟。及有諱妙、諱璞者，皆國親；諱夔者，受職文教，詩書相傳，宗系可羨，非他族之可及也。奈遭兵災散闕，邑同姓者願與之通，而德明九世孫巽字南薰者，雅德君子，堅却不納，人稱其賢，而知所重也。今再修其譜，世系昭穆，出處始終，徙居他處無考者不載；如可考者，雖貧乏亦録之，可謂能知所重，而無强附援引之失。其有謹嚴，不納冒妄之紊，誠合古人作譜之意，是可嘉矣！而其從季子諱翱者，爲邑庠生弟子員，學博才優，其進未可量也，殆尚有以爲斯譜之光焉。嗚呼！進士林大中。

《永康青龍李氏宗譜》卷首

① 此下兩首宗譜序及後《十子侍親圖記》文理皆有可疑處，以載譜中流傳既久，姑録之以俟考。

龍山徐氏族譜序

氏族之有譜，其來尚矣。《周禮》有小史之官，以尊世系，辨昭穆。其初蓋出於賜姓命氏，別生分類，使支派有源，遠而不紊。如枝原於一本，子孫之盛，本於一人。一人而至千百人，以千百人而本於一人，一氣通流，綿綿不絶。古之君子者必立族譜，以綱維之，正欲定尊卑，辨名分，使尊尊親親，不失其倫。凡支派分别，知其皆本於始祖一人之氣脈也。去世既遠，宗法隨廢，同宗子孫視之路人仇敵，至有憂喜不相弔慶者，仁人孝子不得不興起嗟歎。而屬心於族譜，求其所以尊尊親親，敦本源之道，以明夫譜系之重焉。

永康徐氏系出軒轅八世孫皋陶之子伯益，佐禹治水有功，封其子若木於徐，因其地以爲姓。生四子，長曰征國，曰徐氏；次曰終國，曰黄氏；次曰季勝，馬氏；幼曰簡，趙氏。征國三十一世孫誕，字子孺，文德武功，克大超萃，襲位爲偃王，民多戴焉。王生三子，曰寶宗，曰寶稀，曰寶明。寶宗封潁川侯，生仁。歷三十六世孫霸，仕漢爲大將軍，生二子，長曰抱，次曰揖。揖生慶，仕荆州刺史。歷三十七世孫成，仕福建安撫副使，生淇，仕廣陵刺史，世居彭城。三世孫良珮，遷於杭州後市街。珮生庸，遷婺之永康龍山，庸生三子，長曰譙，次熙，幼烈。懼其先世譜牒淪没，出其所存舊譜及續緝其新者，屬余序其始末，欲傳諸不朽。余觀徐氏始自若木，歷至偃王，至霸至慶，至成至淇，其躋顯榮，或公侯，或大將軍、副使，以至府州縣牧者，代不乏人。而永康徐氏宗譜，實惟可稽，文獻足徵，而支派不紊，其水木本源之義，燎然於簡册之上。使徐氏之子孫閲之，則知其會有弔慶，名分相臨，尊尊親親，秩然而不紊，肅然而起敬。自始祖以下，沿流溯源，明而易見耳。異日鳳雛麟趾，思祖宗喬木之盛，克自砥礪，奮庸振起，則祖宗積慶之餘，庶不附矣。《詩》云："繼繼繩繩，勿替引之。"因書以爲序。大宋淳熙七年庚子仲春之吉，賜進士出身同邑林大中書。

《龍山徐氏族譜》

雜　文

謝雨文

伏以乞泉祠下，明靈祇寓於一杯；沛澤雲端，膏潤普滋於百里。川有通舟之利，農無耒耜之嗟。咸釋厥心，悉知所自。是用遠將誠意，敬答洪庥。復水神淵，遵報本不忘之禮；達辭遂寢，覬佑民未艾之恩。

宋周秉秀《祠山事要指掌集》卷十

十子侍親圖記

吾鄉稱縉紳大家，惟香溪范氏爲首。而范氏之居香溪，更三世，是爲少保萊國文清公。按，公諱筠，字安禮，早登進士高第，揚歷中外。恒以清忠粹德，愛國裕民，所至能舉其職，累階至金紫光禄大夫、開府儀同三司，豐功茂烈，至今播人口耳。

篤生十子：長曰溶，字茂寬，朝請郎、饒州通判；次曰深，字茂藏，中散大夫、通州知州；次曰渭，字茂載，宣教郎、秀州通判，贈朝請大夫；次曰湝，字茂安，朝奉郎、潤州通判；次曰浩，字茂直，奉直大夫、集英殿修撰；次曰泳，字茂永，文林郎、蔣州觀察推官。次曰洵，字茂仁，朝請郎、大理寺正，贈朝請大夫；次旦浚，字茂明，詔舉賢良不起，講明理學，爲時宗師；次曰澈，字茂清，奉議郎、袁州通判；次曰溉，字茂遠，朝散郎、荆湖安撫使主管機宜文字。是十人者，或以政事稱，或以道德著，或以文學鳴，伯仲齊芳，金春玉應，皆能無忝無愧於公者也。當世誇豔之，以公十子號曰“十俊”，傳耀四方，咸以爲美談盛瑞，信乎其不誣矣！

其家嘗命善工畫公之像，衣冠森然，端坐於中，而繪十子環侍於左右，簪纓蟬聯，輝映堂序，慈孝之意，藹然溢於卷素間。仰而瞻之，莫不肅容改觀，而罔有狎玩。公之介孫端賢，間出以示大中，命爲記其本末。竊惟公之父子前引後繼，其遠猷令圖，誠非一日之積。正由封植之厚，灌溉之深，閎衍碩大，而一門若是之多賢，其來尚未艾也。爲子孫者仰瞻斯圖，有儼對越，一若祖考之臨乎其上，必當心前人之心，道前人之道，使范氏之澤垂之無窮。則此圖也，亦得相爲永久，世世寶之，寧有失墜者哉！此實作圖徵記之意也，其欽之哉！時紹熙元年庚戌正月望後二日，郡人林大中再拜謹記。

《香溪范氏宗譜》

狀　銘

宋左丞相少師觀文殿大學士忠宣留公行狀[①]

(前缺)時右相虚位,公屢以爲請。上曰:“古者多任一相,今方責成於卿,宜體朕意。”公與同列奏事後殿,上謂:“公等可各具當今爲治先務數條來上。”公上疏陳五事,上深納之,多所採用。八月,進呈《安奉壽皇玉牒》、《日曆》,積階授特進。先是,是年春,奏事留身,乞建儲,上曰:“且待商量。”後累入奏,上雖納公奏,未果從也。

二年冬,上以心氣不豫,未能視朝。時外議洶洶,公與同列間至福寧殿奏事。入則具言朝廷無事,以安上心。出則報行得旨,合處分事與中外除目,以安人情。歲則辛亥,蓋初郊之季也。十二月,公爵進封申國公。

三年三月,上病浸平,公懇祈歸政,上力留公。臺臣亦合辭奏言:“近者聖躬愆豫,留某維持紀綱,忠勤備至。今陛下初御内殿,幾務方繁,非宰臣求去之時。乞宣諭公,俾安相位。”遂不得請。十二月,進呈《安奉壽皇聖政》,授公少保、衛國公,累辭而後受。

四年,有李端友者,以椒房之親,内批除郎。公以御筆繳還,上不納,公執奏不奉詔,遂納之御榻而退。三月,以葛邲爲右丞相。四月,有旨召姜特立。公言:“唐憲宗時,李絳不與吐突承璀共立於朝。特立向知閤門事日,臣爲右相,嘗列其招權之狀,特立奉祠而去,已經四

① 按《宋宰輔編年録》卷十九文下注云“林大中狀其行”,後又注引文出處曰“行狀”,知留正《行狀》爲大中所撰。

年。今既召還，臣合罷相，與李絳一同。”遂居家待罪。越七日不報，遂出國門，乞解機政。奏言“陛下近年不知誰獻把定之説，遂至每事堅執，斷不可回。臣居家八日，出門三日，並皆不報，此把定之説誤陛下也”云云。復不報，乃次范村僧舍。自是徂冬，凡五閲月。上寤，遂寢特立之召。公生日，遣中使持詔賜生餼如儀。於是壽聖皇太后年登八袠，群臣請上尊號曰“壽聖隆慈備福”，將以冬至恭上册寶。詔以公爲禮儀使，攝太傅，令宰屬諭旨，使者相望，趣公以歸。入見，上大喜。凡累月有疑而未決之事，數日施行殆盡。是日，車駕過北宫，時雪隨應。以册寶禮成，授公少傅，進封魯國公。

五年正月，葛邲去位。時孝宗服藥，上以病未能省覲，公與知樞密院事趙公汝愚等日以爲言。五月戊辰，孝宗疾勢日亟，公與同列求對，侍從臺諫隨入殿庭，力請過宫。上拂衣起，公引上裾泣諫，同列及侍從臺諫從至福寧殿門，上亟還内。公退，上疏極論今日亡國之事，其大有四，皆人所不敢言者。

六月戊戌，孝宗升遐。癸卯，大斂。百官在廷，俟候成服。車駕未至，中外洶甚。公與同列謀請太皇太后垂簾，奏知壽皇之喪不可無主，祝文稱“孝子嗣皇帝”，宰相不可代行，乞降旨立皇子嘉王爲皇太子，權監軍國事，代行祭奠之禮。太皇太后不肯出。與同列屢乞奏事，不報。乃入奏，乞立嘉王爲皇太子，言：“臣等伏見近日中外人情不安，興訛造謗，無所不有，臣等朝夕思所以爲鎮壓之計，莫先於重國本，宜早正儲位，以安人心。”又奏擬指揮，乞御筆批依付學士院降詔施行，奉御批八字。公與同列即再請對，不報。乃復奏言：“立儲事不可緩，望睿明獨斷，速賜施行。”至是，奏凡四上，不報。公即出國門，上表乞致仕，其末曰：“願陛下速回淵鑒，追悟前非，漸收涣散之人心，庶保靈長之國祚。”識者知公惓惓之忠也。越二日，太皇太后命皇子嘉王即位於重華宫，尊皇帝爲太上皇帝，以公爲大行攢宫總護使。

初，公主議，謂：“上皇以疾不能主大行皇帝之喪，宜端默三年，立皇子嘉王爲皇太子，權監軍國事。若終喪後，上皇未有倦勤之意，則當復明辟。如議内禪，則皇太子可即皇帝位。”既而趙公汝愚欲因左司郎徐誼、尚書郎葉適，遣韓侂胄通巨璫張宗尹、關禮，使以内禪奏請於太皇太后。公謂：“建儲降詔之命未下，而遽及此，情禮未安。兩宫父子之間，他時有難處者。”議論不合，入奏，復不報，遂力求去。

及太皇太后命上即位，上頓首固辭，太皇太后令内侍扶掖上出簾，以黄袍加聖躬。上遜避，顧謂趙公汝愚曰：“恐負不孝之名。”群臣再三祈請，上却位，移時而不坐。其後侍郎鄭是言：“陛下自臨御以來，不以天位爲樂，而以未見兩宫爲憂，中外皆知陛下本心非利於有天下。然上皇之心猶有未釋然者，是以陛下未得盡子道也。”又言：“仁祖初建東宫，不以爲喜，而以不得日侍帝后左右爲憂。今陛下踰年於此矣，而問安視膳之敬猶未獲伸，諒聖情思慕之切，當又甚於仁祖。”上納其奏，愀然久之，蓋公之所慮者在是也。

先是，孝宗大漸，謂太皇太后曰：“宰相須是留某，不可輕易。”寧宗即位，入謝，太皇太后曰：“公公在日，只知重留丞相。聞已去，可速宣押。”乃賜御札入庚牌，遞遣内侍二員，水陸並進召公，且令所至勸進。公即同使者入見，賀上初登天位，誠爲宗廟社稷計。上曰：“方賴協贊，以起治功。”是時上居行宫，主大行皇帝之喪，公請車駕一出，慰都人之心。定壽康宫於南内，撤去所增禁旅，以安中外。悉從公奏也。輔臣皆次遷，授公少傅，公控辭不拜，章五六上。復言：“國步多艱，壽皇厭代升遐，上皇抱疾不出，太皇太后因立陛下，以安宗社。陛下勉狥群情，以登大寶，正宜遇事從簡，示天下以不得已之意，然後可以立國，誠非頒行封爵之時。”上從公請。（下缺）

宋徐自明《宋宰輔編年録》卷十九

朝散大夫西齋朱公墓志銘

君諱藻，字元章，姓朱氏。自其先避五季亂，因家於縉雲。曾大父交，潛德不耀。大父晞，登政和壬辰進士，仕亞中大夫。父同，以明經授朝請郎，先娶姚氏，繼娶陳氏，生君，贈宜人。

君性篤孝，宜人寢疾，數載躬治藥餌，夜不解衣，宜人竟疾不起。甫及祥，而朝請繼以歿，疚哀幾欲無生。服除，刻意問學，期於立身揚名，以責泉壤。紹興三十年，兼經舉進士及第，偶脱字不合程度，與同進士出身。同年魁梁公克家每念之不能忘，及居相位，議處中郎官，君謂："前日之不偶，命也。何敢不安於命，復貪進以招物議耶?"梁公嘉歎而止。

初主漢川簿兼尉，而疆埸不静，縣當師旅之衝，芻挽無闕。南渡以來，夷陵之士，鮮有登第者。君爲考官，所取皆知名士。自是向學者始衆，人謂君激勸之力也。次紹興府司理參軍，三司鼎立，而府多大姓，君御事以法不以情，以理不以勢。上官初若忤意，恐大姓不相安，而竟賴其整肅。監行在草料場，出納惟謹。朝士以其所職者小，而窺其所藴之大，往往期以遠到。

尋改宣教郎，補浦城宰。前政積捕以緡計者十餘萬。君趨郡之始，吏迫以輸期，君謂："所欠皆失陷之數，必欲取辦，不過横斂於民；與其横斂於民，寧得罪於郡；與其得罪於他時，寧得罪於今日。"即請告歸。同人强之就職，而吏兹不悦，竟媒蘖譖去。君作邑雖未久，而勇於去惡。先是邑有賊寇結黨爲害，遇歉則相與剽掠。前令慮其生事，匿不以聞。君誘至之，悉置於法。又邑有謝姓者，號善脅持。偶一丐疾死神祠中，謝自稱其舅，以毆斃誣富民某，某畏捶楚，將誣伏。君至，得其情，執謝付獄，丐舅復出證，謝辭窮，君痛繩之以法。邑人快之，爲立生祠。

及宰仙居，又以微文被倉司劾免，人惜其去。復宰隕鄉。隕去邊不百里，俗素獷悍，一不如意，則轉從出鄉，而令受重責。君悉力安集之，比初時户口增倍。任滿，通判江陵。及期，以漕檄攝復州。

時江陵壞決，闔郡罹害。君發帑庫賑恤，繕築之役，民忘其勞，諸司嘉之，列牘奏辟。將被命，而以微疾卒於官。時慶元庚申正月廿七日也，享年七十有一，積官朝散大夫。以開禧丁卯十一月十五日甲申，葬於景福鄉鵝城之麓。

君持身廉簡，居家孝友，處鄉里以和，在官以撫字爲先，每至口碑載道。至若官渝數奇，則有命焉。年侵而耳目不衰，佐郡暇不廢觀書，手抄《漢史》、《文選》、《記事纂言》，時以歌詩自娱，著有《西齋集》十卷。娶葉氏，封宜人，先君十二年卒。子三：俁、儻、儔。女二：長適鍾鼎，次適從政郎、房州司理參軍何叔昌。何卒於官，女亦繼喪。俁等不以仕進爲念。孫七人：孝思，迪功郎，授鄂州京山主簿，未赴而卒；孝忠，迪功郎，授襄陽府縣尉；孝德，進武校尉；孝方，迪功郎；孝齊，進武校尉；孝義、孝忞，俱幼。女孫三人：長適知邵州鞏公之子貴亨，次幼。曾女孫一人。將葬，諸孤越境而來，拜且泣曰："述先君之行實者，莫如銘；知先君之出處而銘之，足信於後者，宜莫如門下。"余於君爲同年誼，有不得辭者。銘曰：

謂爲不遇耶，官至大夫；謂爲不壽耶，七秩而逾。何人生之未厭，猶爲之歎息而唏噓？無乃見其外之瘠，而不知其内之腴；見其行之尼，而不知其志之舒。我思古人，舍命不渝，嗚呼！又何傷乎！

朝請大夫、焕章閣待制致仕、永康縣開國伯、食邑百户、賜紫金魚袋林大中撰。

寶謨閣學士、通奉大夫、知成都府、四川宣撫制置使、小溪縣開國伯、食邑八百户、賜紫金魚袋楊輔書並篆蓋。

《縉雲河陽朱氏宗譜》

大宋奉議大夫兼國子監丞文簡黄公墓表[1]

紹熙甲寅，寧宗初位，予任中書舍人，門人黄頫亦於是年舉鄉首。

---

① 此文文體及史實皆有可疑處，以載譜中流傳既久，姑録之以俟考。

明年春，來謁於京兆之私第，告曰：“頫蒙教育，叨占科名，恒以先德之未報，有歉於心。”乃出曾祖文簡公行傳一通，將乞銘於予，予羈於國事未遑。逮後五年，予已退居田里，黄頫笑訪於龜潭之濱，復申前請。且予與公相後也二十餘年，雖不及識公之面，公之德望嘗聞其略矣。尤以一日長於頫，義不可辭，謹按傳曰：公諱簡，字達孫。胄出顓頊曾孫陸終，後封于黄，因以爲姓。至漢黄香爲尚書，居江夏。隋有黄□徙婺，唐有黄熒爲諫議大夫，生子洪、浩，洪之仲子苾由婺析剡，遷諸暨花亭。苾之仲子褒爲美化山長，于公爲高祖。曾祖元亨，爲宋趙王郡馬。祖中孚，爲宋趙魏王郡馬，仕至資政殿學士、簽書樞密院事，贈通奉大夫，封江夏郡侯。父得愚，早世，生公伯仲四人，三兄承蔭補官。

公居四，自少穎悟，讀書好禮。年十二遭父喪，哀慕如成人。比長，入太學，以文章鳴。元祐三年舉進士，對策大廷，極論孝弟之意。天子異其言，擢爲上第，授文林郎、保寧軍節度推官，改任宣義郎。居官清慎，蒞事公勤，俸例不入於私囊，聲華每騰於公論。六年，召秘書省校書郎。八年，遷著作佐郎、普安恩平郡王府教授。紹聖三年，遷奉議大夫，同知國子監事，則以師道自任，天下士子翕然宗之，不啻如太山北斗。常以言語文章規切時政，當時奸黨皆不悦於公，乃譖於上曰：“國子監丞黄簡所事者在乎禮文，所司者在乎啓迪，職非言路，官非御史，顧乃好爲詞章，輕論朝廷之是非，妄談政事得失。言之婉曲，多惑聖心。臣恐無益於當時，未免貽患於他日，在法固當誅，棄之猶爲可惜。願主上覺察其事，即將黄簡謫調於僻壤之邦，薄示懲戒，以警將來。庶使官守者修其職，有言責者盡其忠，無有越分妄言之非矣，豈不有補於朝廷也哉！”上是其言，遂以公謫爲永康儒學教諭，是時元符已改元矣。

公之落職也，不以爲戚，而居之裕如。引進後學，嚴教條，督課業，綽有政績。當道者深加稱賞，累薦於朝。徽宗聞公之賢，崇寧三年特旨來詔，而公於是年正月五日已先薨矣。帝乃親書手詔曰：“乾坤清淑之氣，在上爲星辰，在下爲河岳，在人爲文章，是皆有以參天地之化，關盛衰之運者也。我宋之興，賢才輩出，乃若奉議大夫、國子監丞黄簡奮迹儒科，登名仕版，文章足以黼黻乎皇猷，道德堪與維持乎世教，奈何奸雄之讒譖，致我先帝之見謫。正欲征庸，爾身已喪，朕深痛惜，特賜褒崇。加贈爾中奉大夫，追封江夏郡公。爾既博學于文，而又約之以禮，謚爲'文簡'。妻亦從爾貴，封江夏郡夫人，欽哉!"

公薨時，以子幼不能歸葬，遂穸縣後古麗坊。後十三年，始克葬公於邑西母字嶺之原。適值方臘之變，家子□有武略，能以死戡亂，封敦武郎。生子大圭，亦能擒臘立功，嘗爲閤門宣贊舍人，封武經郎。其女適陳次尹，生陳亮，紹熙四年賜狀元。次子瑋，生大垚，大垚生頫，乞銘者公之曾孫也。嗚呼！公其逝矣，猶受恩贈如此。乃子乃孫，俱以簪纓相繼，曾孫發解賢科，又能闡揚先德，公其有後矣，豈非死有生氣乎！且公葬已久，不及銘墓中，乃叙其事，使以表於墓上。噫！公逝矣，予言不泯，百世之下，於是有考也。誄曰：

得愚之子，簽書之孫。不襲餘蔭，篤學好文。天賦之奇，英雄之氣。奮迹賢科，起自諸暨。對策廷下，有契宸衷。擢爲上第，振起儒風。歷官廉能，處己仁恕。政事文章，綽有餘譽。遭讒落職，家于永康。衙後之巷，古麗之坊。幸沐聖恩，徵庸有詔。公其云亡，追封謚號。邑西之嶺，母字之原。一丘之穴，萬世之安。母字之嶺，邑之西北。執詔無窮，視此幽刻。

慶元己未十月既望，賜進士出身同邑林大中撰。

《永康黄氏宗譜》

附　編

傳記文獻

簽書樞密院事致仕贈資政殿學士正惠林公神道碑[①]

開禧三年十有一月四日有旨，樓鑰、林大中召赴行在。先是，平章軍國事韓侂胄專國弄權，妄啓兵端，禍及南北，生靈國勢幾殆。主上赫然震怒，俾誅殛之。更化善治之始，才一日而有此命，公足以當此矣，鑰何以堪之。

公字和叔，婺之永康人。曾祖琭[②]，太子少保；妣陳氏，延寧郡夫人。祖邦，太子少傅；妣姚氏，高平郡夫人。考茂臣，太子少師；妣李氏，信安郡夫人。皆以公貴追贈。初，少傅隨母嫁盧氏，再世承其姓，公始復爲林。

公少篤志問學，文章自出機杼。紹興二十七年，入太學，文行俱高，士論歸重。三十年，登進士科，調左迪功郎、湖州烏程縣主簿。貧甚，俸薄，郡欲月有增餽，卒謝之，所立已如此。

乾道六年，丞貴池，用薦者改左宣教郎。淳熙三年，知撫州金谿縣。郡督財計太急，公堅請寬以數月，不敢有負。又貽書至四三，不聽，公取告敕納之州，求劾而去，守媿謝許之。邑民感公之深，恐其受

① 清李汝爲、潘樹棠《光緒永康縣誌》載有樓鑰《宋林樞密墓碑銘》，實此《神道碑》之節文，非别有作，兹不另録。

② “琭”，底本原作“禄”，據《永康梅城林氏風節宗譜》改。

責，競輸于郡，已而視歲額反加焉。差役盡，公多端寬卹，受役者無異詞，有先一年而豫定者。丁少師憂，役人泣曰："反誤我矣。"

七年，知湖州長興縣，在浙右，號難治。公益究心官事，民情孚洽，若有相之者。縣境高于太湖，歲旱河涸，米價翔貴，已有攘奪之患。民寡蓋藏，官無贏蓄。公方憂慮而無策，夜半涌水自荻浦灌河，聲震數里，米舟輻湊，闔境以爲神。和買比經界前增四之三，公必欲寬之，推見衆弊，獲免者五千餘户，增輸以實者帖然。訟牒必竟曲直，不許私和。或謂恐益多事，公曰："此乃省事之法也。"以是鬴訟日稀。期限寬而信，可展而不可違。去如始至，所下文移無一紙遺于民間。二邑遺愛，迨今未泯也。

詹侍郎儀之力薦于朝，十年，幹辦行在諸司糧料院。十二年冬，求補外。同擬者四人，孝宗皇帝指公與計衡姓名，曰："此二人佳，可除職事官。"遂除太常寺主簿。十四年，遭内艱。十六年夏，除諸王宫大小學教授。時光宗皇帝初即位，詔侍從舉察官。户部葉尚書翥等四人俱以公薦，擢監察御史，論事無所回挺。

紹熙改元三月，御批賜公等曰："臺綱正則朝廷理，委寄匪輕。言事覺察，各有舊制。玆示朕意，宜務遵承。"公謂："臺官不當踰越分守，誠如聖訓。然居此，當以抗直敢言爲稱職。"遂與同列答奏，又曰："職有常守，期各務于遵承；言所當言，庶不孤于委寄。"自是風采益振。五月，遷殿中侍御史。二年八月，除侍御史。三年三月，兼侍講。

公之論事根于忠實，上不求合于人主，下亦不避嫌怨，而愛君憂國，務存大體，毁譽皆有所試，抨彈無不聳服。在臺首尾四年，最爲稱職。知静江府陳賈將奏事之任，知潭州趙善俊得旨奏事，皆極論而寢其命。其論善俊也，謂："若欲收用宗室以强本朝，當擇其賢者。善俊何人，而可當特召？"上問孰賢，公以知福州汝愚對，退又申其説。御批善俊與郡，又兩日，遂召汝愚。此諫行言聽之始也。鄧司諫馹以忤旨移將作監，公請曲加優容，俾復舊職。丞相留公正丏去，公率同寮奏乞宣諭，使安相位，遂不果去。身居言路，而伸諫省之氣，誦宰相之賢，他人不敢爲也。有薦公入臺而論其多可而無特操，不可爲執政；與公舊故而論其回邪不靖，不可典刑獄。户箎督迫州郡太甚，公上彈章，上曰："别易一部，何如?"對曰："昨爲刑部，專爲深刻，易别部亦不可。"章至三上。宣諭宰臣遣都司道上意，公曰："言事不行，只有一去，更無可商榷者。"此語既聞，竟與郡而去。監文思院常良孫以賄遭重劾，公奏："此人死有餘責，然其曾祖安民爲元祐名臣，高宗念其以忠直斥死，擢其子同爲中司。願特免其真決，寧加遠竄。"公勇于逐方用之從臣，而拳拳于一纍囚如此。排擊固多，此皆其著者。

至其論議，尤爲切直而當理。首論君子小人大槩曰："趨向果正，雖小節可議，不害爲君子；趨向不正，雖小有可喜，不失爲小人。正者，當益厚其養，無責其一節之過差，以消沮其直大之氣；不正者，深絶其漸，無以一節之可喜，而長其姦僞之萌。則君子得以全其美，而小人無所容其姦。"又論："今日之事，莫大于讎耻之未復。此事未就，則此念不可忘。然事變不常，我有備而後可爲，彼有釁而後可乘。恢復固未容輕議，惟此念存于心，則陵寢如見于羹牆，故都如見其禾黍。於以來天下之才，作天下之氣，倡天下之義。根本既立，綱紀日張，而治功可得而成矣。"雷雪求言，公以事多中出，疏曰："雷電之後，大雪繼作，則陰勝陽之明驗也。當毋使小人得以間君子，夷狄得以窺中國，女謁得以行于外。"嘗論邊事，謂："今之言備邊者，皆其細務。當遴選行實才略之人，付以江淮荆襄經理之任，使文武合爲一道。慶曆中，分河北、陝西各爲四路，悉用文臣爲大帥，武臣副之。平時使之通情而共事，則緩急可以協濟而成功。無事則同任撫養士卒之責，有事則獨當號令行營之寄。久其任，重其權，則邊防立而國勢張矣。"又奏："律有别籍異財之禁，祖父母、父母令别籍者減一等，而令異財者無罪，淳熙敕令所看詳亦然。今州縣不明法意，父祖令異財者亦罪之。知美風教之虚名，而不知壞風教之實禍。欲申嚴律文疏議及淳熙指揮，若止令其異財，初不析開户籍，自不應坐父祖之罪。其非理破蕩所異田宅者，理爲己分，則不肖者不萌昏賴之心，而其餘子孫皆可自安，實美化移風之大要也。"詔頒行之，至今爲便。江、浙四路以和買折帛重困，公奏："有産則有税，于税絹而折帛，猶有説也。和買其初先支錢而後輸絹，中以錢與鹽分數均給，後遂白納紬絹。今又使納折帛，反成倍輸，全失立法之本意。欲求對補之策，以寬民力而固邦本。"于是減其輸者三歲。

公初論版曹齟齬者幾月，僅能去之。繼論棘卿至四章，不報，遂明以姓名申尚書省而力求補外。改除吏部侍郎，丐外祠，除直寶文閣，與棘卿俱與郡。後省同奏留公，且言："當與被論者有别。"公尋知寧國府，改贛州，而卿以祠去。何正言異因對，上謂曰："林某好人，朕甚念之，已爲易章貢見次矣。"贛爲劇郡，公一以平心處之。文移期會，動有成規，裁斷曲直，不可動揺。聽訟初有數百，後惟十餘紙，猾胥豪民爲之束手。所奏便民五事：一、論州之冗官無職事而糜廩禄者可罷；二、請添置土軍弓兵；三、請以錢分給諸邑而禁科罰；四、乞禁廣東之民誘致盜掠郡人，賣爲奴婢；五、謂贛縣兩武尉，乞差文臣一員。皆郡之急務。

五年七月，主上登極，趣召公還。贛石至險，公欲行，不雨而水高數尺，怪石盡没，俗謂之清漲，殆出神助。趙清獻公以後，惟此時得之。九月，除中書舍人。十二月，遷給事中，尋兼侍講。公代言得制誥之體，而繳詞批敕，風裁如臺中時。侂胄來見，公接之無他語，因使人通問，願内交，又笑却之。

會彭侍郎龜年抗論侂胄甚切，有旨："侂胄特轉一官，依所乞除在京宫觀；龜年除焕章閣待制，與郡。"公尚在西掖，鑰在鎖闥，連名上疏，謂："次對不過在外之職，序反下于貳卿。廉車之升留務，則寵之已至。況一去一留，恩意不侔，去者不復得侍左右，留者既曰内祠，則召見無時，終不能遠。請留龜年于經筵，不然則命侂胄以外祠。"奉御筆:"龜年除職與郡,已爲優異。侂胄初無過尤,罷職奉祠,亦不爲過,可並書行。"又同繳奏:"龜年以真侍郎除職與郡,若以爲優異,則侂胄之轉承宣使,非優異乎? 若謂侂胄初無過尤,則龜年論事乃出于愛陛下之誠心,豈爲過乎? 恐自此無敢爲陛下出力論事者。龜年既已決去,侂胄難以獨留。望予外任,或予外祠,以慰公議。"初,趙丞相登政府,汪義端爲監察御史,力攻之不得,遂罷去。至是侂胄引爲右史,公又駁之。改除公吏部侍郎,蓋兩以言事得此官,竟不拜。除焕章閣待制,知慶元府,時慶元元年。

鑰素聞贛上之最,慶元鄉郡也,奉祠家居,公之善政實親見之。公清心寡欲,無一物可以動其念。日坐黄堂,非二膳不入。克勤小物,如爲長興宰時。剖決民訟,是非立辨。人固不敢干以私,亦無可干者。始居郡齋,有盜若鬼神之狀,人人皇惑。公以爲此黠賊也,必欲捕治。已而果然,前政所失器物亦皆得之,由是姦人屏息。公廉明敏,皆安而行之,不可屢數。精力有餘,足以行其志。城南有河,而江浦抵隄下者數處,河漲潮登,幾混爲一,行者病之。間遇潮退隄決,河水盡傾。鑰自幼即熟聞此害,不知自舊幾年矣。鄉之有才知者,屢謀而未遂。公聞之,初不以語人。在郡纔數月,撙節浮費,得贏貲二萬緡。一日委官置局,命富室才力兼備者七人,分董其役,悉以石爲之。吏不得預,民不知擾,指日而成,砥平繩直,自甬水橋以至北渡,凡二十五里。有欲記者,公曰:"何用?"而利及永久,民用歌之。

二年,求祠至于再三,始得請。郡人曰:"守有三林,後林尤冠。"謂侍郎栗、郎中枅,皆在前有聲也。得守如此,未聞有所褒進,又不留以福吾州,乃聽其求閒耶? 未行,銀臺駁論,鐫職罷祠而歸。耋穉攀留,嗟惋如出一口,公怡然而行。五年四月,提舉武夷山沖佑觀。六年,引經有請,復元職致仕。未幾,御史承風旨論列,摭四明異政一二爲最謬,再落職,公道安在哉?

嘉泰三年十月,再復職。一閒一紀,退然一布衣也。去邑居三里所，得龜潭之勝，作莊園其上，最得一縣勝處。時挾書以往，客至則擷杞菊，取谿魚以佐酒，談笑自適。亭榭隨意，有獨樂之風。或謂公不以書入脩門，縱不求福，亦欲免禍。公則曰："禍福皆天也，豈智力所能移乎！"邊釁既啓，朝夕憂之，歎曰："恢復之名則不可議，權臣之心則不可知。今欲宗社再安，非息兵不可。欲息兵，非去權臣不可。"

既有召命，令州軍以禮津遣，又促其行。始到闕，而吏部尚書之命已五日矣。内引奏對，玉音嘉奬。公首論防微杜漸，無求更化之名，必務更化之實。次歷陳朱熹、彭龜年、吕祖儉以論擊侂胄皆以貶死，其他類此者量輕重旌表之，以伸其冤，且以爲直言之勸。末謂侂胄之竊權，陳自强之貪沓，官有定價，乞嚴贓吏之罪。是月，除端明殿學士、簽書樞密院事。嘉定改元閏四月，命宰執並兼東宫官，公兼太子賓客。公抱負所學，中外俱有聲績。及在西府，當侂胄殘毒之餘，未易經理。事之當爲，推誠以佐其長，但論事之是否，不顧身之利害，亦不暇顧忌而後發。嘗在榻前議講解事，上曰："朕爲生靈，不憚屈己。事定之後，亦欲與卿等作家計。侂胄十三年敝政，豈可不革？"公與同列謝且賀曰："陛下之言及此，國之福也。"退爲所親言："年將八十，豈堪勞勩？獨念和議未成，未能體承聖訓，盡革敝倖，爲經久之計。略遂此心，則乞身以歸。"然和使未回，而公薨矣。廬帥王柟初往通好，金人謂之曰："近報韓侂胄已就戮矣。"又問公與鑰同日被召，二人如何，王以實對。歸誦其語，公以語鑰，且益相勉，不可忘也。

公孝于親，友愛諸弟。既終信安夫人之喪，悉以先疇分與之，又官其從子二人。自奉甚薄，清俸之餘，以給宗黨。莊敬好禮，不惡而嚴。一言之出，終身可復。讀書至老不倦。郡齋公退，躬督諸孫課程，吏卒或聞洛誦聲而不識其面。悼亡之後，自言子雖蚤殁，而三孫足以承家。清修幾二十年，尤人所難。家居不以事干州縣，守令能訪利病，則極口告之。接人深有恩意，或浼以外事，雖至親，不答也。所居殊陋，既貴不改。出以二僕肩輿，僅免徒行而已。素不求人知，人自服其名節。朱待制嘗貽書朝士，有曰："林和叔初不識之，但聞其入臺無一事不中的。去國一節，風誼凛然，當于古人中求之。"後同在從班，相得愈深。

公文詞淳實，如其爲人，未嘗無用而作。有《奏議》十卷，《外制》三卷，《文集》二十卷，藏于家。冒暑得病，猶自力以趨朝謁。六月壬申薨于位，上爲之震悼，徹視朝三日。賜水銀、龍腦及銀絹各五百，東宫亦致賻焉。享年七十有八，積官至朝議大夫，爵東陽郡侯，食邑一千一百户，食實封一百户，贈資政殿學士、正奉大夫。有司將設�祭，力辭之。以二年十一月己未，葬公于縣之長安鄉南塘山之原。有司定謚曰"正惠"，特添差從子籥爲婺之司户參軍，護其葬，朝旨轉運司應辦，可謂終始哀榮矣。娶趙氏，先十八年卒，贈永嘉郡夫人，至是合祔焉。子簡，以公樞府恩例，特贈登仕郎。女七人：長適從事郎、新汀州州學教授陳黼，次適進士胡一之、王樾，宣教郎、新通判臨安軍府事應懋之，國學生喬時敏，里士趙遜、孫栻。孫三人：楷，樅，并迪功郎、監西京中嶽廟；棫，迪功郎、新湖州歸安縣主簿。楷，實承重解官。曾孫四人：子熙，子點，并將仕郎；餘未名。女五人，尚幼。

公標矩自高，望之儼然，若不可以挹酌，臭味苟同，歡如平生。始在宫庠，鑰爲考功郎，一見傾蓋。公久在御史府，鑰入後省，當紹熙間，各欲維持公議，往往不謀而同，交情由是益厚。已又同司論駁，相隨出關，託芘桑梓。别後俱墮百謫，自謂此生不復再見矣。赴闕之初，握手笑且歎，相語曰："吾儕相逢，此殆天也。"嘗爲龜潭賦大篇，公見而喜，寄烏絲欄使書之。鑰取友固多，晚而出處略相似、名位相上下未有如公者，非所謂君子之交淡以成者耶？天不憖遺，喪此元老，殄瘁之悲又非他人比。楷等求銘，義不容辭。發揮幽光，愧弗克稱。《詩》曰："我心匪石，不可轉也。我心匪席，不可卷也。"范太史稱司馬温公曰："其清如水，而澄之不已。其直如矢，而端之不止。"嗚呼！林公其幾于是乎！銘曰：

儒者制行，或流于偏。猗歟林公，行幾于全。喜怒未發，公名斯得。發而中節，以表公德。學以致身，政能及民。秉心無競，掇皮皆真。具區灌河，贛石清漲。心與天通，動有陰相。謹終如始，視險若夷。非通非介，不磷不緇。遇事敢言，獨立不懼。兩貳天官，不合則去。號三不欺，藹然吏師。四明之政，實親見之。風生柏臺，節著瑣闥。百謫横加，清聲四達。歸老龜潭，若將終身。更化之初，首圖舊人。上喜見公，俾貳宥府。望尊朝廷，名落夷虜。經綸未究，胡不慭遺？一鑑云亡，殄瘁何悲！子産遺愛，叔向遺直。孰其兼之？視此銘刻。

宋樓鑰《攻媿集》卷九十八

《宋史》本傳

林大中，字和叔，婺州永康人。入太學，登紹興三十年進士第，知撫州金谿縣。郡督輸賦急，大中請寬其期，不聽，納告敕投劾而歸。已而主太常寺簿。

光宗受禪，除監察御史。大中謂："國之大事在祀，沿襲不正，非所以嚴典禮，妥神明。"上疏言："臣昨簿正奉常，實陪廟祀，見其祝于神者，或舛於文；稱於神者，或訛其字；所宜厚者，或簡不虔；所宜先者，或廢不用；更制器服，或歲月太疏；夙興行事，或時刻太早。是皆禮意所未順，人情所未安也。"一日，御札示大中，謂："言事覺察，宜遵舊例。"大中曰："臺臣不當踰分守，固如聖訓，然必抗直敢言，乃爲稱職"。遷殿中侍御史。奏言："進退人才，當觀其趣向之大體，不當責其行事之小節。趣向果正，雖小節可責，不失爲君子；趣向不正，雖小節可喜，不失爲小人。"又論："今日之事，莫大於讎耻之未復。此事未就，則此念不可忘。此念存於心，于以來天下之才，作天下之氣，倡天下之義。此義既明，則事之條目可得而言，治功可得而成矣。"陳賈以静江守臣入奏，大中極論其"庸回亡識，嘗表裏王淮，創爲道學之目，陰廢正人。儻許入奏，必再留中，善類聞之，紛然引去，非所以靖國。”命遂寢。

紹熙二年春，雷電交作，有旨訪時政闕失。大中以事多中出，乃上疏曰：“仲春雷電，大雪繼作，以類求之，則陰勝陽之明驗也。蓋男爲陽，而女爲陰，君子爲陽，而小人爲陰。當辨邪正，毋使小人得以間君子。當思正始之道，毋使女謁之得行。”司諫鄧馹以言事移將作監，大中言：“臺諫以論事不合而遷，臣恐天下以陛下爲不能容。”守侍御史兼侍講。知潭州趙善俊得旨奏事，大中上疏劾善俊，而言宗室汝愚之賢，當召。上用其言，召汝愚而出善俊與郡。

時江、淮、荆、襄爲國巨屏，而權任頗輕。大中言：“宜選行實材略之人，付以江、淮、荆、襄經理之任。舊制河北、陝西分爲四路，以文臣爲大帥，武臣副之。中興初，沿江置制置使。自秦檜罷三大將兵權，專歸武臣，而江東、荆、襄帥臣不復領制置之職。宜仍舊制置，而以諸將爲副，久其任，重其權，則邊防立而國勢張矣。”

江、浙四路民苦折帛和買重輸，大中曰：“有産則有税，於税絹而科折帛，猶可言也，如和買折帛則重爲民害。蓋自咸平馬元方建言於春預支本錢濟其乏絶，至夏秋使之輸納，則是先支錢而後輸絹。其後則錢鹽分給，又其後則直取於民，今又令納折帛錢，以兩縑折一縑之直，大失立法初意。”朝廷以其言爲減所輸者三歲。

馬大同爲户部，大中劾其用法峻。上欲易置他部，大中曰：“是嘗爲刑部，固以深刻稱。”章三上不報。又論大理少卿宋之瑞，章四上，又不報。大中以言不行，求去，改吏部侍郎，辭不拜，乃除大中直寶謨閣，而大同、之瑞俱與郡。初占星者謂朱熹曰：“某星示變，正人當之，其在林和叔耶?”至是，熹貽書朝士曰：“聞林和叔入臺，無一事不中的，去國一節，風義凛然，當於古人中求之。”給事中尤袤、中書舍人樓鑰上疏云：“大中言官，當與被論者有别。”尋命知寧國府，又移贛州。

寧宗即位，召還，試中書舍人，遷給事中，尋兼侍講。知閤門事韓侂胄來謁，大中接之，無他語，陰請内交，大中笑而却之，侂胄怨由此始。會吏部侍郎彭龜年抗論侂胄，侂胄轉一官與内祠，龜年除焕章閣待制與郡。大中同中書舍人樓鑰繳奏曰："陛下眷禮僚舊，一旦龍飛，延問無虚日。不三數月間，或死或斥，賴龜年一人尚留，今又去之，四方謂其以盡言得罪，恐傷政體。且一去一留，恩意不侔。去者日遠，不復侍左右。留者内祠，則召見無時。請留龜年經筵，而命侂胄以外任，則事體適平，人無可言者。"有旨："龜年已爲優異，侂胄本無過尤，可並書行。"大中復同奏："龜年除職與郡以爲優異，則侂胄之轉承宣使非優異乎？若謂侂胄本無過尤，則龜年論事實出於愛君之忱，豈得爲過？龜年既以决去，侂胄難於獨留，宜畀外任或外祠，以慰公議。"不聽。

太府寺丞吕祖儉以上書攻侂胄，謫置韶州，大中救之。汪義端頃爲御史，以論趙汝愚去，至是侂胄引爲右史，大中駁之。改吏部侍郎，不拜，以焕章閣待制知慶元府。城南民田潮溢，不可種，大中捐公帑治石築之，民不知役而蒙其利。郡訛言夜有妖，大中謂此必黠賊所爲，立捕黥之，人情遂安。丐祠，得請。給事中許及之繳駁，遂削職。後提舉冲佑觀。乞休致，復元職。監察御史林采論列，再落職，尋復之。

大中罷歸，屏居十二年，未嘗以得喪關其心。作園龜潭之上，客至，擷杞菊，取溪魚，觴酒賦詩，時事一不以掛口。客或勸大中通侂胄書，大中曰："吾爲夕郎時，一言承意，豈閒居至今日耶？"客曰："縱不求福，盍亦免禍。"大中曰："福不可求而得，禍詎可懼而免耶？"侂胄既召兵釁，大中謂："今日欲安民，非息兵不可；欲息兵，非去侂胄不可。"

及侂胄誅，即召見，落致仕，試吏部尚書，言："吕祖儉以言侂胄得罪，死於瘴鄉，雖贈官畀職，而公議未厭。彭龜年面奏侂胄過尤，朱熹論侂胄竊弄威柄，皆爲中傷，降官鐫職，卒以老死，宜優加旌表。其他因譏切侂胄以得罪者，望量其輕重而旌别之，以伸被罪者之冤。"除端明殿學士、簽書樞密院事。

嘉定改元，兼太子賓客。嘗議講和事，上曰：“朕不憚屈己爲民，講和之後，亦欲與卿等革侂胄弊政作家活耳。”大中頓首曰：“陛下言及此，宗社生靈之福也。”每語所親云：“吾年垂八十，豈堪勞勩，徒以和議未成，思體承聖訓，以革弊倖爲經久之計。儻初志略遂，即乞身而歸矣。”是年六月卒，年七十有八，贈資政殿學士、正奉大夫，謚“正惠”。大中清修寡欲，退然如不勝衣，及其遇事而發，凜乎不可犯。自少力學，趣向不凡。所著有《奏議》、《外制》、《文集》三十卷。

元脱脱等《宋史》卷三九三

《續通志》小傳

林大中，字和叔，婺州永康人。入太學，登紹興三十年進士第，知撫州金谿縣。郡督輸賦急，大中請寬其期，不聽，納告敕投劾而歸。已而主太常寺簿。

光宗受禪，除監察御史。上疏言：“臣昨簿正奉常，實陪廟祀，見祝于神者，或舛於文；稱於神者，或訛其字；所宜厚者，或簡不虔；所宜先者，或廢不用；更制器服，或歲月太疏；夙興行事，或時刻太早。是皆禮意所未順，人情所未安也。”一日，御札示大中，謂：“言事覺察，宜遵舊例。”大中曰：“臺臣不當踰分守，固如聖訓，然必抗直敢言，乃爲稱職。”遷殿中侍御史。奏言：“進退人才，當觀其趨向之大體，不當責其行事之小節。趨向果正，雖小節可責，不失爲君子；趨向不正，雖小節可喜，不失爲小人。”又論：“今日之事，莫大於讎恥之未復。此事未就，則此念不可忘。此念存於心，于以來天下之才，作天下之氣，倡天下之義。此義既明，則事之條目可得而言，治功可得而成矣。”陳賈以静江守臣入奏，大中極論其“庸回亡識”，命遂寢。

紹熙二年春，雷雹交作，有旨訪時政闕失。大中疏曰：“仲春雷電，大雪繼作，以類求之，則陰勝陽之明驗也。男爲陽而女爲陰，君子爲陽而小人爲陰。當辨邪正,毋使小人得以間君子。當思正始之道,毋使女謁之得行。"司諫鄧馹以言事移將作監,大中言:"臺諫以論事不合而遷,臣恐天下以陛下爲不能容。"守侍御史兼侍講。知潭州趙善俊得旨奏事,大中上疏劾善俊,而言宗室汝愚之賢當召。帝用其言,召汝愚而出善俊。

時江、淮、荆、襄爲國巨屏,而權任頗輕。大中言:"宜選行實材略之人,付以江、淮、荆、襄經理之任。舊制河北、陝西分爲四路,以文臣爲大帥,武臣副之。中興初,沿江置制置使。自秦檜罷三大將兵權,專歸武臣,而江東、荆、襄帥臣不復領制置之職。宜仍舊制置,而以諸將爲副,久其任,重其權,則邊防立而國勢張矣。"

江、浙四路民苦折帛和買重輸,大中曰:"有産則有税,於税絹而科折帛,猶可言也,如和買折帛則重爲民害。蓋自咸平馬元方建言於春預支本錢濟其乏絶,至夏秋使之輸納,則是先支錢而後輸絹。其後則錢鹽分給,又其後則直取於民,今又令納折帛錢,以兩縑折一縑之直,大失立法初意。"朝廷以其言爲減所輸者三歲。

馬大同爲户部,大中劾其用法峻。帝欲易置他部,大中曰:"是嘗爲刑部,固以深刻稱。"章三上不報。又論大理少卿宋之瑞,章四上,又不報。大中以言不行,求去,改吏部侍郎,辭不拜,乃除直寶謨閣,而大同、之瑞俱與郡。給事中尤袤、中書舍人樓鑰上疏云:"大中言官,當與被論者有别。"尋命知寧國府,又移贛州。

寧宗即位,召還,試中書舍人,遷給事中,尋兼侍講。知閤門事韓侂胄來謁,大中接之無他語,陰請内交,大中笑而却之,侂胄怨由此始。會吏部侍郎彭龜年抗論侂胄,侂胄轉一官與内祠,龜年除焕章閣待制與郡。大中同中書舍人樓鑰繳奏曰:"陛下眷禮僚舊,一旦龍飛,延問無虚日。不三數月間,或死或斥,賴龜年一人尚留,今又去之,四方謂其以盡言得罪,恐傷政體。且一去一留,恩意不侔。請留龜年經筵,而命侂胄以外任。"有旨:"龜年已爲優異,侂胄本無過尤,可並書行。”大中復同奏：“龜年既以決去，侂胄難於獨留，宜畀外任或外祠，以慰公議。”不聽。

太府寺丞吕祖儉以上書攻侂胄，謫置韶州，大中救之。汪義端頃爲御史，以論趙汝愚去，至是侂胄引爲右史，大中駁之。改吏部侍郎，不拜，以焕章閣待制知慶元府。城南民田，潮溢不可種，大中捐公帑治石築之，民不知役而蒙其利。郡訛言夜有妖，大中謂此必黠賊所爲，立捕黥之，人情遂安。丐祠，得請。給事中許及之繳駁，遂削職。後提舉冲佑觀。乞休致，復元職。監察御史林采論列，再落職，尋復之。

大中罷歸，屏居十二年，時事一不以挂口。及侂胄誅，即召見，落致仕，試吏部尚書，言：“吕祖儉以言侂胄得罪，死於瘴鄉，雖贈官畀職，而公議未厭。彭龜年面奏侂胄過尤，朱熹論侂胄竊弄威柄，皆爲中傷，降官鐫職，卒以老死，宜優加旌表。其他因譏切侂胄以得罪者，望量其輕重而旌别之。”除端明殿學士、簽書樞密院事。

嘉定改元，兼太子賓客。嘗議講和事，帝曰：“朕不憚屈己爲民，講和之後，亦欲與卿等革侂胄弊政作家活耳。”大中頓首曰：“陛下言及此，宗社生靈之福也。”是年六月卒，年七十有八，贈資政殿學士、正奉大夫，謚“正惠”。

嵇璜、劉墉等《欽定續通志》卷三八九列傳一八九

《正德永康縣誌》小傳

林大中，字和叔。登宋紹興庚辰進士，知撫州金溪縣。郡督輸賦急，大中請寬其期，不從，納告敕而歸。已而主太常簿。光宗受禪，除監察御史，上疏言祀典，遷殿中侍御史。紹興二年春，雷電交作，有旨訪時政闕失。大中言：“仲春雷電，陰勝陽之義。蓋男爲陽，女爲陰；君子爲陽，小人爲陰。當辨邪正，毋使小人得以間君子；當思正始之道，毋使女謁之得行。”侍御史趙善俊得旨奏事，公劾善俊，而言宗室

汝愚之賢，當召。上可其言，召汝愚，黜善俊與郡。江浙四路民苦折帛和買重輸，公言於朝，爲所輸者三歲。馬大同爲户部，公劾其用法峻，又論大理少卿宋之瑞，皆不報。公以言不行求去，改吏部侍郎，辭不拜，乃除直寶謨閣，而大同、之瑞皆與郡。朱熹貽書朝士曰："聞林和叔入臺，無一事不中的，去國一節，風義凛然，當於古人中求之。"尋命知寧國府，又移贛州。寧宗即位，召還，試中書舍人，遷給事中，尋兼侍講。知閤門事韓侂胄來謁，陰請納交，公笑而却之，侂胄怨由此始。會彭龜年抗論侂胄，侂胄與内祠，龜年與郡。公同樓鑰繳奏，請留龜年經筵，而命侂胄以外任，不聽。御史汪義端以論趙汝愚去，侂胄引爲右史，公駁之。改吏部侍郎，不拜，以焕章閣待制知慶元府。久之，丐祠得請，給事許及之繳駁，遂削職。後提舉冲佑觀。罷歸十二年，未嘗以得喪關其心。侂胄既伏誅，即召見，試吏部尚書，言吕祖儉、彭龜年、朱熹皆以言侂胄貶黜老死，宜優加旌表。其他因譏切侂胄以得罪者，望量輕重而旌别之，以伸其冤。除端明殿學士、簽書樞密。嘉定改元，兼太子賓客。是年六月卒，年七十有八，贈資政殿學士、正奉大夫，謚"正惠。見《宋史》。寧宗癸丑，朱熹坐客有知天文者曰："星變，正人當之，其林和叔乎？"已而公果出臺，去國一節，風誼凛然。

陳泗《正德永康縣誌》

《康熙金溪縣誌》小傳

林大中，字和叔，婺州永康人。登紹興三十年進士第。淳熙二年，知金谿縣。郡督賦急，大中請寬期，不聽，投劾歸。已而主太常寺簿。光宗受禪，除監察御史，屢遷侍講。言："進退人才，當觀其趨向大體，不當責小節。趨向果正，雖小節可責，不失爲君子；趨向不正，雖小節可嘉，不失爲小人。"又言："今日事莫大于讎耻未復，此念常存，以來天下之才，作天下之氣，倡天下之義，則事之條目可得而言，治功可得而成矣。"又極論靖江守陳賈"庸回亡識，常表裏王淮，創爲道學之目，陰廢正人，不宜入對”。又論潭州守趙善俊，舉宗室汝愚，上用其言，召汝愚而出善俊。時江、淮、荆、襄爲國巨屏，權任頗輕，言：“宜選行實材略者，付以經理，仍舊制置，以諸將爲副，久其任，重其權，則邊防立而國勢張矣。”江浙四路民苦折帛和買，論其病民，朝廷爲減輸者三歲。馬大同爲户部，大中劾其用法峻刻。又論大理少卿宋之瑞，章凡三四上，皆不報。大中以言不行求去，改吏部侍郎，辭，乃除直寶謨閣，而大同、之瑞俱與郡。初，占星者謂朱熹曰：“某星示變，正人當之，其在林和叔耶？”至是，熹貽書朝士曰：“聞林和叔入臺，無一事不中的，去國之節，風義凛然，當于古人中求之。”給事中尤袤、中書舍人樓鑰上疏云：“大中言官，當與被論者有别。”尋命知贛州。寧宗即位，召還，遷給事中，尋兼侍講。知閤門事韓侂胄來謁，大中接之無他語，陰請内交，笑而却之，侂胄怨由此始。會吏部侍郎彭龜年抗論侂胄，大中復同奏，不聽。太府寺丞吕祖儉以攻侂胄，謫置韶州，大中救之。汪義端頃爲御史，以論趙汝愚去，至是侂胄引爲右史，大中駁之。改吏部侍郎，不拜，以焕章閣待制知慶元府。城南民田潮溢，不可種，大中捐公帑治石築之，民不知役而蒙其利。郡訛言夜有妖，大中謂此必黠賊所爲，立捕黥之，人情遂安。丐祠，得請。大中罷歸，屏居十二年，未嘗以得喪關心。作園龜潭之上，客至，擷杞菊，取溪魚，觴酒賦詩，時事一不掛口。或勸大中通侂胄書，大中曰：“吾爲夕郎時，一言承意，豈閒居至今日耶？”客曰：“縱不求福，盍亦免禍。”大中曰：“福不可求而得，禍乃可懼而免耶？”侂胄既誅，即召見，試吏部尚書。言吕祖儉、彭龜年、朱熹皆論侂胄竊弄威權，爲所中傷，宜優加旌别，以伸被罪者之冤。除端明殿學士、僉書樞密院事。嘉定改元，兼太子賓客。年七十有八卒，贈資政殿學士、正奉大夫，謚“正惠”。大中清脩寡慾，退然如不勝衣，及遇事而發，凛乎不可犯。自少力學，趨向不凡。所著有《奏議》、《外制》、《文集》三十卷。

清王有年《康熙金溪縣誌》

永康林氏風節慶系圖

第一世　光字行：始祖孝秀公自闕下肇基於華川之古麗坊——第二世　啓字行：少保公名琭，以曾孫大中貴贈。配陳氏，贈咸寧郡夫人——第三世　榮字行：少傅公名邦，以孫貴贈。配姚氏，贈高平郡夫人——第四世　祚字行：少師公名茂臣，以子貴贈。配李氏，贈信安郡夫人——第五世　百字行：正惠公名大中、機宜公名大儀、修職公名大淳。

永康梅城林氏字行詩表

光啓榮祚百，千萬曾孟仲。復興俊偉，永紹華宗。敦禮尚義，福慶延隆。淳良仁厚，文雅謙恭。繼承和順，綿遠亨通。

永康林氏世傳

第一世　光字行：光，諱孝秀，字尚實，又字德榮。自幼偕兄尚清之任國子監讀書，貫婺邑户籍登第，官授别駕、宣教郎，肇基華溪之古麗坊焉。生於端拱改元戊子年五月初一日寅時，卒於至和乙未年四月廿九日丑時，享年六十有八。孺人方氏。再娶李氏，生於祥符甲寅年十二月十八日申時，卒於治平丁未年三月初九日亥時，享年五十有四。合葬四十都大荻塘（土名石臺磐）西南山之原。生二子：文琩、文琭。

第二世　啓字行：啓，諱文琭，以曾孫大中顯，追贈太子賓客、少保。生於慶曆丙戌年六月初八日寅時，卒於哲宗改元元祐丙寅年九月初一日申時，享年四十有一。娶陳氏，追封咸寧郡夫人。生於嘉祐丁酉年八月初一申時，卒於靖康元年丙午九月初二日，享年七十。合葬合德鄉後羅山之源。生一子：邦。

第三世　榮字行：榮，諱邦，以孫大中顯，追贈太子賓客、少傅。生於元豐甲子年正月初二丑時，卒於紹興丙寅年九月初九日寅時，享年六十有三。娶姚氏，追封高平郡夫人。生於元祐丙寅年四月十六日亥時，卒於紹興辛酉年四月廿六日亥時，享年五十有六。合葬承訓鄉十二都潘村山。生一子：茂臣。

第四世　祚字行：祚，諱茂臣，字克繼，儒業，以子大中顯，贈太子賓客、少師。生於大觀己丑年二月十五日未時，卒於淳熙戊戌年二月初十日申時，享年七十。娶李氏，封信安郡夫人。生於政和壬辰年七月初三日子時，卒於淳熙丁未年正月廿六日亥時，享年七十有六。合葬六都大隴山之原。生三子：大中、大儀、大淳。

第五世　百字行：百，諱大中，字和叔。生於建炎五年辛亥（即紹興元年）庚寅月庚子日己卯時，卒于嘉定改元戊辰年六月甲申日，享年七十有八。娶趙氏，封永嘉夫人。生於紹興甲寅年三月十五日午時，卒於紹熙辛亥年四月初二日亥時，享年五十有八。合葬縣西火爐山。生一子：簡。女七：長女適從仕郎東陽陳黼，次女適進士胡一之，三女適王越，四女適進士可投應茂之，五女適東陽喬時敏，六女適趙遜，幼女適孫明。

第六世　千字行：千，諱簡，祗承恩例授登仕郎，仕至奉直大夫。生於紹興壬午年七月初三日亥時，卒於慶元丁巳年八月十四日亥時，享年三十有六。娶何氏，封恭人。生於紹興壬午年五月十五日戌時，卒於嘉定辛巳年五月十九日辰時，享年六十。合葬六都長安鄉李墓。生三子：楷，樅，栻。

第七世　萬字行：萬一，諱楷，字□□，仕至大節制使，出戍軍馬。生於淳熙癸卯年四月十八日寅時，卒於淳祐乙巳年十二月初六日申時，享年六十有三。娶陳氏，封碩人。生於淳熙乙巳年六月初九日未時，卒於嘉熙戊戌年六月初一日寅時，享年五十有四。合葬八都香火院後山之原。生二子：子熙，子顯。

萬二，諱樅，字□□，仕至運管、金紫光禄大夫。生於淳熙丙午年十一月十八日丑時，卒於淳祐庚戌年十月十九日丑時，享年六十有五。　娶吕氏，封永寧郡夫人。生於淳熙丁未年八月十一日申時，卒於淳祐己酉年七月二十九日寅時，享年六十有三。合葬十五都昇平鄉東庵。生四子：子點，子魚，子麃繼司法公後，子勳。

萬三，諱栻，字□□，仕至司法、中奉大夫。生於紹熙改元庚戌年正月初三日寅時，卒於淳祐丙午年六月初四日申時，享年五十有七。娶劉氏，封宜人。生於紹熙改元庚戌年三月初八日巳時，卒於嘉定壬申年二月二十八日辰時，享年二十有三。續娶東陽喬氏，生於紹熙甲寅年九月初九日子時，卒於淳祐甲辰年八月十八日巳時，享年五十有一。合葬顯恩寺前山之原。嗣立運管公第三子子麃爲後。

《永康梅城林氏風節宗譜》

夫人林氏墓誌銘

夫人林氏，生婺永康。父簽書樞密院事大中，嫁同縣宣教郎、通判臨安府應懋之。應君，吏部侍郎孟明第三子。夫人年四十二，開禧元年七月，從夫知寧國縣，卒。嘉定二年十二月某日，葬游仙鄉靈巖。子三德，女歸辰州司户王傑。應君以書來曰："林氏恭約苦節，在群衆和樂，慈子訓之嚴，操下接之恕，處家日未嘗降堂序，敏察有智，能助其夫，非止以婦職爲順也。夫世之欲榮官顯仕者，無不致厚其妻子，而士亦有固窮甘約，至凍餒其妻子而猶不得爲薄者。彼誠知其所以厚之，不在彼而在此也。故雖拱璧駟馬、華屋翕赩於生存之前，而不若片文隻字、斷石漫滅於零落之後。林氏之死，倘不辱而賜以銘，則是所以厚之者不彼獲而此得，而某致薄之過可以洗矣。"余讀而悲之。昔予在金陵，雅聞君能治寧國，號令清省，絶少笞扑，民愛信之，異口同辭。余以病歸，捨舟山行，始識君，見其質性冲泊，器宇明審，侃然窮邑中，量過其任者也。夫鸞翥而鵠舉，枳棘不能棲宿也，昔人記之矣，應君豈以一縣自薄者哉？余既衰惰，不與世接，而友朋之念已矣。然則君重戚於夫人之不遇，余預有責焉，故不辭而銘。銘曰：樞密女歟？侍郎婦歟？其夫甚材，可係武歟？余實銘之，觀爾後歟？

宋葉適《水心先生文集》卷十六前集

雲臺宮講大著作駕部郎斯仕陳公行狀

公諱黼，字斯仕，婺之東陽人。曾祖承節郎諱宗譽，曾祖妣羅氏；祖承事郎諱忱，祖妣羅氏。考贈宣教郎諱源，妣張氏，贈安人。公少從東萊吕先生游，經術貫穿，文章爾雅，爲吕公所器重。先祖正惠公聞其賢，遂以女歸之。登淳熙辛丑進士第，樞使王公時以宗正丞爲點檢試卷官，得公之文，擊節嘉歎，曰："歐陽不是過也！"尋升其卷，無異詞，遂擢冠南宮。或謂公《對策》有"桑穀共生"之句，疑"穀"字爲去聲，欲黜之。王公曰："吾自幼讀書，此字與穀字同部，無他聲也，宜魁而黜，無乃失士？"争不決，移文國子監，取陸德明《音義考》正之，果從公六聲。諸公皆大喜不失士。既而有白公者曰："此文魁多士，誠無欺。或恐好事者指摘瑕疵，姑置諸行間，可乎？"諸公歎息而從其說。公平生升沉之基，蓋判於此矣。調明州主簿，十年，將及代，丁宣教公憂。再調南劍州劍浦縣尉，四年，始及代。劍俗獷悍，輕生多殺傷。公具巡張結保伍，令里正旬一申，有争歐不勸平者，坐其罪。民皆樂從，舊習頓革。避本路新使嫌，易監慶元府清泉鹽場。鹽官吏取食鹽于亭户，公獨置曆給其直。參議樓宣獻公喜而謂公曰："聞置曆買食鹽清泉場。"遂爲例矣。前官以鹽課不登，不得去。吏欲請新錢于提舉司，截日解新鹽。公謂："舊錢既恰亭户，而鹽不及數，此必吏與亭户相表裏。"核其實，盡得之，前官於是參注舉。李公遺公書曰："非公之敏，幾墮吏計，交代寧有去期耶？"未幾，正惠公知慶元府，遂避去處州遂昌縣丞。垂滿，丁生母厲夫人憂。（服闋，補）汀州州學教授。開禧三年，皇上更化，有詔薦士。兵部侍郎章公薦公恬静之操，有足嘉尚；監察御史章公薦公經明行修，器重識遠。廟堂褒類被薦者十人，將進擬擢用，公居其一。公聞之，亟白正惠公，曰："某困躓固久，今一旦蒙拔擢，乃適婦翁居政地。”正惠公會其意，具以白廟。嘉定元年六月，正惠公薨。廟論今無嫌可避。未浹日，遂有審察之命見闕，除人之制方嚴，越明年六月，差主管禮部駕閣文字。公將造廟，得疾危甚，至力請辭令丞，謂：“疾尚未愈，可寬也。”五年二月，始克供職。人或乘間求闕，謂公病不能起。丞相不爲之動，蓋知公之賢而必欲其來也。十一月，除國子監録。六年閏九月，除太學博士。七年九月，除國子博士。八年，閔雨求言。公奏疏曰：“祖宗立國，惟以深仁厚德愛養天下，團結人心，故能祈天永命，傳緒無窮。中間雖有水旱盜賊之虞，而根本不揺，是豈富强之力、才智之術所能維持哉！所恃者人心而已。”因歷言：“比年以來，稱提、楮券、估借、富民、鹽法之變，貴新賤舊，巨商大賈朝富夕貧；監司按史或坐微文，追勒審斥，視爲常典；甚至設薦本以待天下之才，而獨阨於孤寒，竭生民之膏血以養兵，而終困於刻剥；奏讞之迂滯，獄訟之淹延，若此之類，未易枚舉。人心抑鬱，久而不伸，氣之所感，上干陰陽之和，非一日矣。往者地震、冬雷、星變、日食之異，相繼而出，天之警戒陛下至矣。而爲星卜者之言，方且爲數十年間，無復水旱之憂。今君相焦勞於上，臣民仰望於下，十日不雨，則秋種不復入矣。臣願陛下無以前日之災異，奮乾剛之斷，廣兼聽之明，取群臣之奏，命大臣謹持而亟行之。庶幾下情得以上達，上澤得以下流。雖不必減膳徹樂，臣見人心悦而天意解矣。”六月，除國子監丞。輪對，凡二疏。其一歷陳親蔽澳悦苟且之弊。其二謂“今日大計，荒政之外，莫急於邊防，固郡縣之根本，立待敵之規模”。次言“太史占天文，或以次舍，或以日辰，言妖異之變多歸於北，休祥之徵多歸於南。乞申嚴舊制，今後如有不據經文，隱匿遷就者，委秘書省長貳覺察聞奏。庶幾占候之法加嚴，仰副陛下欽崇天道之意。”十二月，兼魏憲王府教授。十年正月，除著作郎。十一年三月，兼權駕部郎官。六月，除著作郎，兼職依舊。九月，上祠請，不允。十二年六月，申前請，未報。會臺諫臣建議，朝士不曾作邑者，不當遽典州，訖與公參官，詔從之。逾年，丐祠，差主管華州雲臺觀。公事親孝，宣教公疾且遽，方技寥有起死之法，公勇爲之。張安人垂白始即世，下氣怡聲如平處。以恬静接人，皆謙恭恂恂，似不能言者。卓特之操，遇事而見，則毅然有仁者之勇。初，公之未爲掌故也，三十年間所歷兼四考，宦途奇蹇，他人所無者多逢之，人不堪其憂，公不改其樂，蓋知命之君子也。至老耽書，不事生産。戊寅之冬，楷入都參選。公謂楷曰："先人之敝廬，非易而新之不可居，然力不能及，子其假我數楹，歸計決矣。"十三年六月十九，以疾終於永康之寓舍，享年六十有七，積階至朝散郎、服緋魚，遺澤及其後，《文集》凡二十卷藏於家。以十五年二月乙酉，葬於縣東三里東庫山之陽。子一人：行可。女四人：適進士何謂、郭模、何誠之、國子學胡用高。孫一人：佑。孫女二，皆在室。行可將母之命以書來。曰："父葬有日矣，願狀其行。"嗚呼！楷何敢以荒陋爲辭，敬摭所聞見，以請銘于當世立言之君子。謹狀。時嘉定十四年八月，宣教郎、知鎮江府丹徒縣主管勸農公事林楷狀。

《陳氏宗譜人物傳》

詔敕奏牘

林大中磨勘轉官

敕：計日非所以待賢能也，循次非所以優法從也。而有司以功令告，是爲舊章，庸可廢乎？具官某，以直道正臺綱，至于累歲；以勇退紆州組，殆將終更。槩之懋官一階，不足酬也。况夫訓詞深厚，駮議剴切，朕甚嘉之乎！而有司會課，姑惟增秩。其尚欽承，以須殊獎。可。

宋陳傅良《止齋先生文集》卷十四

朝奉大夫試中書舍人林大中封永康縣開國男食邑三百户

敕：朕新嗣服，將有事於合宫也。遠惟孝武，始建漢家之封，而大史談留滯周南，不與從事，議者惜之。朕敢忘前御史乎？具官某，以海内之英，譽處甚美。嘗盡忠瘁，侃然一臺之上矣。越自外服，晉陟詞垣。式遄其歸，遂相予祀，蓋視漢有光焉。胙之食采，第循舊章；其益論思，以稱簡擢。可。

宋陳傅良《止齋先生文集》卷十五

林大中吏部尚書

朕博求耆德，協濟宏規。念累朝長育之餘，號爲多士；考十載論思之舊，能復幾人。雖高止足之風，敢後招延之禮。具官某，質涵粹美，學造醇深。陳善閉邪，讜論聞于海宇；砥節厲行，清名重于搢紳。豈惟寵辱之不移，抑亦行藏之無愧。遺榮滋久，養望彌崇。朕惟二老來歸，周道始盛；四皓不仕，漢烈以卑。爰採公言，亟頒温詔。旌以蒲輪之寵，冠于荷橐之班。道路有光，朝廷增重。斷斷無他技，朕方欽企於猷詢；藹藹多吉人，卿尚咸思於勱相。期予于治，惟乃之休。

宋蔡幼學《育德堂外制》卷二

林大中僉書樞密院

朕寅紹丕基，惕懷遠慮。外小人、内君子，聿開交泰之祥；涖中國、撫四夷，思致安强之效。乃登耆艾，以翊樞機。具官某，一代純儒，累朝重望。德如衛武，不忘磨琢之功；清若伯夷，可激懦貪之俗。比作新於政治，獨注想於典刑。起自垂車，首于持橐。遄采縉紳之論，俾參帷幄之籌。伊烽燧之尚嚴，矧瘡痍之未復。載諏民瘼，有惻予衷。利在弭兵，顧敵情之難保；謀先固圉，恐衆志之易偷。自非益謹於内修，何以潛消於外侮？方資精識，共濟良圖，以期閭里之安，以底干戈之戢。噫！任舊人而共政，已丕變於群心；倚元老之壯猶，庶终敷於文德。其攄爾學，以契朕知。

宋蔡幼學《育德堂外制》卷三

繳林大中辭免權吏部侍郎除直寶文閣與郡 同給事中尤袤

臣等聞之，蘇軾上書于神宗，其論存紀綱曰："建隆以來，未嘗罪一言者。縱有薄責，旋即超升。許以風聞，而無官長，風采所繫，不問尊卑。言及乘輿，則天子改容；事關廊廟，則宰相待罪。臺諫固未必皆賢，所言未必皆是，然須養其鋭氣而借之重權者，豈徒然哉！將以折姦臣之萌，而救内重之弊也。"又曰："彈劾積威之後，雖庸人亦可奮揚；風采消委之餘，即豪傑有所不能振起。"此天下之至論也。仰惟陛下隆寬盡下，和顔受言，而臺諫之臣相繼去國者已多。侍御史林大中任言責者三年餘矣，最蒙眷注，言聽諫行。前因論事，除吏部侍郎，雖去言職，遂正從班，人皆以爲陛下賞之也。辭免一再，除職與郡。大中以書生起家，陛下拔擢至此，在大中之分足矣。而臣等猶敢有言者，非爲一大中也，爲臺諫事體惜也。非止爲臺諫事體也，爲國家惜紀綱之地也。大中論一少卿，亦不知所言之詳，而同日與郡。陛下既以爲權侍臣矣，而僅一直寶文閣，天下傳聞，必以爲朝廷以言罪人。乃與所論之人俱坐汰斥，實傷國體，且虧仁厚之政。近年臺諫風采日消，正賴陛下主張，使之振作，以强主威，以尊朝廷，以讋姦邪，以沮僥倖。言脱于口，應之如響，中外竦動，紀綱自張。不然，則所損甚多，來者亦不可爲矣。公議皆賴陛下還大中言職，或留之論思獻納之班。度今事勢，大中義難復留。敢望聖慈念祖宗之深意，鑒蘇軾之至論，詳察事體，無令言者與被論者同日而去，施行稍有次第，使得從容引退，優禮以遣之。養臣下敢言之氣，全國家退臣之禮，猶足以示四方。儻陛下慨然感悟，曲留其行，則臣等幸甚過望，士大夫感悦奮勵，孰不思罄竭以圖報哉！所有録黄，臣等未敢書行書讀。

宋樓鑰《攻媿集》卷二十七

侍御史林大中直寶文閣知寧國府

敕具官某：朕惟天子耳目之官，與夫言語侍從之臣，皆極天下選，豈應輕去？然進退之際，君子之大致存焉，朕亦欲有以全之。爾以清德雅望，周旋三院有年矣。憂國之忠，匪躬之節，論事有體，義形于色，臺綱斯振，物論洽然。擢貳銓衡，所冀獻納之益，而抗章自列，引義不回。宣城大邦，實慈皇初潛之地。寓直寶奎，以寵爾行。牧御之方，無俟多訓。勿以在外，而忘告猶。政成來歸，副我虚佇。

宋樓鑰《攻媿集》卷三十四

御史臺檢法官李謙太常丞主簿彭龜年司農寺丞 元係林大中辟差，大中與郡，張叔椿再辟，辭免。

敕具官某等：爾謙篤信好學，表裏無玷；爾龜年剛毅近仁，氣節有聞。又皆憂深思遠，有拳拳愛君之心，御史選也。大中之辟，叔椿之留，豈其私哉！而引義慨然，若不可一朝居者。朕既不汝捨，而高爵非所以留之也。容臺農扈，分以命汝，丞哉丞哉！其少安之，以俟選擇。

宋樓鑰《攻媿集》卷三十五

新寧國府林大中知贛州

敕具官某：章貢居江右上流，控楚粤之要地，民俗果悍，可以義服，不可以力勝也。非清德雅量，練達世務者，不在師帥之選。爾以不群之資，爲有用之學。治縣如古循吏，入朝爲才御史。彈劾不避于權要，論議率中于事機。横榻之風，振于一時。朕既分爾以宛陵之符，念其家食，易鎮兹地。先聲所臨，百吏望風；撫予南邦，以寬憂顧。朕豈汝忘哉！

宋樓鑰《攻媿集》卷三十五

新除吏部侍郎林大中辭免不允詔

卿天資鯁挺，論事不回。比以久居臺端，慈皇蓋嘗命以小宰之職矣。去爲劇郡，召歸近班。既殫批敕之勤，庸畀典銓之任。踐敭惟舊，選用匪輕。清吾文部，以助官人之能，不亦休哉！避寵丐閒，非朕所望。

宋樓鑰《攻媿集》卷四十三

簽書樞密院事林大中乞仍舊休致不允詔

朕更化之初，未遑他務，求賢甚急，首召耆英。起自挂冠之餘，擢居持橐之長。延登樞筦，增重朝廷。言必出于內心，謀實稽于古訓。倚毗方切，而疾遽侵。冲養有來，何恙不已！胡爲騰奏，即欲告歸。尚精醫藥之調，以繫搢紳之望。

宋樓鑰《攻媿集》卷四十四

新除端明殿學士簽書樞密院事林大中再辭免不允仍斷來章批答

省表具之：卿養氣以剛，秉心無競。出藩入從，榮利澹然。久安燕居，不容何病。朕一新治具，急欲求老成典刑，以鎮服中外。起舊德于垂車之後，還人望于持橐之班。矢謨朕前，尤見克壯；亟升書殿，進貳宥庭。人無異辭，國以增重；時則可矣，尚何遜焉！

口宣：有敕：卿禁班老成，人望久屬。擢寘幾庭之貳，正資兵本之謀。尚復奚辭，往其祇服。

宋樓鑰《攻媿集》卷四十六

辭免除臺簿申省狀

准六月十六日省劄，朝散郎、守侍御史兼侍講臣林大中狀："准御史臺令，諸檢法官主簿聽長貳不限資序，舉承務郎以上充。照得本臺檢法官曾三復，近已改除監察御史，尚闕臺屬一員。兩奉玉音，令臣奏辟。臣竊見國子監丞彭某操行堅正，不爲詭隨，遇事通明，不爲沽激，堪充臺屬差遣。欲望聖慈，特降睿旨施行，伏候敕旨。"六月十六日，三省同奉聖旨依，李謙差充御史臺檢法官，彭某差充御史臺主簿，並准小貼子。檢會乾道六年七月二十四目已降指揮，今後除授職事官，並令不候受告先次供職者。某照對御史臺奏辟檢法、主簿，在法雖不限資序，然比年所辟，多是曾任知縣人。某自改官以來，未經作縣，揆之近例，難以充員。兼聞元祐中王巖叟嘗論奏："言路數人，所賴以察四方之事，達四方之情。而專用一方之人，非所以廣聰明於天下。”某伏見御史臺見今察院及屬官已多江西人，而某又居江西，雖事出適然，而簿書之職亦無言責，然不能周知四方之事，恐非朝廷所以廣聰明之意。況某人品庸下，無所採取，列屬臺中，最爲不稱。欲望特賜敷奏，下御史臺改辟臺簿，將某别與差遣。伏候指揮。

《永樂大典》卷一四六〇七《止堂集》

乞解罷臺簿申省狀

照對某昨於紹熙三年六月十六日，准尚書省劄子，備奉聖旨，差某充御史臺主簿。竊緣某當來係侍御史林（大中）朝請奏辟，今月十八日林朝請已除吏部侍郎，某自合解罷。除已申御史臺請假，更不入臺外，欲望特賜敷奏，别與某一等差遣。伏候指揮。

《永樂大典》卷一四六〇七《止堂集》

辭免依舊充臺簿申省狀

右某伏准省劄，以某乞解罷御史臺主簿職事。十二月二十二日三省同奉聖旨，並仍舊供職。某祗聞成命，倍切淩兢，自揣弗安，敢忘冒瀆。某聞人臣之事君，進則當守其法，退則當致其義，二者失一不可也。某昨者蒙朝廷差充御史臺屬官，乃以侍御史林（大中）朝請奏辟。林朝請既除吏部侍郎，某合當解罷。兼林朝請近因論事不行，遂有改除。某忝爲臺屬，裨贊無狀，未加屏斥，已荷寬恩，豈可懷慚，復入憲府，某義亦當辭。法既當罷，義又當辭，冒而居之，實不遑處。欲望朝廷特賜敷奏，與某一在外合入差遣，庶安愚分。伏候指揮。

《永樂大典》卷一四六〇七《止堂集》

同李臺法辭免再辟申省狀

照得謙等十二月二十六日准尚書省劄，朝請大夫、新除侍御史張叔椿奏：“臣蒙恩除前件差遣，即具辭免，伏准省劄，備奉聖旨不允。

臣仰承威命，未敢再有陳請。臣竊見本臺檢法官李謙、主簿彭某，以元辟官替移，陳乞改差。照得本臺屬官二員，雖許臺長奏辟，若所辟已得其當，難以數有更易。緣此二人，文學操履，甚協士論，欲望聖慈特降睿旨，令依舊在任。伏候敕旨。”十二月二十五日，三省同奉聖旨依。謙等恭承恩旨，至于稠疊，再三違戾，宜行重誅。然臣之事君，不惟以承命爲信，而亦以盡己爲忠。不盡所懷，即爲不忠。是以不憚煩瀆，再敢控陳。謙等昨從事侍御史林大中奏辟入臺，林大中既遷，謙等法合隨罷。今來御史張叔椿雖再行奏辟，緣謙等昨自入臺以來，風憲之議，無不預知。其林大中所劾大理少卿宋之瑞回邪等事，謙等亦嘗與聞。今來林大中既除職與郡，即是以前所劾爲非。謙等裨贊無狀，豈得無罪？若再從辟入臺，是以裨贊無狀之人，復誤憲府，不惟累朝廷舉措之公，亦害謙等去就之義。欲望特賜敷奏，與謙等一在外差遣，下御史臺别辟屬官，庶得允當。伏候指揮。

宋彭龜年《止堂集》卷七

同李臺法再辭免除寺丞申省狀

照得謙等昨具狀申尚書省，乞免辟入臺，陳乞一在外差遣。正月一日，三省同奉聖旨：“李謙除太常寺丞，某除司農寺丞。”謙等以求去得遷，實不遑處，未敢供職。遂再具狀，轉申朝廷，辭免新除恩命。正月四日，准省劄：檢會謙等前月所申，第一狀陳乞一等差遣，第二狀陳乞在外差遣，劄付謙等照會。竊緣謙等昨來三狀申尚書省，陳乞差遣，各有事因。第一次緣侍御史林朝請除吏部侍郎，謙等係所辟官屬，法當隨罷，所以止申乞一等差遣；第二次緣林朝請已除職與郡，謙等爲屬無狀，義當同出，所以再申乞在外差遣，即不敢前後異同。謙等緣正月二日所申未准處分，須至再具申禀。欲望檢照謙等前後所申，特賜敷奏，與謙等一在外合入差遣，庶安愚分。伏候指揮。

宋彭龜年《止堂集》卷七

辭免除司農寺丞申省狀

正月初一日，伏准尚書省劄，除司農寺丞。某祇聞成命，跼蹐不遑。伏念某近三具狀申尚書省，乞免再辟御史臺主簿，仍乞在外差遣。方懼得罪，乃蒙遷擢，不勝惶恐。緣某前狀所申，不特以林侍御出臺，法合隨罷，實以某在臺之日，裨贊無狀。今林侍御既以論事外補，某義當同出。若乞出得遷，實所難處。欲望鈞慈檢會某前後所申，特賜敷奏，與某在外合入差遣，庶安愚分。伏候指揮。

宋彭龜年《止堂集》卷七

林子庶等保狀

臨安府承本官狀：今委保文林郎林子庶、忠訓郎吕燾，乞赴兩浙轉運司收試。委是正身，即無諸般詐冒違礙。如後異同，甘俟朝典。右今批上本官印紙照會。淳祐三年八月 日押。

《武義南宋徐渭禮文書》録白印紙第七卷圖六

林子勳保狀

婺州朝典狀：委保通直郎、新知福州福安縣事林子勳，陳乞伏遇淳祐捌年玖月明堂大福赦恩，合該初封妻吕氏。委是正身，即無詐冒諸般違礙者。右今批書本官委保印紙照會。淳祐捌年捌月 日。

《武義南宋徐渭禮文書》録白印紙第十卷圖七

交遊詩文

送制帥林和叔歸

使君一何清，鶴骨天與瘦。少年場屋聲，六藝飽芳漱。一行起作吏，所立已不苟。立朝凜大節，論事幾及霤。發言必體國，平正無矯揉。藜藿爲不採，風采照宇宙。出入有本末，眼見凡三就。來不爲苟合，薦召乃結綬。去亦不好高，三宿徐出晝。天官豈不貴，陳義堅素守。贛川嘗報政，復來守鄞鄮。不求赫赫名，實出龔黄右。情僞千萬端，到眼輒空透。撫民過嬰兒，閭里息争鬬。姦胥及强吏，時用霹靂手。人誦南山判，情通理亦究。六邑俱帖静，稱贊不容口。律身至嚴冷，無能掣吾肘。吏事精且勤，呼燭侵夜漏。公退入家塾，諸孫後來秀。吏卒不識面，維誦出牕牖。幾年南塘路，來往困僵仆。一朝平似掌，行歌紛老幼。公心信如水，古井波不皺。榮觀處超然，軒冕亦何有。翩翩欲賦歸，排雲屢騰奏。廟論終不許，斯民方借寇。上心重閔勞。祠官向廬阜。闔境極攀戀，人人懷杜母。君看卧轍人，誰能使奔走。挽須不得留，百拜願公壽。老我幸同朝，傾蓋已如舊。聯事東西省，交情久益厚。我歸公亦來，門户託雲覆。黄堂間參語，惟我甥與舅。揚旌鳴鼓吹，賁此蓬蓽陋。清談不及私，翁歸況不受。義命孰不知，踐履或差謬。惟公見善明，力行真耐久。有時相與言，心同蘭茝臭。摻袪寧忍别，追送列觴豆。公雖不好飲，勉爲引醇酎。公去我亦隱，菽水翻綵袖。花溪渺何許，望望幾雙堠。千里共月明，懷人重搔首。惟應折梅花，臨風爲三嗅。

宋樓鑰《攻媿集》卷三

林和叔侍郎龜潭莊

林和叔侍郎永康别墅龜潭莊，以蜀中烏絲欄爲寄，使賦詩而書之。

頃年曾記游花谿，宗樞潭府谿之湄。徘徊其上歎秀爽，宜有英才瑞明時。巖巖林公天與奇，勁氣不爲金石移。少以六義鳴上庠，游宦所至英聲馳。瀾翻薦口徹旒冕，通籍直上黄金閨。出宰長城如卓魯，至今遺愛人歌之。入朝一冠御史豸，臺綱振厲先光輝。光宗聖度如天大，俾承舊制形宸奎。言所當言公不屈，上喜抗直深倚毗。歷居三院上横榻，首尾獨擊及四期。擢居小天不肯住，遠指章貢把一麾。政成召節不旋踵，神與清漲促公歸。代言批敕節彌勵，藜藿不採非公誰。竟以松班分制閫，海邦雖陋不鄙夷。撫摩赤子廛一稔，功利及物難周知。公方在臺我立螭，臺省相望心事齊。皇上初政公賜環，我居青瑣公紫薇。時平論事同努力，寄名雷霆如恐遲。我求外補徑投閒，公亦出關喜相隨。受廛親見賢郡侯，攀轅卧轍同旄倪。公時自謂二宜去，吏民猶誦三不欺。棠陰蔽芾勿翦伐，萬人來往城南隄。書來不復説餘事，頗言别墅躬鉏犁。頻年日涉愈成趣，去家三里共游嬉。首崇御札極尊閣，又以副墨登之碑。非欲自詫稽古力，鋪張聖德彰仁慈。猶記殿上争挽衣，咫尺龍顔犯天威。坐以漢法當粉虀，廷臣就列仍紳緌。篋藏常裾不容毁，如以折檻存軒墀。公嚴十襲我書榜，老臣追往空涕洟。吾聞一潭浩深緑，上有怪石形如龜。是爲古麗最佳處，地藏天作公發揮。大谿横貫地坦平，演迤明秀山四圍。十峰歷歷可名數，餘如芙蓉聳天涯。獨此一山亘里許，中立壁峻難攀躋。堂名娱老正東南，比漢二疏公庶幾。海棠炫晝遶欄檻，細數嫣紅遍繁枝。雜花滿地秀而野，何殊迂叟居洛師。千歲靈龜巢蓮葉，祝公耇壽登龐眉。桃花源杳號霞隱，木奴霜後黄金垂。深可藏書曠可射，初篁細香臨月池。狎鷗渚邊鷗爲下，觀魚梁上魚不疑。懸崖石横筍斜出，拒霜爲城媚清漪。公既垂車棄軒冕，鴻飛冥冥不受羈。超然但欲適吾意，抱甕直欲心忘機。我雖未到景略序，盡録無心圖畫爲。花朝月夕景何限，想見晴好雨亦宜。落霞孤鶩映西日，多少空翠仍烟霏。此雖見之詠不足，强欲著語是耶非。兩守寶婺行或止，無由往叩山中扉。舊聞趙公訪歐陽，千里命駕如吕稽。清風明月兩閒人，萬口猶傳樂府詩。我雖掛冠病雙足，頌繫一榻當炎曦。荷公雖若魚相忘，尺書時來自緘題。屢索鄙書懶未暇，又恐境勝難爲詞。兹來督我語益峻，遠寄蜀絹欄烏絲。爲吾贈詩仍就寫，欲待相好無時衰。想像試作高堂賦，身知難往心欲飛，才固不多老更盡，況此病瘁神亦疲。不如及今爲公作，語成不工不敢辭。兩家子弟向後日，庶幾二老同襟期。

宋樓鑰《攻媿集》卷五

林正惠公輓詞

愛直趙清獻，忠文范景仁。累朝推舊德，今日見斯人。正色欲劘上，敢言寧顧身。紫樞方大用，惜不究經綸。

去國名逾重，還朝道益尊。清虚懷骨鯁，嚴冷帶春温。公綽真無欲，臧孫尚立言。騎箕雖永隔，精爽儼如存。

凛凛古循吏，堂堂真巨公。死生忘度外，邪正炯胸中。憂世心誠切，籌邊事已空。龜潭山下水，流淚與無窮。

宋樓鑰《攻媿集》卷十三

呈提舉郎中契丈劄子

鑰伏以冬令霜明，恭惟提舉郎中契丈臺治多暇，神明飲相，台候動止萬福。鑰執喪杜門，近踈修問記史，徒深詹仰之私。鑰少稟：鑰，汪出也，舅氏文昌公好施而力不及。遂與沈叔晦率鄉人出田爲義莊，以濟士夫之家喪不能舉、孤女之不能嫁者，二十年來，所濟多矣。大率敝里少蓋藏之家，縉紳多清約，所裒才得二百餘畝。林侍郎和叔，賢太守也。會錢氏有繼絶之産，照條三分之，以其一没官，撥入義莊，爲田二百五十畝。方得少稱義舉，如此又幾十年矣。錢氏繼絶之子，爲人所嗾，嚚訟不已。始以莫官庸懦，事出吏手，違法給與。郡覺其非是，送法官指定，又三數年矣。近忽經漕司，乃以莫官之言爲斷，事之不平有如此者。聞送使司，欲望台慈深察案牘之始末，成就一郡之義事，不勝幸甚！舅氏云亡，鄉人相推掌此，不容自默。餘見事目中，法理甚明。干冒喋喋，皇恐無地，尚惟□亮。右謹具呈。十月□日，孤哀子樓鑰剳子。

中國臺北故宫博物院藏樓鑰手迹

代宰執堂祭林樞密文

自古公朝，必登正人。屹然特立，標準薦紳。紀綱迺張，風采聿新。公秉直道，出逢昌辰。學有根源，行無緇磷。聖主嘉之，如獲鳳麟。寘諸周行，温温其仁。仁固有勇，力回萬鈞。其在柏臺，忠不顧身。其在省闥，直氣益伸。兩繇禁槖，出牧小民。吏治藹聞，如古之循。彼何人斯，妒我忠純。逃讒于鄉，巖隈澗濱。藝花植竹，恬養天真。屬時更張，拯溺亨屯。起公既老，倚其經綸。宥密本兵，碩輔龐臣。中國可尊，四裔可賓。甫六閲月，大故遄臻。人望貫傾，誰不酸辛。矧我同列，心迹俱新。忽焉僊去，挽留無因。惟有痛哭，涕泗霑巾。公之憂國，生死則均。正途方闢，不可復榛。公道方明，不可復堙。追惟此心，敢有所遵。相期努力，慰公之神。薄奠一觴，矢心以陳。嗚呼哀哉！

宋袁燮《絜齋集》卷二十二

林和叔山園九詠

安　坻

規創仙舟傍水涯，搜名揭榜號安坻。于今措足如平地，無復風波十二時。

娱　老

老來何事可娱嬉，堂枕崔嵬瞰緑漪。自有山光并水色，不須花貌與蛾眉。

西　望

江山静處遠紅塵，出郭肩輿意自真。西望市喧聲合處，中間幾箇是閒人。

數　花

横身障簏又何癡，睡聽朝雞欲曉時。唯有先生無一事，偶來閒坐數花枝。

霞　隱

流水桃花幾换春，花溪溪上好棲真。此中自有神仙伴，不是秦時避世人。

秀　野

坡仙獨樂賦新詩，秀野於公兩得之。山卉名花同一囿，調元妙手本無私。

霜　餘

龜殼浮游不問津，壺中日月自長春，向來橘隱商山樂，今日中間添一人。

鷗　渚

歸來林下久忘機，表裏虚明更不疑。俯仰自知無愧怍，此心何止白鷗知。

細　香

翠莖緑蔭散高岡，老氣峥嶸耐雪霜。不獨清虚符有德，紫綳纔脱便馨香。

宋姜特立《梅山續稿》卷十三

與林和叔侍郎

亮竊惟侍郎，屹然爲四海端人正士之宗，國家賴以扶顛持危，有自通于天而非世人所能盡知者，入都始盡聞之。南渡以來，永康之任端公者至侍郎而三矣。盡掩前作，發揮特操，豈永康所可得而私哉？出於永康而與天下共之耳。使人心悦誠服，而盡忘一己之私計。朱元晦，人中之龍也，屢書與朝士大夫，歎服高誼不容已，亦深歎二屬能相上下其論爲不易得。且曰："世間猶大，自有人在，鼠子輩未可跳梁也。"其降歎如此，舉天下無不在下風矣。九重徐思語言有味，德誼可尊，親語何坡，以爲"林某好人，朕甚念之，已以易章貢見闕"，簡記之意不能自已，爲善者果何所不利哉！亮親見坡爲亮言如此。聖意昭然，豈可不爲吾君一行哉！丞相却念清貧而計薪俸之厚薄，要非門下本志也。侍郎已爲天下公議所屬，亮螻蟻微生賴門下而全，直一人之私計耳，不敢縷縷言謝。但時事日以艱，父子夫婦之間，非復智力所能及。而天變甚異，非至公血誠，不能當此聖賢馳騖不足之時，侍郎乃心王室，當作念異於他人也。

宋陳亮《龍川集》卷二十七

祭林和叔母夫人文

嗚呼！欲知其母，視子之賢。子賢而達，母饗其安。富貴尊榮，百福具焉。飛騰之初，而母棄捐。此在人情，孰不盡然。況於其子，寧望生全。孰爲此者？嗚呼蒼天。栽培傾覆，倚伏變遷。一往一來，如環無端。有幸不幸，理難槩然。必其在人，爲之後先。吉凶禍福，則罔所愆。雖愆不僭，其終不偏。天人相因，繩牽絲連。唯太夫人，和柔静淵。夫婦如賓，烝嘗吉蠲。衣不慕侈，惡其敝穿。食取則足，惟其潔鮮。七品之封，八十之年。康寧考終，子孫滿前。凡我鄉井，三數衣冠。錙銖而較，莫我扳援。先德如此，厥有繇緣。子心罔極，曰不其延。於今未足，視後必填。安得彤管，大此幽鐫。我辭之悲，抑揚周旋。有是寸誠，薦之蘋羶。

宋陳亮《龍川集》卷三十三

葉通龜潭莊記

龜潭莊者，致政侍郎林公之别墅也。古麗近治之山水，皆土岡小阜。龜潭山特横亘一里許，石壁峭出，一石蜿蜒入潭，浮水面而上如龜，因以名其潭。潭源出酥溪，自北東而西南，匯爲潭。又西而小花溪。《圖誌》溪旁有碧桃洞，時浮出花瓣者，此溪也。東面酥溪，西背山，右枕潭，爲莊。娱老堂正東面群峰環列，而可名者：華釜、翁媪、方山、黄崗、東巖、馬轎石、馬巾山、白氈、白雲尖，凡十。而不可名者，大抵簇簇如芙蓉。四方相距三十里，皆平地。大溪盤貫其間，天水相照，衍迤明秀，景物歷歷可數，古麗絶勝之觀蓋在是矣！娱老堂左爲海棠之亭，曰數紅；右爲雜花之亭，曰秀野。堂陰相比有軒，軒前有荷池，軒曰龜巢。秀野少南有桃，曰霞隱；少西有橘，曰霜餘，霜餘少北而西有月池。循月池而北有竹，曰細香；南爲藏書精舍。循月池而西北，夾徑稚松毵毵，行百餘步爲射圃，曰："吾不爲鞦韆滑臺，是足爲戲耳。"西爲望邑，屋數千家，朝暮煙靄蔥蒨，樓觀翬翼，江山城郭之勝實兼有之。此山間之大凡也。自霞隱而下石壁，倚壁瞰流爲鷗渚，可以俯石龜。有古桃石竹，懸崖而横出檐間。亭去水不數尺，夏潦蕩突，亭不爲動。客至，則偃卧其下，仰玩桃竹，睥觀波流之浩渺，竟日忘去。自秀野而下,連壁木芙蓉百數株,爲芙蓉城。過芙蓉城而登舟泛潭,潭袤可二里,深緑多魚。時與客把釣,課得魚多少爲酒罰,相笑樂。自數紅而下爲安坻,壁跟有小池。安坻之左,伊渠經焉。舟行自潭北小浦入渠,過安坻,抵伊渠橋,望見湖石灘而止,則泊舟柳下,飲詠徜徉,無不得所欲。此又山麓溪干之勝也! 莊占山百畝,其可著亭榭處甚夥。公獨曰:"吾得退而享,是亦過矣,又何以多爲?"凡所名亭之花,往往散漫無倫次,菜甲草花叢出其旁,公方有夸色,而富人貴公子來觀之,輒掩議竊笑。要之龜潭之勝,不以人力天地之所劃,仙靈之所繪,與公之胸次犂然而當、超然而相得者,豈待土木花卉而後爲工哉? 遊龜潭者,水陸有三道:其一從邑之泉井巷踰澗北上,步至東南三里,至龜潭莊之門。其一自澗東南沿溪而上,至霞隱重後門而入。其一自公所居第步至小花溪,而上至龜潭。凡三道皆三里云。

清李汝爲、潘樹棠《(光緒)永康縣誌》

周子充賀林吏侍啓

伏審顯膺帝制,擢貳天官。當循名責實之朝,任激濁揚清之柄。士林歸望,從橐增華。恭惟某官盛德在人,高名映世。引君當道,盡居仁由義之心;言古驗今,富博物洽聞之學。早躡清雲之路,寖深丹扆之知。十道恩威,肅擁皇華之重;中臺綱轄,允資成務之賢。考嘉績於丕昭,見遠猷於已試。果進甘泉之列,遂專小宰之權。惟九流人物之凡,必區以别;矧六典邦家之要,將舉而行。自非明一代之憲章,曷足寄四銓之刀尺。山濤在晉,灼知啓事之公;行儉居唐,詎致長名之濫。某晚窺崇仞,遠托餘光。方懷株守之安,莫展厦成之慶。欣聞善類,得清鑒於陽秋;俯與蒼生,待至和於霖雨。

宋魏齊賢《五百家播芳大全文粹》卷十三賀啓

謝林侍郎被召遠迎

兹承顯膺召節,已及近郊。屬以卧疴,阻於造謁。其爲瞻企,未易敷陳。

宋周必大《文忠集》卷五十七

聞和叔撫琴

蓐收傳令待殘更，斗轉參横露氣清。誰弄瑶池三尺玉，恠來萬壑動秋聲。

宋衛涇《後樂集》卷二十

賀林殿院啓

榮膺宸綍，與領臺綱。著定聯華，夙已期於峩豸；權豪屏息，兹相戒以避驄。正人得時，善類吐氣。恭惟某官儒英輩古，德操範時。掩文價於二京，探道原於六籍。學充而富，視趙孟之欿然；氣養以剛，過孟賁而遠矣。自通朝籍，深簡皇心。冠六察之司，雖參持於邦憲；圖一臺之正，方注委於時賢。帝曰汝嘉，誰處公右。然施於事者繫所養，而裕厥德則優於言。眷望實之已孚，翕班聯而歸重。風采所厲，孰非默就於表儀；官曹之清，政恐不煩於繩治。懿綱醲化，坐臻載歌；東府西樞，尚有虚席。行試調元之手，盡酬及物之心。某一節服勞，萬間席庇。傾瞻德宇，夢亦繫於臺烏；阻遠賓墀，賀徒深於廈燕。

宋陳造《江湖長翁集》卷三十八

送制帥林和叔歸詩集

陳千里

九重丹詔許南歸，驄馬翩翩出鎖闈。抗疏曾已金作鏡，還家仍是衮爲衣。潮生京口雲帆迴，樹遠毗陵驛路微。寄語故鄉諸父老，太平天子望歸時。

陳　達

幾年簪筆侍彤庭，歲晚歸休荷聖情。驄馬歸乘風紀肅，龍章旌賜寵光榮。天邊鶴序差分侶，溪上群鷗重約盟。祖帳都門多冠蓋，二疏寧許擅雄名。

李　正

沐浴天恩復故鄉，烏紗白髪耀秋霜。朝衣舊著願無忝，鸞誥新頒益有光。千里雲山迎去馬，兩京冠蓋送歸帆。二疏謾説當年事，何事於今治道昌。

李大同

才行朝列出人群，無忝江南第一人。今喜辭榮歸故里，會看對杖讀彈文。絲絲楊柳都門雨，冉冉帆檣浙水雲。家有草堂三洐上，何年賜誥沐深恩。

何夢熊

白髪倉顔老從官，乞身歸去喜輕安。仍隨鴻鵠翔霄漢，竟托松筠保歲寒。聖主推恩山嶽重，愚臣報德寸銖難。玉音訓諭宜珍襲，傳與兒孫久遠看。

傅　潛

久客別金臺，鬢絲白縷縷。平湖作詩獻，乞身二明主。嘉爾出名門，賜歸優詔許。敕書焕天章，錦衣歸故里。峨峨秀氣山，汪汪濯清水。照耀增輝光，昆山與合浦。百世禮義家，簪纓相繼武。

黄　勉

玉瓶斟別酒，千里送歸人。際世升平久，爲官趣味真。錦衣忻致仕，白髪信蒙春。猿鶴應相慶，山林有老臣。

《永康梅城林氏風節宗譜》

雲溪逸叟自傳

年逾五十,而善惡毁譽漸不爲動,言與理會,動與義從,自度爲世用,可無大謬矣。時既莫我與,依違未定間,俄而師門正惠林先生用至語以規,謂:"今世事不得其平者何限,苟非吾責之所當爲,與吾力之所能爲,則亦付之無可奈何而止;苟强焉爲之,是自速禍也。"取斯語書之座右,日消月磨,壯志所存無幾,尚有鄉族之念未盡泯。

宋吕皓《雲溪逸叟自傳》

與後溪劉先生書

蓋皓自弱冠,則獲從世之名公遊。淳熙、紹熙之間,侍鄉先生正惠林公寓中都。林公退朝,與諸生燕居,輒驚歎曰:"汝知蜀有劉夫子者乎? 當今第一流也!"皓曰:"方之先生如何?"曰:"吾所畏也,節操猶可勉焉,文采藴藉,非吾所及矣。"皓時固深識之,自諉異時相遇江湖之上,摳衣函丈,似未晚也。不謂志與世違,蹉跎至此。

宋吕皓《與後溪劉先生書》

上林樞密論和議書

殊聞舉事者必順人心。蘇公軾常言:"古今未論行事之是非,先觀衆人之向背。"謝安之用諸桓,未必是,而人之所樂,則國以交安;庾亮之召蘇峻,未必非,而勢有不可,則反爲危辱。是非疑似之際,尤必取決於人心,而況今日函首之事,是非較然。詎可以犯人心,獨行而不顧乎? 何者? 誅竄奸魁,收召舊德,雖未及大有所設施,而天下翹然想望至治者,無他,衆心之所歸,則未爲而人已信之也。夫未爲而人信之,則易爲力;欲爲而人議之,則難爲功。盛名之下,其實難副。竊爲閣下惜此舉動。是舉也,不審閣下其以爲誠然耶? 或心不從而貌從之耶? 抑當誦言其不可,而卒不勝同列者之議耶? 今京都之内,兒童孺婦舉以爲非，至有掩口而不願言，塞耳而不願聽者，人心所在，相去不遠，想閣下必知其爲非也。豈惟閣下知其非，想同列之人所謂異議者，亦未必自以爲是也。夫未必自以爲是，而復不肯中止，徘徊顧望，若將力排衆議而爲之者，其毋乃以力排衆議之罪小，而重違虜情之罪大耶？夫重違虜情則和議未決，和議未決則邊釁未彌，此固今日主議之人所爲徘徊顧望者也。抑不知和好之所以可恃者，在吾國有以服其心，不在事事而從之，以求厭其虎狼之欲也。數日以來，學校諸生詣闕授軌，已當及此，想閣下亦必聞之矣。今區區欲爲閣下言數語而已，閣下以爲持三公之首以送虜庭，自開闢以來有之乎？無之也！閣下以碩德重望，爲蒼生而起，乃使開闢以來所未有之事書之史册，傳之後世，自閣下始，豈不惜哉！閣下以爲虜得吾三公之首，其止以謝邊民而已耶？其必將用是以薦宗廟也；其必將用是以傳告諸國矣；其必將用是以改元賜赦，奉上尊號也；其必將用是以東封西禪，刻石頌功也。其君負中興之名，其臣受不次之賞；而吾君吾相，乃含羞忍耻，偷安一隅，獨爲國有人乎？虜自得志以來八十年矣，國力民心、將帥士馬皆未必逮昔。兩年之間，技已止此，吾不能少忍，乃舉三公之首而函授之，以成其名，是所謂精效兵、資盜糧也，是所謂借樞於敵而授人以柄也。其爲失計，不言可知。衆怒難犯，專欲難成，今者人言藉藉，萬口一辭。大決所犯傷必多，不如小決，使道路聞而樂之也。爲今之計，誠能一紙佈告，遠近明言。昨來以生靈爲念，勉從所請，而内外臣庶以爲未安。所有已差通謝副使等，姑遲未行。而前所謂小使者，不憚再遣。彼以吾爲有人，未必不從。猶有難者，則雖往復數四，未害也。況虜叵測，和議雖成，邊備其可弛乎？均之未能弛備，何至若是之迫哉！殊昨到京師，首聞斯議，疏遠之人未知廟堂實意，徒見人言如此，不無私憂，故切爲閣下惜此舉動也。夫人固有好議論，口辨捷給，訕上不遜以沽直者，閣下視殊平日何如人耶？閣下被召，親故滿前，不過謂閣下行取高官厚禄，以爲宗族交遊光寵耳。如殊者，正以功名事業期閣下。閣下其無以位在五人之下，立議不專，異時或可藉口也。昔元祐諸公，坐棄地之議，而擯死者非一。今日之事，未論爲國計，正使爲身計，亦已疏矣。時事變遷，詎可保耶？惟閣下熟籌之，毋以人廢言，則天下幸甚！社稷幸甚！

宋吕殊《敏齋稿》卷一

太平吕氏文集序

吾邑太平吕氏，慶源綿衍，賢才代出，炎漢李唐，姑忽緩頰。在宋則有雲溪與其子敏齋，在元則有竹溪，入我朝則有雙泉。此四公者，渥史攸經，抽奇繹穎，或叩閞闔，或探理窟，或評騭古人，或商榷今事，或寫景抒情，或托物寓興，或鋪張創置，或訊似朋儕，各准才情，各爲撰述。賦在名山，用犀通人。年代寖移，鼠蠹交祟，漸成漫漶，存者什一。裔孫庠生吕璠，遞年發篋評檢，得其僅留者若干篇，敬白宗老，爰付剞劂。梓事告訖，從余問序。余倚席而諦閲之，鞭霆駕電，變態萬狀，如聆黄鍾白雪之音，以洗村塤鳥笛之耳，不覺心骨之俱爽也。乃作言曰：美哉，文也！其龍舟之貝葉，大輅之雅車，與夫累斝之彝尊乎？是故通叩閶之疏，則陳情者掩矣；閲理窟之圖，則草玄者馨矣；鑒評騭古人之論，則千古不斷之獄成矣；綜商榷今事之議，則絡陽之武通“步”達矣；繹寫景抒情之言，則賦上林、賦長陽者却矣；觀托物寓興之説，則假烏有、假無是者降矣；立鋪張創置之説，則文直事核，而飾辭誣告者息矣；省訊候朋儕之書，則辭真意質，而空言相詒者怍矣。其氣渾厚而雄深，其辭嚴密而典雅。不險怪艱深以求古，而自無不古老；不綺靡續麗以求奇，而自無不奇。較之鏤肝鐫腸，苦思侈索，天心巧奪，月脅工穿，風猷理道，纖無裨益者，奚啻星淵之相去邪？考其師友所淵源，雲溪公之在當年親受業正惠林公，而馨氣雷同。相與印證者，則有陳龍川、吕東萊、朱考亭、葉水心。其于帝皇王霸之略，道德性命之旨，爲已講明，譬之黄河之水，發源昆侖之迹。其所以開先者，非顓顓事刻鏤可埒也。再傳而敏齋，則受業于戴不望，又有真西山、魏鶴山爲之汲引。數傳而竹溪，則受業于許文懿。又數傳而雙泉，則受業于黄文獻。道訣文詮，世承代接。發爲文辭，淩駕今昔，膏沃而光煜，根培而葉茂，理所宜然，無足異者。昔人謂賢者必有文章，如名山大川必興雲雨，隋珠和璞必露光輝。觀於是集，詎不諒哉？《雲溪集》凡六卷，《敏齋》二卷，《竹溪》六卷，《雙泉》九卷，附《旌義編》一卷，總二十四卷。四公生平履歷，方駕古人，詳見邑志暨尚寶丞石門應先生所撰四傳。覽是集者，放羅而並閲之，則立言之本於立德可得而概矣。時皇明隆慶二年歲在戊辰春仲月。

明王崇《太平吕氏文集序》

賀林樞密

召從緑野，超拜洪樞。仁者之位宜高，亶師言之允穆；真儒之用無敵，佇邊釁之潛銷。竊以幾見於先者，世必味其言；德浮於位者，天亦羡以福。當元惡擅權執命之始，政諸人從諛承意之秋。爲國折萌，獨公抗疏。防微杜漸，誰知逆耳之可聽；爛額焦頭，乃悔徙薪之不早。皇威幸振，公論益明。宜先圖舊之勤，屈共更新之政。恭惟某官，三朝開濟，一德老成。操心危而慮患深，斯能閑邪於齟齬難合之際；執德弘而信道篤，故克全身於附會群趨之時。忠屢伏于青蒲，榮旋持於紫橐。梁翼方貴用事，深嫉端人；汲黯不得在朝，薦居外地。十年去國，一節保躬。碧漢夜闌，耿長星之有爛；陰冬寒力，凜孤柏之常青。暨掛冠于神武之門，欣卜鄰于赤松之侣。第怡神而自適，殆與世以相忘。坤轉乾旋，厥曜終循于黄道；弓招幣聘，兹行復爲於蒼生。矧改弦易轍，不主于故常；而賦政行刑，每資于耆老。必將上增崇於主德，下衆建於時髦。審重刑罰，以震讋奸偷之心；愛惜民器，以鼓舞豪傑之氣。扶持國是，興起士風。爲官擇人，而付物以能；以公滅私，而惟賢是與。譬彼巨舟之欲濟，詎容一事之不牢。虞舜有臣五人，惟益贊羽階之化；漢高決勝千里，獨良專籌幄之勤。果内治之畢修，則外攘其奚慮？更觀爰立，迄底丕平。某爲親調官，閲歲廬旅。方歎左曹之厄，適逢右府之新。廈成而燕亦欣，幸旅進延賢之閣；春至而地不擇，儻與遊播物之鈞。

葛洪《蟠室老人文集》卷十五

有宋孺人林氏壙志

亡室孺人林氏，諱處端，婺之永康人。曾大父諱大中，宋簽書樞密院事，贈資政殿學士，謚正惠；大父諱簡，贈奉直大夫；考諱樅，朝奉郎、江南西路轉運司主管文字，賜緋。妣安人吕氏。先君文肅與正惠道同志合，俱以不阿權臣，退老家林，暇日相過語志，甚自得也。外舅伯仲，克篤先志，以孺人歸於我，年十有九，性寬厚端淑，勤循矩則。始歸之時，人意孺人盛閥閲，未必屑家事。久之，綜理微密，米鹽筐筥隱細無不經心，承上接下，以敬以豫。人有急難，脱簪珥以賙之，無所靳。御左右寬而節，有去思復來，願終身以老焉者。喜讀佛書，皆能通解，平時尤篤於孝。予授室時，重闈皆寡居，屬意得賢婦以佚其老。孺人昏定晨省，先意迎順，沃盥佐餕如禮，久而益恭不懈。從予宰溧陽，會京口叛卒奔竄邑境，孺人聞予外率民兵，以戒不虞，内飭女隸勿以懼。其姑女弟將有家，嫁奩未盡具，孺人不敢貽其姑戚，傾橐之有以實之。待夫如賓，雖小事罔敢專。每官所予，多寢官價以酬民同直。孺人輒從旁贊之，謂若此則舉家食之甘矣！賓至，觴豆不戒而具。予仕州縣及四玷朝列，皆以首公自勵。不苟徇於人，嘗奉省符，核平江百萬倉，得所以欺弊之實，官吏惡其見底，卒以賈禍。孺人相與安之，無愠容，且勉之曰："爾不負職而職負爾，毋悔焉"拊病子，眡飲食燠寒之宜，蚤莫常先之。拊庶子不啻己出。先兄主簿未有承祀，命幼子蘇老爲之繼，而復命繼祖爲己後。□之皆有恩意，無厚薄之迹。嗚呼！士有典册之記、講貫之益、切磨之助，然於人道倫理恩義，旋折之際或不能自克其私，識有所昏，智有所蔽，不能全盡周匝者固多。如孺人生於素貴，而襲有見成，未嘗經人間難苦事。然能於閨闥之内，智洞識徹，曲盡物情，而施於上下者，動中禮度，如此，豈非文肅、正惠之家法得於耳濡目染之深？故自爲婦以至爲母，皆盡其職分，合於義理而無虧欠，抑亦其天資之懿致然歟？孺人所以躬行者，固可無憾，而余獨拳拳深憾者，族疢内訌，避地靡常，無一日家居之適。今幸完先廬，而不得同其處；有子有婦，而不得同其養，伉儷三十餘載，甘如薺者寧幾何？而荼苦之時，則不可勝計。予又幸得州，將偕往以資儆戒，而孺人已棄我矣。又其初也，予甫冠失所怙，孺人不及事其舅；孺人將笄，失所恃，予不及拜其母。歲時追感，相與撫事惻愴，或時繼以泣下，嗚呼痛哉！長逝者其永藏於此乎！予果可無言而遂已乎？抑忍書此以納諸幽宫乎？孺人終於外府丞之寓廨，實淳祐丁未十月十八也，生於嘉泰辛酉十月十三日，享年四十七。以予升朝，恩被初封。予痛念旅櫬不可久於行都，告於朝，力祈外補，待次上饒。明年仲春，挈其柩歸。淳祐戊申十一月二十九日壬申，葬於長安鄉祖隴之側龍壇原男二人：長引孫，次繼祖，娶林氏，其姪女也。蓋孺人疇昔之志，欲聯世姻，以無忘文肅、正惠舊好，意尤篤厚云。夫朝請郎、新權知信州軍州兼管内勸農營田事徐謂禮識。宣教郎、行國子博士兼沂靖惠王府教授兼權樞密院編修官鄭傴填諱。

重修廟學産瑞芝記

吾鄉學自林正惠公養士以來，迨今四十有一載。而邑令應君與攝尉史君巖之，實相與課諸生，掌凡學事。事有一關於學，未嘗以簿書期會冗故弗問。會櫺星門敝久益壞，於是顧歎曰："庠門，禮教所繇出，今若此，何以起士之敬而隆民之瞻？"乃鳩工慮庸，撤其舊而新之，得巨材，庀之爲閫，置其斷西廡下。門甫就，則芝䓀生於閫之斷。素質菌蠢，連葉敷腴，不浹日間大且盈尺。既而它蘖簇出，茁若蓋者八九，色暈黄圜，生意茂豫。觀者嗟異，僉曰創見非偶然者。諸生既舉而尊閣之大成殿上，令、尉皆賦詩，與闔邑之士詠歎之，又寫爲圖而屬璧識其實。璧聞三秀録于楚騷，九莖歌于漢樂，月精、雲母、金菌、石檜等名，雜出於句漏令之書。雖河東柳子厚歷詆符應，至枯柟所蒸，猶不能不稱其瑞芝之爲瑞，昭昭也。第披案圖諜，不少概見於杏壇槐市間。而吾鄉學特見之，顧不偉歟？夫善必先知，慶以類至，若形聲景響然。吾鄉山水勝絶，士風甲旁近縣，異時於科第進者，踵武相躡，謂非學校教養之驗不可。矧今鋪闔增新，雉垣繼作，黌宇規範，次第修舉，瑞物之産而豈徒哉！青青子衿，藏修游息於其間，得賢者而親炙之，正惟考德問業是務。繼自今必有沐詩書之芳潤，被禮樂之菁華，發藻儒林，以象其類者。乃爲之歌曰："箬之涯，其山峨峨，其材美且多，舒翹揚芬，如芝斯萼。箬之溇，其水瀏瀏，其材清以厚，懷文抱質，如芝斯茂。"愚所望於鄉之秀選者如此，豈特平平科第而已哉！二君主張斯文，以作新士類爲意，兹瑞也，抑所以副兹意也。幸切磋究之，故並書以告。宋嘉定辛巳□月□日書。

清錢大昕等《嘉慶長興縣誌》卷二十六録宋陳璧文

三賢尹修學記

令長爲民父母，生事，禮也。鄉校更幾歲月，歷幾賢尹，祠堂尊事獨三君者何？有功於學也。有功者何？一創始，一善繼，一成終，故作此祠也。作祠者何？寓召棠之思於朝夕也。樞密正惠林先生大中，置士田以豐其養，善始也。安撫寺丞史先生巖之，增齋館以佚其體，善繼也。固曰有功於學，然養者有時而弗繼，繼者欲備而未竟。賢尹趙先生汝謎來，下車周視生舍，屋宇隳頽，大懼教養弗稱，衿佩挑達。諸生合辭有請，矢謀支傾陋而已。先生曰："弗葺則已，葺而苟且，吾誰欺！"乃命直學周子巖、教諭嚴衛分其責，學長石埭尉陳暐提其綱，主簿趙汝梆董其事，盡撤而一新之。建學兩廡，幾四十間，且曰："擇材必良，選工必精，督役必勤，毋擾衆，毋循私，毋妨民。"不半載而落成。邑人樂助近千緡，皆謝遣。自交篆，得添給錢有例而非法者積之學庫，悉以備營建儒學，而勵風化若是。昔魯僖以宗明之貴，能修泮宫，詩人美之。先生以之學成，將釋菜以告先聖先師。諸生感三尹之賢，祠于西廡，爲之歌曰："三尹鼎崇，振起儒宫。風移俗易，子孝臣忠。闓啓自林，善繼者史。克成厥功，惟趙卓偉。蒼弁高聳，令德與隆。碧箬清遠，令名與同。曰瞻是祠，禱應福祉。刊之堅珉，世頌其美。"宋紹定壬辰□月□日書。

清錢大昕等《嘉慶長興縣誌》卷二十六録宋周子巖文

諸史雜記

(開禧三年十二月)辛酉,以錢象祖爲右丞相兼樞密使,衛涇及給事中雷孝友並參知政事,吏部尚書林大中簽書樞密院事。乙丑,以禮部尚書史彌遠同知樞密院事。丙寅,贈吕祖儉朝奉郎、直祕閣,官其子一人。

元脱脱等《宋史》卷三十八本紀《寧宗二》

(嘉定元年)六月庚午,金人歸大散關。辛未,金人歸濠州。乙亥,衛涇罷。丙子,遣鄒應龍賀金主生辰。甲申,林大中薨。

元脱脱等《宋史》卷三十八本紀《寧宗三》

紹熙三年,謝深甫、張叔椿兼攝,始有侍左侍郎、侍右侍郎之稱。既而林大中、沈揆擢貳尚書,則侍左、侍右徑入除目,相承不改。

元脱脱等《宋史》卷一六三《職官三》

紹熙中,侍御史林大中以論事不合去,所奏辟檢法官李謙、主簿彭龜年亦乞同罷。嘉定元年,劉榘除檢法官,范之柔除主簿,以後二職皆闕。

元脱脱等《宋史》卷一六四《職官四》

王藺,字謙仲,廬江人。乾道五年,擢進士第,爲信州上饒簿、鄂州教授、四川宣撫司幹辦公事，除武學諭。……遷起居舍人。言："朝廷除授失當，臺諫不悉舉職，給舍始廢繳駁，内官、醫官、藥官賜予之多，遷轉之易，可不思警懼而正之乎?"上竦然曰："非卿言，朕皆不聞。磊磊落落，惟卿一人。"除禮部侍郎兼吏部。嘗因手詔："謀選監司，欲得剛正如卿者，可舉數人。"即奏舉潘時、鄭僑、林大中等八人，乞擢用。會以母憂去，服除，召還，爲禮部尚書，進參知政事。

元脱脱等《宋史》卷三八六《王藺傳》

尤袤，字延之，常州無錫人。少穎異。入太學，以詞賦冠多士。紹興十八年，擢進士第。……後數日，駕即過重華宫，侍御史林大中以論事左遷，袤率左史樓鑰論奏，疏入不報，皆封駁不書黄。

元脱脱等《宋史》卷三八九《尤袤傳》

彭龜年，字子壽，臨江軍清江人。七歲而孤，事母盡孝。性穎異，讀書能解大義。及長，得程氏《易》讀之，至忘寢食。從朱熹、張栻質疑，而學益明。登乾道五年進士第，授袁州宜春尉、吉州安福丞。……初，朱熹與龜年約共論韓侂胄之姦，會龜年護客，熹以上疏見絀。龜年聞之，附奏云："始臣約熹同論此事，今熹既罷，臣宜併斥。"不報。迨歸，見侂胄用事，權勢重於宰相，於是條數其姦，謂："進退大臣，更易言官，皆初政，最關大體。若大臣或不能知，而侂胄知之，假託聲勢，竊弄威福，不去，必爲後患。"上覽奏甚駭，曰："侂胄，朕之肺腑，信而不疑，不謂如此。"批下中書，予侂胄祠，已乃復入。龜年上疏求去，詔侂胄與内祠，龜年與郡，以煥章閣待制知江陵府、湖北安撫使。……侂胄誅，林大中、樓鑰皆白其忠，寧宗詔贈寶謨閣直學士。章穎等請易名，賜謚忠肅。上謂穎等曰："彭龜年忠鯁可嘉，宜得謚，使人人如此，必能納君於無過之地。"未幾，加贈龍圖閣學士，而擢用其子欽。

元脱脱《宋史》卷三九三《彭龜年傳》

論曰：彭龜年、黄裳、羅點以青宫師保之舊，盡言無隱。黄度、林大中亦能守正不阿，進退裕如。此數臣者，皆能推明所學，務引君以當道，可謂粹然君子矣。

元脱脱等《宋史》卷三九三《彭龜年等傳》

樓鑰，字大防，明州鄞縣人。隆興元年，試南宫，有司偉其辭藝，欲以冠多士，策偶犯舊諱，知貢舉洪遵奏，得旨以冠末等。……寧宗受禪，侂胄以知閤門事與聞傳命，頗有弄權之漸，彭龜年力攻之。侂胄轉一官，與在京宫觀，龜年除待制，與郡。鑰與林大中奏乞留龜年於講筵，或命侂胄以外祠。龜年竟去，鑰遷爲吏部尚書，以顯謨閣學士提舉江州太平興國宫。

元脱脱等《宋史》卷三九五《樓鑰傳》

王居安，字資道，黄巖人。始名居敬，字簡卿，避祧廟嫌易之。……遷著作郎兼國史實録院檢討編修官，兼權考功郎官。誅韓侂胄，居安實贊其決。翼日，擢右司諫。首論："侂胄以預聞内禪之功，竊取大權，童奴濫授以節鉞，嬖妾竄籍於官庭。創造亭館，震驚太廟之山；燕樂語笑，徹聞神御之所。忽慢宗廟，罪宜萬死。托以大臣之薦，盡取軍國之權。臺諫、侍從，惟意是用，不恤公議；親黨姻婭，躐取美官，不問流品；名器僭濫，動違成法。竊弄威柄，妄開邊隙。自兵端一啓，南北生靈，壯者死鋒刃，弱者填溝壑。荆襄、兩淮之地，暴屍盈野，號哭震天。軍需百費，科擾州縣，海内騷然。迹其罪狀，人怨神怒，衆情洶洶，物議沸騰。而侂胄箝制中外，罔使陛下聞知，宦官宫妾，皆其私人，莫肯爲陛下言者。西蜀吴氏，世掌重兵，頃緣吴挺之死，朝廷取其兵柄，改畀它將，其策至善。侂胄與曦結爲死黨，假之節鉞，復授以全蜀兵權。曦之叛逆，罪將誰歸？使曦不死，侂胄未可知也。侂胄數年之間，位極三公，列爵爲王，外則專制東西二府之權，内則窺伺宫禁之嚴，奸心逆節，具有顯狀。縱使侂胄身膏斧鉞，猶有餘罪，況兵釁未解，朝廷儻不明正典刑，何以昭國法？何以示敵人？何以謝天下？今誠取侂胄肆諸市朝，是戮一人而千萬人獲安其生也。侂胄既有非常之罪，當伏非常之誅，詎可以常典論哉？右丞相陳自强素行污濁，老益貪鄙，徒以貧賤私交，自一縣丞超遷，徑至宰輔，奸憸附麗，黷亂國經。較其罪惡，與侂胄相去無幾。乞追責遠竄，以爲爲臣不忠、朋邪誤國者之戒。"又劾曦外姻郭倪、郭僎，竄嶺表，天下快之。繼兼侍講。方侂胄用事，箝天下之口，使不得議己，太府寺丞吕祖儉以謫死，布衣吕祖泰上書直言，中以危法，流之遠郡。居安奏請明其冤，以伸忠鯁之氣。……趙彦逾與樓鑰、林大中、章燮並召，居安言："鑰與大中用，宗廟社稷之靈，天下蒼生之福，彦逾不可與之同日而語。彦逾始以趙汝愚不與同列政地，遂啓侂胄專政之謀，汝愚之斥死，彦逾之力居多，而彦逾者，汝愚之罪人也。陛下乃使與二人者同升，不幾於薰蕕同器、邪正並用乎？非所以示趨向於天下也。"疏已具，有微聞者，除目夜下，遷起居郎兼崇政殿説書，於是爲諫官才十有八日。既供職，即直前奏曰："陛下特遷臣柱下史者，豈非欲使臣不得言耶？二史得直前奏事，祖宗法也。"遂極論之，又言："臣爲陛下耳目官，諫紙未乾，乃以迕權要徙他職，不得其言則去，臣不復留矣。"帝爲改容。

元脱脱等《宋史》卷四〇五《王居安傳》

慶元三年春正月壬寅，鄭僑罷知福州。二月丁巳，大理司直邵褎然奏："自今權臣僞學之黨，勿除在内差遣。"從之。夏閏六月甲午，貶留正分司西京、邵州居住。冬十一月辛丑，太皇太后吴氏崩。甲辰，合祀天地于圜丘，大赦。十二月丁酉，以知綿州王沇奏，詔省部籍僞學姓名，宰執四人：趙汝愚、留正、王藺、周必大；待制以上十三人：朱熹、徐誼、彭龜年、陳傅良、薛叔似、章穎、鄭湜、樓鑰、林大中、黄由、黄黼、何異、孫逢吉；餘官三十一人：劉光祖、吕祖儉、葉適、楊方、項安世、李垕、沈有開、曾三聘、游仲鴻、吴獵、李祥、楊簡、趙汝談、趙汝讜、陳峴、范仲黼、汪逵、孫元卿、袁燮、陳武、田澹、黄度、張體仁、蔡幼學、黄灝、周南、吴柔勝、王厚之、孟浩、趙鞏、白炎震；武臣三人：皇甫斌、范仲壬、張致遠。士人八人：楊宏中、周端朝、張衜、林仲麟、蔣傅、徐範、蔡元定、吕祖泰。凡五十九人。開禧三年十二月己酉，落葉適寶文閣待制。庚戌，貶許及之泉州居住，貶薛叔似福州居住，再貶皇甫斌英德府安置。辛酉，以錢象祖爲右丞相兼樞密使，衛涇、雷孝友並參知政事，林大中簽書樞密院事。嘉定元年六月甲申，簽書樞密院事林大中。

明柯維騏《宋史新編》卷十二

論曰：識闇不可以慮事，勢弱不可以倖功。故韓侂胄謀開邊，丘崈、婁機、宇文紹節力止之。樓鑰、林大中之扶善類、救諫臣，亦皆弗避侂胄之怨，兹豈爲身謀而罔恤國事者哉？任希夷，均大臣也，方二奸執柄之日，惟務拱默自全，得無負疇昔朱夫子之教耶？

明柯維騏《宋史新編》卷一四七

（孝宗淳熙十六年）十二月六日，詔攝太傅奉上尊號册、寶，差右丞相留正；攝侍中奉至尊壽皇聖帝寶並讀寶，及奉壽聖太后寶、壽成皇后寶，差知樞密院事、參知政事王藺；攝中書令奉至尊壽皇聖帝册並讀册，及奉壽聖皇太后册、壽成皇后册，差同知樞密院事葛邲；侍中詣至尊壽皇聖帝御前承旨並奏答及奏禮畢，差户部尚書葉翥；前導禮儀使並奏禮畢，權吏部尚書鄭僑。押册案吏部侍郎三員，權兵部尚書兼知臨安府張杓、吏部侍郎佘端禮、禮部侍郎李巘。押寶案禮部侍郎三員，給事中胡晉臣、中書舍人羅點、右諫議大夫何澹。奏中嚴外辦禮部侍郎二員，權吏部侍郎陳騤、權刑部侍郎吴博古。進接主殿中監，國子祭酒兼權中書舍人沈揆。導册寶太常卿，將作少監、直學士院倪思。舉册官六員，起居郎諸葛延瑞、祕書省著作郎兼權起居舍人莫叔光、殿中侍御史范處義、右正言黄掄、監察御史計衡、林大中。舉寶官六員，太常少卿丘崇、宗正少卿耿秉、祕書監楊萬里、大理卿王尚之、司農少卿韋璞、中書門下省檢正諸房公事王回。押樂太常卿，左司郎中岳霖。奏解嚴禮部郎中，左司郎中沈詵、大理少卿吕公進。太常博士三員，贊引太傅、樞密院檢詳諸房文字楊經，贊引前導禮儀使、將作監兼權吏部郎官蘇山，贊引太常卿、考功郎中樓鑰。協律郎一員，吏部郎中陳揚善。大慶殿並重華宫進中嚴外辦二員，知閤門事兼客省四方館事譙熙載、權知閤門事兼客省四方館事劉弼。大慶殿並重華宫前導二員，知閤門事兼客省四方館事兼樞密副都承旨吴瓌、權知閤門事兼客省四方館事韓侂胄。大慶殿並重華宫進解嚴，閤門宣贊舍人、點檢閤門簿書公事、充宣調令張進之。

《宋會要輯稿》禮四九

紹熙二年八月十四日，詔高宗皇帝依典故合加上謚號，令禮部、太常寺討論聞奏。十九日，詔曰："門下：朕恭惟高宗皇帝受命中興，功德隆盛，垂精三紀，百度畢修，仁天智神，法堯授舜。詒聖謀於宏遠，措神器於鞏安，宜極顯揚，傳之後世。迺繇初謚，累年於兹，鴻徽之號，未獲加上。朕承壽皇付托之重，夙夜業業，懼無以彰祖廟之美，備追崇之典。歷觀古昔，有大德者必得其名，鋪張闡繹，久而益著。矧兹懿鑠，登閎炳燿，冠乎百王，是敢昭衍形容，勒兹寶册，祇荐於廟，俾增億載之光，符四海之願，以伸朕尊奉休烈之志。高宗皇帝謚號見今六字，宜加上十字爲十六字，如祖宗故事。令宰執、侍從、兩省、臺諫、禮官集議，仍令禮官詳具典禮以聞。"已而特進、左丞相留正，知樞密院事葛邲，參知政事、兼同知樞密院事胡晋臣，户部尚書、兼給事中葉翥，權禮部尚書李巘，吏部侍郎羅點、陳騤，中書舍人倪思，權户部侍郎丘崇，權刑部侍郎馬大同，祕書監、兼權兵部侍郎耿秉，太常少卿張叔椿，起居郎、兼權中書舍人莫叔光，起居舍人黄裳，侍御史林大中，左司諫謝源明，右正言胡珣，監察御史郭德麟、何異，太常丞汪逵，宗正丞、兼權禮部郎官陳士楚，太常博士章穎，主簿黄灝，赴尚書省集議，加上高宗聖神武文憲孝皇帝徽號曰“高宗受命中興全功至德聖神武文昭仁憲孝皇帝”。詔恭依。

《宋會要輯稿》禮四九

（紹熙二年十月）二十九日，詔左丞相留正爲奉册寶太傅，知樞密院葛邲爲奉寶、讀寶侍中，參知政事兼同知樞密院事胡晉臣爲奉册、讀册中書令，户部尚書葉翥、禮部尚書李巘舉册，吏郎侍郎羅點、陳騤舉寶，户部侍郎丘崇進接大圭，刑部侍郎馬大同奏中嚴外辦，中書舍人倪思御前奏中嚴外辦，起居郎莫叔光禮儀使前導皇帝行禮，起居舍人黄裳奏解嚴，侍御史林大中御前奏解嚴，太常少卿張叔椿贊引奉册寶使並奉上行禮，太常寺主簿黄灝贊引前導禮儀使，左司諫謝源明充押藥太常卿，右正言胡珣充光禄卿，監察御史郭德麟充奉禮郎，太常丞汪逵充協律郎，監察御史何異充太祝，太常博士章穎充太官令。

《宋會要輯稿》禮四九

（淳熙十六年十二月）二十六日，詔册命皇后，臨軒發册寶：禮儀使前導，權吏部尚書鄭僑；奏中嚴外辦，權兵部尚書、兼知臨安府張杓；御前奏中嚴外辦，吏部侍郎余端禮；奏解嚴，禮部侍郎李巘；御前奏解嚴，給事中胡晉臣；承旨宣制，中書舍人羅點；奉節，右諫議大夫何澹；舉册官，權吏部侍郎陳騤、權户部侍郎趙彦逾；舉寶官，權吏部侍郎吴博古、殿中侍御史范處義；太常卿押樂，右正言黄掄；太常博士引奉册寶使，監察御史計衡；引奉册寶副使，監察御史林大中；引禮儀使，太常少卿丘崈；協律郎舉麾詣文德殿下，太常丞林湜；詣穆清殿門外，太常博士兼實録院檢討官汪逵。

《宋會要輯稿》禮五三

端明殿學士、簽書樞密院事、贈資政殿學士、正奉大夫林大中，謚正惠。

《宋會要輯稿》禮五八

（紹熙）三年三月二十一日，詔給事中尤袤、侍御史林大中並兼侍講。

《宋會要輯稿》職官六

慶元元年正月，給事中林大中兼侍講。

《宋會要輯稿》職官六

（慶元）三年四月九日，詔沿海制置使司添差參議官更不作闕差人。從守臣林大中之請也。

《宋會要輯稿》職官四〇

（慶元二年十月）二十九日，知慶元府林大中落職，放罷。以臣僚言其爲郡，上下之情不通，民無所訴，郡之寓公與大中之素親厚者，皆欲徙居以避。

《宋會要輯稿》職官七三

（慶元二年十月）二十九日，朝散大夫、焕章閣待制、知慶元府林大中寢罷與宫觀指揮。以臣僚論："大中比任言責，交結僞學，顛倒是非；今帥四明，上下之情不通，民無所訴。"

《宋會要輯稿》職官七四

（慶元五年）七月十二日，新復焕章閣待制林大中寢罷職名，依舊朝請大夫致仕。以臣僚言："大中比因阿附僞黨，削職畀祠，今因謝事而還舊班，何以下厭人心！"

《宋會要輯稿》職官七四

（淳熙）十四年正月二十日，命翰林學士知制誥兼侍講兼修國史洪邁知貢舉，權刑部尚書兼侍講兼太子詹事葛邲、右諫議大夫陳賈同知貢舉，監察御史吴博古、秘書監兼太子左諭德國史院編修官沈揆、太常少卿朱時敏、左司郎中兼太子侍讀楊萬年、樞密院檢詳諸房文字兼國史院編修官范仲藝、吏部員外郎石起宗、尚書考功員外郎鄭汝諧、秘書省著作郎兼權金部郎官黄倫、著作佐郎兼權兵部郎官梁汝永、知大宗正丞兼權刑部郎官李詳並參詳官，宗正寺丞宋之瑞、秘書丞謝修、太府寺丞劉崇之、大理寺丞謝深甫、秘書郎倪思、太常博士黄黼、樞密院編修官張濤、詳定一司敕令所删定官鄭湜、馮震武、沈清臣、王齊興、秘書省著作佐郎兼魏惠憲王府教授黄唐、諸王宫大小學教授戴履、大理評事陳杞、秘書省校書郎鄧馹、將作監丞王厚之、太社令趙伯成、主管官告院曾三復、提轄行在雜買場雜賣場霍箎、幹辦行在諸司審計司周曄、孫逢吉、提轄行在左藏庫李知己、主管尚書禮兵部架閣文字毛密、主管尚書刑工部架閣文字沈有開並點檢試卷，中書門下省檢正諸房公事兼國史院編修官兼太子侍講尤袤差别試所考試，太常寺主簿林大中、宗正寺簿許及之、監行在左藏西上庫段世昌、監行在草料場陳來儀並差點檢試卷。

《宋會要輯稿》選舉二二

紹熙元年正月二十四日，命權吏部尚書鄭僑知貢舉，右諫議大夫何澹、權吏部侍郎陳騤同知貢舉，太常少卿丘密、户部郎官謝源明、謝深甫、將作少監兼直學士院倪思、宗正丞張濤、大宗正丞邵驥、秘書丞黄艾、秘書省著作郎鄧馹、著作佐郎衛涇、黄由參詳，司農寺丞孫逢吉、太府寺丞曾三復、秘書郎李寅仲、樞密院編修官陳士楚、校書郎王叔簡、國子監丞虞儔、秘書省正字石宗昭、太常寺主簿徐楙、宗正寺主簿鄭公顯、國子監主簿閭丘泳、監登聞檢院黄灝、監都進奏院李謙、主管官告院孟浩、幹辦諸司審計司何異、幹辦諸軍審計司俞言、幹辦諸軍審計司祝禹圭、主管吏部架閣文字吕宗孟、主管刑工部架閣文字李大異、國子監書庫官方廷堅、朝奉郎王源、奉議郎彭龜年、彭寅、宣教郎陳棅點檢試卷，别試所監察御史林大中考試，考功郎中樓鑰、太常博士汪逵、樞密院編修官李沭、司農寺主簿李唐卿點檢試卷。

《宋會要輯稿》選舉二二

紹熙元年正月二十七日，宰執進呈右諫議大夫何澹劄子，乞置《紹熙會計録》，且言："去歲臣僚嘗乞討論用度，已得指揮，令户部稽考。乞即降睿旨施行。"得旨："令何澹同趙彦逾依已得指揮，稽考以聞。"二十八日，又詔："更差葉翥，仍令林大中、沈詵、楊經同共稽考聞奏。"

《宋會要輯稿》食貨五六

吕皓，字子暘，永康人。自少負志節，學於林大中而友陳亮、吕祖謙。以出粟賑濟，受知於倉使朱熹，薦諸朝，補郡文學。……廬墓以終喪，割兄弟所遜田爲義庄，以贍鄉族。部使者及郡邑以遺逸孝友交薦於朝，俱不起。嘗作《雲溪逸叟自傳》以見志。

明徐象梅《兩浙名賢録》卷五《吕皓傳》

陳黼，字斯士，東陽人。少從吕東萊游，經術淹貫，文章爾雅。永康林大中聞其賢，以女妻之。登淳熙八年進士，恬静有守，以婦翁在政府，力辭擢用。大中薨，乃拜掌故之命。累遷國子博士，至著作郎。會臺臣建議，朝士不曾作邑者，不當遽典州郡，乞授參議官，黼遂乞祠歸。貧無室廬，卒於永康寓舍。有《文集》二十卷。

明徐象梅《兩浙名賢録》卷四十一《陳黼傳》

汪大猷，字仲嘉。在四明置田二十畝以爲義莊，欣慕者衆，積置三頃。郡守林大中助絶産二頃。遇士族之貧者，家有吉凶，隨事白郡，郡下莊給之，爲無窮之利。

元佚名《氏族大全》卷九《汪大猷傳》

林大中，字和叔。宋寧宗登極，除中書舍人。癸丑歲，朱熹坐客有知天文者曰："星變，正人當之，其林和叔乎?"已而公果出臺。去國一節，風誼凛然。明年，熹與公同在從班，相得如平生歡。公清瘦不勝衣，而毅然有任重道遠之意。平生言不出口，而論事有回天之力，古之所謂大臣歟?

元佚名《氏族大全》卷十四《林大中傳》

樓鑰字大防，异孫也。少警敏，書一再讀能記誦，詞章雅贍。隆興初元擢進士第，明年又中教官選，後用大臣薦入朝，稍遷太常博士。……知閤門事韓侂冑弄權有萌芽，吏部侍郎彭龜年除職與郡。鑰與林大中合詞論奏："龜年，舊學也，伉直敢論事，其可去乎？乞留之經筵，命侂冑以外祠。"上批："龜年已是優異，侂冑初無過尤。"鑰再奏："若以爲優異，則侂冑之轉承宣使非優異乎？若謂初無過尤，則龜年乃出於愛君之誠心，不顧身以進忠言，豈爲過乎？但直臣去國，自此恐無敢爲陛下出力論事者。"侂冑銜之。三日，遷天官，實奪封駁之權也。

宋羅濬《(寶慶)四明志》卷八《樓郁傳》

史彌遠，字同叔。忠定罷相，歸東湖，與弟彌堅先後生，忠定深器之，嘗曰：吾以不言兵，後必有爲宰相者，二子優劣，吾未能審也。一日攜客游湖寺，二子從，忠定陰戒從者進食，踰晡時，彌遠獨凝坐，絶怒色，忠定始異之。登進士第，折節下士，與東萊吕祖謙相游從。……嘉定元年，知樞密院事，後拜右丞相。去僞學禁，贈朱熹叙，復故丞相趙汝愚、吕祖泰等官，召林大中、樓鑰故老十五人入朝。

元袁桷《(延祐)四明志》卷五《史彌遠傳》

(慶元三年)十二月，知綿州王沇乞置僞學之籍，仍自今曾受僞學舉薦關陞及刑法廉吏自代之人，並令省部籍記姓名，與閒慢差遣。從之。僞學黨逆得罪者凡五十九人：宰執四人：趙汝愚、留正、王藺、周必大；待制以上十三人：朱熹、徐誼、彭龜年、陳傅良、薛叔似、章穎、鄭湜、樓鑰、林大中、黄由、黄黼、何異、孫逢吉；餘官三十一人：劉光祖、吕祖儉、葉適、楊方、項安世、沈有開、曾三聘、游仲鴻、吴獵、李祥、楊簡、趙汝讜、趙汝談、陳峴、范仲黼、汪逵、孫元卿、袁燮、陳武、田澹、黄度、張體仁、蔡幼學、黄灝、周南、吴柔勝、李埴、王厚之、孟浩、趙鞏、白炎震；武臣三人：皇甫斌、危仲壬、張致遠；士人八人：楊宏中、周端朝、張衢、林仲麟、蔣傅、徐範、蔡元定、吕祖泰。

宋劉時舉《續宋中興編年資治通鑑》卷十二

(開禧三年十二月)辛酉，參知政事錢象祖爲右丞相兼樞密使，衛涇及給事中雷孝友並參知政事，吏部尚書林大中簽書樞密院事。

(嘉定元年閏四月)乙酉，右丞相兼樞密使錢象祖兼太子少傅，參知政事衛涇、雷孝友、簽書樞密院事林大中並兼太子賓客。(六月)甲申，簽書樞密院事林大中薨於位。

元佚名《宋史全文》卷三十

韓侂胄權勢日重，龜年上疏條奏其姦，請去之，且云："陛下逐朱熹太暴，故欲陛下亦亟去此小人，毋使天下人謂陛下去君子易，去小人難。"於是龜年、侂胄俱請祠。帝欲兩罷其職，陳騤進曰："以閤門去經筵，何以示天下？"既而内批："龜年與郡，侂胄進一官，與在京宫觀。"給事中林大中、中書舍人樓鑰繳奏，以爲非是，不聽。由是侂胄愈横。

元陳桱《通鑑續編》卷十九

（開禧三年十二月辛酉）以錢象祖爲右丞相兼樞密使，衛涇、雷孝友參知政事，史彌遠同知樞密院事，林大中僉書院事。初，韓侂胄欲内交於大中，大中不許，而上書極論其姦，因辭官屏居，時事不挂於口。侂胄當國，或勸其通書以免禍者，大中曰："福不可求而得，禍可懼而免耶？"不許。凡十二年而復起。

元陳桱《通鑑續編》卷十九

（慶元）三年十二月，知綿州王沇上疏，乞置僞學之籍，仍自今曾受僞學舉薦關陞及刑法廉吏自代之人，並令省部籍記姓名，與閒慢差遣。從之。於是僞學逆黨得罪著籍者，宰執則有趙汝愚、留正、周必大、王藺等四人，待制以上則有朱熹、徐誼、彭龜年、陳傅良、薛叔似、章穎、鄭湜、樓鑰、林大中、黄由、黄黼、何異、孫逢吉等十三人，餘官則有劉光祖、吕祖儉、葉適、楊芳、項安世、李壆、沈有開、曾三聘、游仲鴻、吴獵、李祥、楊簡、趙汝讜、趙汝談、陳峴、范仲黼、汪逵、孫元卿、袁燮、陳武、田澹、黄度、張體仁、蔡幼學、黄灝、周南、吴柔勝、王厚之、孟浩、趙鞏、白炎震等三十一人，武臣則有皇甫斌、危仲壬、張致遠等三人，士人則有楊宏中、周端朝、張衜、林仲麟、蔣傅、徐範、蔡元定、吕祖泰等八人，共五十九人。

明馮琦《宋史紀事本末》卷二十一

（紹熙五年）十二月乙丑，吏部侍郎兼侍講彭龜年見韓侂胄用事，權勢重於宰相，上疏條奏其姦，謂："進退大臣，更易言官，皆初政，最關大體。若大臣或不能知，而侂胄知之，假託聲勢，竊弄威福，不去，必爲後患。"上覽奏，駭曰："侂胄，朕託以肺腑，信而不疑，不謂如此！"龜年又言："陛下逐朱熹太暴，故欲陛下亦亟去此小人，毋使天下人謂陛下去君子易，去小人難。"於是龜年、侂胄俱請祠。帝欲兩罷其職，陳騤進曰："以閤門去經筵，何以示天下？"既而内批："龜年與郡，侂胄進一官，與在京宮觀。"給事中林大中同中書舍人樓鑰繳奏曰："陛下眷禮舊僚，一朝龍飛，延問無虚日。不三數月間，或死或斥，賴龜年一人尚留，今又去之，四方謂其以盡言得罪，恐傷政體。且一去一留，恩意不侔。去者日遠，不復侍左右；留者納祠，則召見無時。請留龜年經筵，而命侂胄以外任，則事體適平，人無可言者。"上批："龜年已爲優異，侂胄本無過尤，可並書行。"大中與鑰同奏："龜年除職與郡以爲優異，則侂胄之轉承宣使非優異乎？若謂侂胄本無過尤，則龜年論事實出於愛君之忱，豈得爲過？龜年既已決去，侂胄難於獨留，宜畀外任或外祠，以慰公議。"不聽。由是侂胄愈横。

明馮琦《宋史紀事本末》卷二十二

紹熙五年，侂胄權勢日重。十二月乙丑，吏部侍郎兼侍講彭龜年上疏條奏其姦，請去之，且云："陛下逐朱熹太暴，故欲陛下亦亟去此小人，毋使天下人謂陛下去君子易，去小人難。"於是龜年、侂胄俱請祠。帝欲兩罷其職，陳騤進曰："以閤門去經筵，何以示天下？"既而内批："龜年與郡，侂胄進一官，與在京宮觀。"給事中林大中、中書舍人樓鑰繳奏，以爲非是，不聽。由是侂胄愈横。

明王宗沐《宋元資治通鑑》卷四十

《御題慶元黨禁》：宮闈通情侂胄求，慶元初，韓侂胄既專政，用京鏜、何澹、劉德秀、胡纮四人爲鷹犬，斥逐異己者，目爲僞黨。宰執則趙汝愚、留正、王藺、周必大四人，待制已上則朱熹等十三人，餘官則劉光祖等三十一人，武臣皇甫斌等三人，太學生楊宏中等六人，士人則蔡元定、吕祖泰二人，皆貶斥禁錮。及鏜、澹等相繼罷死，始得追復，而正人之淪亡者已不少矣。侂胄任群小以攻僞學，終蹈誅殛，自取其罪。然迹其得志之由，則趙汝愚不能辭過。攷寧宗之立也，汝愚時知樞密院，求能通意於慈福者。侂胄詭稱爲太皇太后親屬，汝愚遣入白，乃因内侍關禮請得入，使諭意汝愚，其論遂定。侂胄由此自謂有定策功，依託肺腑，居中用事，燄燄日熾，甚至竊擅兵權，交通吴曦，幾亂國是，汝愚亦因貶謫而歿。宰臣當大事不以正道，顧乃委信僉邪，干求宫掖，冀欲藉以居功，不知適以貽害，開門揖盜，誰任其咎哉？汝愚曾是缺深謀。慶元党禍延邦國，揖盗開門自有由。

《原序》：古者，左右前後，罔非正人，所以嚴其選于近習者，慮至深也。後世論親賢士、遠小人，必宫中、府中俱爲一體，而作奸犯科，付之有司，所以嚴其法于近習者，慮益遠矣。慶元大臣得君之初，收召群賢，一新庶政，方將措天下于太平之盛。而宫府之間，近習竊柄，一罅弗室，萬事瓦裂，國家幾于危壞而不可救。是則立紀綱，嚴界限，防微杜漸，在君相可一日不加之意哉！余于慶元黨禁而有感焉，因記其首末。淳祐乙巳至日，滄洲樵叟序。

《慶元黨禁》：首末僞黨共五十九人。宰執四人：趙汝愚右丞相，饒州、留正少保、觀文殿大學士，泉州、王藺觀文殿學士、知源州，廬江、周必大少傅、觀文殿大學士，吉州；待制已上十三人：朱熹焕章閣待制兼侍講，建寧、徐誼權工部侍郎，温州、彭龜年吏部侍郎，台州、陳傅良中書舍人兼侍讀兼直學士院，温州、薛叔似權户部侍郎兼樞密都承旨，永嘉、章穎權兵部侍郎兼侍講，婺州、鄭湜權刑部侍郎，福州、樓鑰權吏部尚書，明州、林大中吏部侍郎，婺州、黄由權禮部尚書，平江、黄黼權兵部侍郎，臨安、何異權禮部侍郎，撫州、孫逢吉權吏部侍郎，吉州；餘官三十一人：劉光祖起居郎兼侍讀，蜀、吕祖儉太府寺丞，婺州、葉適太府少卿、總領淮東財賦，温州、楊方秘書郎，汀州、項安世校書郎，荆南、沈有開起居郎，常州、曾三聘知郢州，臨江軍、游仲鴻軍器監簿，果州、吴獵監察御史，潭州、李祥國子祭酒，常州、楊簡國子博士，明州、趙汝讜添差監左藏西庫、趙汝談前淮西安撫司幹官、陳峴校書郎，温州、范仲黼著作郎兼權禮部郎官，成都、汪逵國子司業，信州、孫元卿國子博士、袁燮太學博士，明州、陳武國子正，温州、田澹宗正丞兼權工部郎官，南劍、黄度右正言，紹興、詹體仁太府卿、蔡幼學福建提舉，温州、黄灝浙西提舉常平茶鹽公事、周南池州教授，平江、吴柔勝新嘉興府教授，宣州、李垔校書郎，蜀、王厚之直顯謨閣、江東提刑，紹興、孟浩知湖州，袁州、趙鞏秘閣修撰、知揚州、白炎震新通判成都府，普州；武臣三人：皇甫斌池州都統制、范仲壬知金州、張致遠江西兵馬鈐轄，南劍；太學生六人：楊宏中、周端朝、張衜、林仲麟、蔣傅、徐範；士人二人：蔡元定編管道州，嘉定三年奉聖旨特賜迪功郎、吕祖泰決杖配欽州，嘉定元年奉聖旨特補迪功郎、監潭州南嶽廟。已上並見於當時臺諫章疏。

宋滄洲樵叟《慶元黨禁》

紹熙三年，謝深甫、張叔椿兼攝，始有侍左侍郎、侍右侍郎之稱。林大中、沈揆擢貳尚書，則侍左、侍右徑入除目，相承不改。

元馬端臨《文獻通考》卷五十二《職官考六》

主簿：紹熙中，侍御史林大中以論事不合去，所奏辟檢法官李謙、主簿彭龜年亦乞同罷。嘉定元年，劉渠除檢法官，范之柔除主簿，以後二職皆闕。

元馬端臨《文獻通考》卷五十四《職官考八》

自禁僞學之後，劉侍郎珏以故御史免喪入見，上言前日之僞黨，今日又變而爲逆黨，且獻策以消之。於是自慶元至今，以僞學逆黨得罪者凡五十有九人：宰執四人：趙汝愚右丞相、留正少保、觀文殿大學士、王藺觀文殿學士、知潭州、周必大少傅、觀文殿大學士；待制已上十三人：朱熹焕章閣待制兼侍講、徐誼權工部侍郎、知臨安府、彭龜年吏部侍郎、陳傅良中書舍人兼侍講兼直學士院、薛叔似權户部侍郎兼樞密院承旨、提舉太史局、章穎權兵部侍郎兼侍講、鄭湜權刑部侍郎、樓鑰權吏部尚書、林大中吏部侍郎、黄由權禮部尚書、黄黼權兵部侍郎、何異權禮部侍郎、孫逢吉權吏部侍郎；餘官三十一人：劉光祖起居郎兼侍讀、吕祖儉太府寺丞、葉適太府卿、總領淮東財賦、楊方秘書郎、項安世秘書省校書郎、沈有開起居郎、曾三聘知郢州、游仲鴻軍器監主簿、吴獵監察御史、李祥國子祭酒、楊簡國子博士、趙汝讜添差監左藏西庫、趙汝談前淮西安撫司幹官、陳峴秘書省校書郎、范仲黼著作郎兼權禮部郎官、汪逵國子司業、孫元卿國子博士、袁燮太學博士、陳武國子正、田澹宗正丞兼權工部郎中、黄度右正言、張體仁太府卿、蔡幼學福建提舉常平茶事、黄灝浙西提舉常平茶鹽公事、周南池州府學教授、吴柔勝新嘉興府學教授、李堇校書郎、王厚之直顯謨閣、江東提點刑獄、孟浩知湖州、趙鞏秘閣修撰、知揚州、白炎震新通判成都府；武臣三人：皇甫斌池州都統制、范仲壬知金州、張致遠江西兵馬鈐轄。已上並見於臺諫章疏中。士人八人：楊宏中、周端朝、張衜、林仲麟、蔣傅、徐範，並太學生蔡元定、吕祖泰。

宋李心傳《建炎以來朝野雜記》甲集卷六《學黨五十九人姓名》

(開禧三年十二月)二十日辛酉，錢參政爲右丞相兼樞密使。二十一日壬戌，衛簽樞、雷給事并參知政事，新除吏部林尚書大中簽書樞密院事。二十三日甲子，楊太尉次山除使相，賜玉帶。二十三日乙丑，史尚書除同知樞密院。……(嘉定元年六月)七日乙亥，衛參政罷，行御史中丞章疏也。十六日甲申，林簽樞薨于位。二十四日辛卯，史知院兼參知政事。

宋李心傳《建炎以來朝野雜記》甲集卷七《開禧去凶和敵日記》

國朝優待侍從，故事體名分多與庶僚不同。然有處之合宜及肆意者，如任知州申發諸司公狀不繫銜，與安撫、監司序官往還用大狀，不書年，引接用朱衣，通判入都廳之類，皆雜著於令式。其明載《國史》者尚可考。大中祥符五年六月，詔：尚書丞郎、兩省給諫知州府，而本部郎中、員外郎及兩省六品以下官充本路轉運使副者，承前例須申報。雖職當統攝，方委於事權，而官有等差，宜明於品級。自今知制誥、觀察使以上知州府處所申轉運司狀，並止簽案檢，令通判以下具銜供申。張詠以禮部尚書知昇州，上言："臣官忝六曹，祠部乃本行司局，而例申公狀，似未合宜。望自今尚書丞郎知州者，除申省外，其本行曹局止簽案檢。"從之。紹興中，范同以前執政知太平州，官係中大夫，不帶職，申諸司狀繫銜，提刑張絢封還之，范竟不改。次年轉太中，再任，始去之。劉焞爲江西運判，移牒屬郡知，通云：請聯銜具報。邁時以太中守贛，以於式不可，乃作公劄，同通判簽書。劉邦翰曾任權侍郎，以朝議大夫、集英修撰知饒州。趙燁以承議郎提點刑獄，欲居其上，劉不校，趙又畏人議己，於是遇朝拜國忌日，先後行香。王十朋自侍御史徙權吏部侍郎，不拜，除集撰，知饒州，自處如庶官。林大中亦自侍御史改吏侍，不曾供職，除直寶文閣，知贛州，全銜猶帶權知兼勸農事借紫，而盡用從官禮數。黄涣爲通判，入都廳，爲之不平。鄭汝諧除權侍郎，爲東省所繳，不得供職，而以祕撰知池州，公狀至提刑司，不繫銜，爲鄧騆牒問。唐瑑以司農少卿，王佐以中書檢正，皆暫兼權户侍，及出知湖、饒二州，悉用朱衣雙引。此數君皆失於討問典章，非故爲尊大也。

宋洪邁《容齋三筆》卷第四《從官事體》

嘉泰元年丑月，監太平惠民局夏允中請用文彦博故事，以侂胄爲平章軍國重事。侂胄恐，乞致仕，免允中官。二年十二月，拜侂胄爲太師，立貴妃楊氏爲皇后。初，恭淑后既崩，椒房虚位，楊貴妃、曹美人皆有寵。侂胄畏楊權數，以曹柔順，勸上立之。上意向楊，侂胄不能奪也。太學生王夢龍爲后兄次山客，監雜賣場趙汝讜與夢龍爲外兄弟，知其事，於是以侂胄之謀告次山。次山以白后，后由是怨之，始有謀侂胄之意矣。三年，金國盜起，洊饑，懼我乘隙用兵，於是沿邊聚糧增戍，且禁襄陽府榷場。邊釁之開，蓋自此始。而侂冑久用事，亦欲立奇功以固位，會鄧友龍等廉得北方事以告，而蘇師旦等又從而慫臾之。開禧元年四月，以李義爲鎮江都統，皇甫斌爲江陵都統兼知襄陽。金人以侵掠、增戍、渝盟見責，遂詔内外諸軍密爲行計。七月，侂冑爲平意軍國事，立班丞相上。蘇師旦爲安遠軍節度使，領閤門事。師旦本平江書佐，侂冑頃爲鈐轄日，嘗以爲筆吏，後依韓門，會上登極，竄名藩邸，用隨龍恩得官，驟至貴顯。八月，以殿帥郭倪爲鎮江都統、兼知揚州。二年，以薛叔似爲湖北、京西宣撫使，程松爲四川宣撫使，吴曦爲副使，鄧友龍爲兩淮宣撫使。十二月，金虜使趙之傑、完顔良弼來賀正旦，倨慢無禮。於是以北伐告於宗廟，下詔出師。已而陳孝慶復泗州，又復虹縣；許進復新息縣。孫成復保信縣。田琳復壽春府。未幾，王大節攻蔡州不克，軍潰。皇甫斌敗於唐州。秦世輔軍亂於城固縣。郭倬、李汝翼攻宿州，敗績，執統制田俊邁以往。李爽攻壽州，敗。於是誅竄諸將敗事者，更易諸閫。以丘崈爲兩淮宣撫使，分諸將三衙江上之兵，合十六萬餘人，分守江、淮要害。既而吴曦遣其客姚淮源獻關外四州之地於金人，遂封爲蜀王。至此，侂冑始覺爲師旦等所誤，遂罷師旦，除名，送韶州安置，仍籍其家財，賜三宣撫司爲犒軍費。斬郭倬於鎮江，罷程松四川宣撫使。九月，金人陷和尚原。十月，渡淮，圍楚州。十一月，以殿帥郭杲駐真州，以援兩淮，丘崈以簽書開督府。既而圍襄陽，犯廬、和、真、西和州、德安府，陷隨、濠、階、成州、信陽、安豐軍、大散關，郭倪棄揚州走。三年正月，丘崈罷，以樞密張岩督視。二月，金人始退師。四川宣撫司、隨軍轉運使安丙及李好義、楊巨源等討吴曦，斬之，四川平。以楊巨源爲四川宣撫使，安丙副之。既而次第復階、鳳、西和州、大散關。四月，遣蕭山縣丞方信孺奉使，通謝金國。六月，安丙殺楊巨源。八月，信孺回白事，言金人欲割兩淮，增歲幣，犒軍金帛，索回陷没及歸正人，又有不敢言者。侂冑再三問之，乃曰："欲太師首級。"侂冑大怒，坐信孺以私覿物擅作大臣餽遺虜人，降三官，臨江軍居住。乃以趙淳爲江淮制置使，而用兵之謀復起，再遣監登聞鼓院王柟出使焉。於是楊次山與皇后謀，俾王子榮王曮入奏，言“侂胄再啓兵端，謀危社稷”，上不答。皇后從旁力請再三，欲從罷黜，上亦不答。后懼事泄，於是令次山於朝行中擇能任事者。時史彌遠爲禮部侍郎、資善堂翊善，遂欣然承命。錢參政象祖嘗以諫用兵貶信州，乃先以禮召之。禮部尚書衛涇、著作郎王居安、前右司郎官張鎡皆預其謀。議既定，始以告參政李壁。前一日，彌遠夜易服，持文書往來二參第。時外間籍籍有言其事者。一日，侂胄在都堂，忽謂李參曰：“聞有人欲變局面，相公知否?”李疑事泄，面發赤，徐答曰：“恐無此事。”而王居安在館中，與同舍大言曰：“數日之後，耳目當一新矣。”其不密如此。彌遠聞之大懼，然未有殺之之意，遂謀之張鎡。鎡曰：“勢必不兩立，不如殺之。”彌遠撫几曰：“君真將種也，吾計決矣。”時開禧三年十一月二日，侂胄愛姬三夫人號“滿頭花”者生辰。張鎡素與之通家，至是移庖侂胄府，酣飲至五鼓。其夕，周筠聞其事，遂以覆帖告變。時侂胄已被酒，視之曰：“這漢又來胡説。”於燭上焚之。初三日，將早朝，筠復白其事，侂胄叱之曰：“誰敢！誰敢!”遂升車而去。甫至六部橋，忽有聲喏於道旁者，問爲何人，曰：“夏震。”時震以中軍統制權殿司公事，選兵三百俟於此。復問何故，曰：“有旨，太師罷平章事，日下出國門。”曰：“有旨，吾何爲不知？必僞也。”語未竟，夏挺、鄭發、王斌等，以健卒百餘人，擁其轎以出，至玉津園夾牆内，撾殺之。是夕之事，彌遠稱有密旨。錢參政欲奏審，史不許，曰：“事留恐泄。”遂行之。是夕，史彷徨立俟門首，至曉猶寂然，至欲易衣逃去，而宰執皆在漏舍以俟。既而侂胄前驅至，傳呼太師來。錢、李二公疑事泄，皆戰栗無人色，俄而寂不聞聲。久之，夏震乃至，白二公曰：已了事矣。錢參政乃探懷中堂帖授陳自强曰：“有旨，太師及丞相皆罷。”陳曰：“何罪?”錢不答，於是揖二公，遂登車去。是夕，使侂胄不出，則事必泄矣。二參繼赴延和殿奏事，遂以竄殛。侂胄聞，上愕然不信。及臺諫交章論列，三日後猶未悟其死。蓋此夕之謀，悉出於中宫及次山等，宫省事祕，不能詳也。遂下詔暴侂胄首開兵端等罪，官籍其家。而夫人張氏、王氏聞變，盡取寶貨碎之。其後二人皆坐徒斷。夏震爲福州觀察使，主管殿前司公事。斬蘇師旦於韶州，程松賓州，陳自强雷州，郭倪、郭僎皆除名安置，並籍其家。李壁、張嵓皆降官居住。毛自知奪倫魁恩，以首論用兵故也。乃拜錢象祖爲右相，衛涇、雷孝友並參政，史彌遠知樞密院事，林大中簽書院事，楊次山開府儀同三司，賜玉帶。遂以竄殛事牒報對境。三省以咨目遍遺二宣撫、二制置、十都統，告以上意。諫議大夫葉時，請梟首於兩淮，以謝天下，上不許。時王柟以出使在金虜帳。一日，金人呼柟問：韓太師何如人？柟因盛稱其忠賢威略。虜徐以邊報示之曰："如汝之言，南朝何故誅之？"柟窘懼不能對。於是無厭之求，難塞之請，皆不敢與較，一切許之，以爲脱身計。及歸，乃以金人欲求侂胄函首爲辭。於是詔侍從兩省臺諫集議。先是，諸公間已有此請，上重於施行。至是，林樞密大中、樓吏書鑰、倪兵書思，皆以爲和議重事，待此而決，姦凶已斃之首，又何足惜？與其亡國，寧若辱國。而倪公主之尤力；且謂在朝有受其恩欲爲之地者。蓋朝堂集議之時，獨章文莊良能於衆中以事關國體，抗詞力争，所謂欲爲之地者，指章也。葉清逸《聞見録》云："良能首建議函首，王介以爲不可。"此非是實。於是遣臨安府副將尹明，斲侂胄棺，取其首，送江淮制置大使司，且以咨目諭諸路宣撫制置以函首事。遂命許奕爲通謝使。王柟竟函首以往，且增歲幣之數。當時識者殊不謂然。且當是時，金虜實已衰弱，初非阿骨打、吴乞買之比。丙寅之冬，淮、襄皆受兵，凡城守者皆不能下，次年遂不復能出師，其弱可知矣。儻能稍自堅忍，不患不和，且禮秩歲幣皆可以殺。而當路者畏懦，惟恐稍失其意，乃聽其恐喝，一切從之。且吾自誅權姦耳，而函首以遺之，則是虜之縣鄙也，何國之爲？惜哉！且柟，侂胄所遣，今欲議和，當别遣使，亦不當復遣柟也。至有題詩於侍從宅曰："平生只説樓攻媿，此媿終身不可攻。"又詩曰："自古和戎有大權，未聞函首可安邊。生靈肝腦空塗地，祖父冤讎共戴天。晁錯已誅終叛漢，於期未遣尚存燕。廟堂自謂萬全策，却恐防胡未必然。"又云："歲幣頓增三百萬，和戎又送一於期。無人説與王柟道，莫遣當年寇準知。"亦可見一時公論也。明年，閤門舍人周登出使，過趙州，觀所謂石橋者，已具述其事。紀功勒銘，大書深刻於橋柱矣。金主嘗令引南使觀忠繆侯墓，且釋云："忠於爲國，繆於爲身。"詢之，乃韓也。和議既成，乃盡復秦檜官爵，以其嘗主和故耳。余按紹興秦檜主和，王倫出使，胡忠簡抗疏請斬秦檜以謝天下，時皆偉之。開禧侂胄主戰，倫之子柟復出使，竟函韓首以請和。是和者當斬，而戰者亦不免於死，一是一非，果何如哉！余嘗以意推之，蓋高宗間關兵間，察知東南地勢、財力與一時人物，未可與争中原，意欲休養生聚，而後爲萬全之舉。在德壽日，壽皇嘗陳恢復之計，光堯曰："大哥，且待老者百年後却議之。"蓋可見也。秦檜揣知上意厭兵，力主和議，一時功名之士皆歸罪，以爲主和之失。及孝宗鋭意恢復，張魏公主戰，異時功名之士靡然從之，獨史文惠以爲不然。其後符離潰師，雖府庫殫竭，士卒物故，而壽皇雄心遠慮，無日不在中原。侂胄習聞其説，且值金虜寖微，於是患失之心生，立功之念起矣。殊不知時移事久，人情習故，一旦騷動，怨嗟並起，而茂陵乃守成之君，無意兹事，任情妄動，自取誅僇，宜也。身隕之後，衆惡歸焉。然其間是非，亦未盡然。若《雜記》所載，趙師睪犬吠，乃鄭斗所造，以報撻武學生之憤。至如許及之屈膝，費士寅狗竇，亦皆不得志抱私讎者撰造醜詆，所謂僭逆之類，悉無其實。李心傳蜀人，去天萬里，輕信紀載，疏舛固宜，而一朝信史，乃不擇是否而盡取之，何哉？當泰、禧間，大父爲棘卿，外大父爲兵侍，直禁林，皆得之耳目所接，俱有家乘、日録可信，用直書之，以告後之秉史筆者。

宋葉紹翁《四朝聞見録》卷五戊集《誅韓本末》

汪大猷《言行録》云，鄞縣人。紹興十五年登乙科，吏部權書。四明風俗素厚，公割田立義莊，欣慕者衆。郡守林大中助以絶産，擇鄉官主之，遂爲亡窮之利云。

宋王象之《輿地紀勝》卷第十一

長興縣自晉初置令之後，以名見於史傳諸書者，晉有陳達，齊有何敬叔、范岫、庾沙彌，陳有謝夷吾，唐有鉗耳知命、朱自勉、權逢吉、潘虔。紹興八年，縣令張琮始裒聚宋朝太平興國中錢氏納土以後縣令姓名，刻石寘於廳事，今併録之。……張維、顔度、鄭熊、林大中、趙彦光、趙師復、吴競、錢師悦。

宋談鑰《（嘉泰）吴興志》卷十五

林大中：朝散大夫、焕章閣待制、知慶元軍府兼沿海制置使，慶元元年八月十三日到任，二年十一月初七日滿。

宋羅濬《（寶慶）四明志》卷一

東津浮橋：慶元中守林公大中。

宋羅濬《（寶慶）四明志》卷十二

林大中：朝散大夫、焕章閣待制、知慶元軍府兼沿海制置使，慶元元年八月。

元袁桷《（延祐）四明志》卷二

林大中，嘉泰中任，置學。

明李賢《明一統志》卷十

林大中，永康人。紹興末進士。寧宗時，由臺諫歷官僉書樞密院事。卒贈資政殿學士，謚“正惠”。所著有《奏議》《外制》《文集》三十卷。大中守正不阿，進退裕如。朱熹嘗貽書朝士曰：“聞林和叔入臺，無一事不中的。去國一節，風義凛然，當於古人中求之。”

明李賢《明一統志》卷四十二

林大中知慶元府，城南民田潮溢，不可種，大中捐公帑治石築之，民不知役而蒙其利。郡訛言夜有妖，大中謂此必黠賊所爲，立捕黥之，人情遂安。

明李賢《明一統志》卷四十六

林大中知新淦縣，郡督輸賦急，大中請寬其期，不聽，納告敕，投劾而去。

明李賢《明一統志》卷五十四

宋林大中爲長興令，時郡太守禁民間契本赤者，許人訐告，約束頒行。大中一見，染劄封還，曰：“長告訐之風，非儒者之政，大中不敢奉行。”太守善其言，事之已露者，悉從寬典。

明栗祁《（萬曆）湖州府志》卷十三

林大中知慶元府，城南田湖溢爲害，出公帑築石堤捍之，民蒙其利。

明黄潤玉《（成化）寧波府簡要志》卷四

主簿掌勾稽簿書，各一人。紹興初，詔檢法、主簿，特令殿中侍御史奏辟。紹熙中，侍御史林大中以論事不合去，所奏辟檢法官李謙、主簿彭龜年亦乞同罷。嘉定元年，劉渠除檢法官，范之柔除主簿，以後二職皆闕。

明施沛《南京都察院志》卷四十

宋林大中落職歸，客或勸大中通侂胄書，大中曰："吾爲夕郎時，一言承意，豈閒居至今日？"客曰："縱不求福，盍亦免禍？"大中曰："福不可求而得，禍可懼而免耶？"

明何鏜《高奇往事》卷二

宋林大中落職歸，客或勸大中通侂胄書，大中曰："吾爲夕郎時，一言承意，豈閒居至今日？"客曰："縱不求福，盍亦免禍？"大中曰："福不可求而得，禍可懼而免耶？"陸務觀有言："禍有不可避者，避之得禍彌甚。既不能隱而仕，小則譴斥，大則死，自是其分。若苟逃譴斥而奉承上官，則奉承之禍不止失官；苟逃死而喪失臣節，則失節之禍不止喪身。人自有懦而不能蹈禍難者，固不可强，惟當躬耕絶仕進，則去禍自遠。"

明江用世《史評小品》卷十六

宋林大中遷中書舍人，風裁如臺中時。韓侂胄來見，公接之無他語。及侂胄使人通問，因願内交，又笑却之。

明彭大翼《山堂肆考》卷四十

趙汝愚、留正、王藺、周必大、朱熹、徐誼、彭龜年、陳傅良、薛叔似、章穎、鄭湜、樓鑰、林大中、黄由、黄黼、何異、孫逢吉、劉光祖、吕祖儉、梁適、楊萬里、項安世、沈有開、曾三聘、游仲鴻、吴獵、李祥、楊簡、趙汝讜、趙汝談、陳峴、范仲黼、汪逵、孫元卿、袁燮、陳武、田澹、張體仁、黄度、蔡幼學、黄灝、周南、吴柔勝、李坖、王厚之、孟浩、趙鞏、白炎震、楊宏中、周端朝、張衟、林仲麟、蔣傅、徐範、蔡元定、吕祖泰、皇甫斌、范仲壬、張致遠五十九人爲《僞學黨籍》。

明晏璧《史鉞》卷二十

《象》曰：不拯其隨，未退聽也。腓欲止股，不能退聽，而冒昧以動道心，不勝欲心，遂舉其身以殉之，以是爲失良之義也。宋林大中自謂立得些小名節，一旦捐棄，至于痛哭而不可悔，真所謂不拯其隨，其心不快者。

明鄧夢文《八卦餘生》卷十四

朱熹、徐誼、彭龜年、陳傅良、薛叔似、章穎、鄭湜、樓鑰、林大中、黄由、黄黼、何異、孫逢吉、劉光祖、吕祖儉、葉適、楊方、項安世、沈有開、曾三聘、游仲鴻、吴獵、李祥、楊簡、趙汝讜、趙汝談、陳峴、范仲黼、汪逵、孫元卿、袁燮、陳武、田澹、黄度、張體仁、蔡幼學、黄灝、周南、吴柔勝、李埴、王厚之、孟浩、趙鞏、白炎震、皇甫斌、危仲任、張致遠、楊宏中、周端朝、張衜、林仲麟、蔣傅、徐範、蔡元定、吕祖泰，凡五十九人。黄由上言："人主不可待天下以黨與，不必置籍，以示不廣。"殿中侍御史張巖劾由阿附，罷之，而擢沇爲利州路轉運判官。右諫議大夫姚愈復上言："近世行險僥倖之徒，倡爲道學之名，權臣力主其説，結爲死黨。願下明詔，播告天下。"於是命直學士院高文虎草詔曰："向者權臣擅朝，僞邪朋比，協肆姦宄，包藏禍心。賴天之靈，宗廟之福，朕獲奉慈訓，膺受内禪，陰謀壞散，國勢復安。嘉與士大夫厲精更始，凡曰淫朋比德，幾其自新，而歷載臻兹，弗迪厥化，締交合盟，窺伺間隙，毁譽舛忤，流言間發，以傾國是而惑衆心，甚至竊附於元祐之衆賢，而不思實類乎紹聖之姦黨。朕既深詔二三大臣與夫侍從言議之官，益維持正論，以明示天下矣。"

明馮琦《經濟類編》卷四十九

陛下即位之初，一時舊學多在外服，惟彭龜年自起居舍人擢中書舍人，遷吏部侍郎。臣同在後省，見其無日不蒙召見，恩至渥也。韓侂胄方有弄權之漸，龜年知其必爲後患，上疏力言。遂以待制知江陵府，而侂胄留爲内祠。是時，臣爲給事中，林大中爲中書舍人，同銜繳奏乞留龜年。既不可得,再奏龜年義必不留,言又不從,三人相繼去國。侂胄因之愈肆,以致禍敗。今十餘年矣。去歲仲冬之三日,甫誅姦臣,而大中與臣明日即蒙收召,起于既老。獨龜年蚤没,不及見更化之盛,實可憐憫。臣嘗從其家得諫草,敢繕寫進呈,伏望睿覽,則知龜年先見之明、獻言之力。或加贈卹,或録用其後,仍以奏檢宣付史館,上以廣聖君念舊之心,下以激忠臣敢言之氣,實爲幸甚!

宋樓鑰《攻媿集》卷二十六《乞加贈彭龜年及録用其後》

皇上踐阼之十有四年十有一月乙亥,詔樓鑰、林大中赴行在。大中先至,首言故吏部侍郎彭龜年之忠,乞賜褒贈。嘉定改元,鑰求對,又以爲請,且録其諫草以進。皇帝爲之愴悼,詔贈寶謨閣直學士,仍與一子陞擢。既又御批:"彭龜年係朕潛藩舊學,當權臣用事之始,首能抗疏折其姦萌,褒卹之典,理宜優異。雖已追贈,未稱朕懷。可特加贈龍圖閣學士,其子欽與寺監簿差遣。"……先是,紹熙五年七月甲子,上受内禪。公時以右史兼嘉王府直講,上在重華宫,一時舊寮惟公最承睿眷,宣召幾無虚日。未幾,由西掖遷貳卿。方趙公汝愚決大策之初,曾遣韓侂胄奏憲聖慈烈皇后,有一日之勞,至是寖以出入兩宫,始有竊弄威權之漸。公極論之,且乞去。公除職與郡,侂胄罷知閤門等職事,轉一官内祠。時鑰爲給事中,大中爲中書舍人,同狀繳奏。上批:"彭龜年除職與郡,已爲優異,韓侂胄無罪,辭劇就閒,可與書行。"鑰與大中再奏:"龜年以貳卿得此,若以爲優異,侂胄無故轉承宣使,非優異乎? 若以侂胄爲無罪,龜年以盡忠陛下,直言無隱,何罪之有? 龜年一去,必不復來。侂胄内祠,日在左右,若併使出外,則人言自息矣。"鑰遂爲吏部尚書,大中竟由給事中爲吏部侍郎,尋皆補外郡。鑰得婺,不赴而奉祠,公在荆南,亦以疾丐閒,林公在慶元罷歸。三人者鐫職罷祠,至于一再,惟公之謫尤重。侂胄擅權之久,罪惡貫盈,妄開兵端,舉世震動。主上奮發威斷,加以誅殛,中外稱快,故翌日而二人趣還。獨公不幸，已成千古，不及見更化之盛，士大夫莫不痛惜之。……公見廟堂之權日輕，侂胄之勢愈重，言官又多出其門。于是歷數其姦，大要云："進退大臣，更易言路，皆初政最關大體者。大臣或不能知，而侂胄知之，假託聲勢，竊弄威福，陛下總攬之權，恐爲此人所盜矣。"時二月九日也。上聞奏甚駭，且曰："只爲親戚，故信之，不謂如此。"奏事退，已聞下之中書，晚又聞復取以入，知必不濟，再入一奏，丞相以聞。上云："侂胄是親戚，龜年是舊學。講堂五人，一死一憂去，二人俱罷，只有龜年在，又性直肯言，今當如何?"丞相陳兩留之説。已而侂胄雖罷職，而予内祠，公除職與郡。給舍繳駁，不能回也。除焕章閣待制、知江陵府、荆湖北路安撫使。公既去，丞相竟論罷矣。

宋樓鑰《攻媿集》卷九十六《寶謨閣待制致仕特贈龍圖閣學士忠肅彭公神道碑》

君姓姚氏，諱汝賢，字唐佐，世居婺之永康。……娶沈氏，子男一人，怡也。怡爲太學諸生，無所遇而死，君哀之，越二年亦死，蓋紹熙壬子八月六日，得年七十有九。孫瑀甫冠，而兩喪停之屋下。怡之友林君大中、徐君木，傷其窮之至此也。於是林方入臺爲侍御史，不能必顧其私，命其弟大任相徐舉義以葬，而樓君城、徐君總、陳君志同與夏貢士師尹，和之尤力。

宋陳亮《龍川集》卷二十八《姚唐佐墓誌銘》

余世居永康之村落間，雅不喜遊城市，遇友朋在焉則過之。一日過同舍生姚怡順道於闤闠中。其門桑柘環合，一徑幽長，如幽人逸士之居。……久之而怡之母夫人死，死後乃知其爲故吏部尚書陳良祐之外兄弟。蓋其夫妻安貧，不以親戚之貴達而有賴焉，雖其友之子不得而知。夫人從子徐君之茂登科從仕，日月有聞，而怡之友林君大中、徐君木亦駸駸有列於朝，獨怡蹭蹬太學，夫人亦不以是而愧其子，徒欲其學業之久且不怠也。

宋陳亮《龍川集》卷三十《姚漢英母夫人墓誌銘》

林公大中彈奏大理少卿宋之瑞，不從，遷吏部侍郎，力辭與郡。公與給事中尤公袤奏言："大中最蒙眷注，今因論一少卿而同日與郡，實傷國體。公議皆願還大中言職，或留之論思獻納之班。若不可留，亦宜優禮以遣之，與被論者殊科，猶足以示四方也。"尋詔之瑞與祠。

宋袁燮《絜齋集》卷十一《資政殿大學士贈少師樓公行狀》

新宰林和叔氣味既可親，且詳練不苟。前輩謂初官得長官之賢，是終身得力處，誠如此也。適已面語吾友矣，種種與之咨論，必甚有益。以吾友下問之廑，故及此。病中不暇他布，餘惟力學自愛。所論條目詳悉，足見不苟，此皆所當然者。若人以爲異之類，皆未熟之所致。但篤信而行之，不要有自矜之意，久久則自不見其異矣，他不必過慮也。林宰端審朝夕相聚，必極有益，蓋非特坐談耳。

宋吕祖謙《東萊集》外集卷五《與郭養正》

胡公論事皆合公論，甚彊人意。但二小諫之去殊可惜，乃不能遂其言，何耶？諸公排逐正人，乃以尊兄塞責，此相輕之甚，謂兄必不能爲薛、許耳。不可懷此小恩而忘大辱，幸深念之。

宋朱熹《晦菴集》卷二十八《與李誠父書》

對班果在何日？不知欲論何事。來書所云非甚利害、不暇謀人者，何見事之遲耶？觀二諫之去，江夏之升，此乃不犯手勢，而斡旋運轉，無不如其意者。自古小人所以敗亂國家，豈皆凶惡猛鷙、有可畏之威而後能之？但有患失之心，便自無所不至，先聖言之精且切矣。

南臺西掖，乃爲差彊人意者。然不清其原而窒其流，恐徒費力而無補也。况南牀擊去新諫，此已明與之忤。渠既不得志，必須更尋一枚，如此等比置之本處，不知又將何以爲計？此事不遠，計只在旦夕矣，可因見痛針劄之。此公雖未相識，然見其文字，知其純厚，不會罵人，須力從臾之，以速爲上，稍遲一日，即壞一日事矣。二諫之去，必須有曲折，幸子細報及。天下事只有箇做，有箇不做，無如此依違僥倖之理。彼之隱忍回互，蓋曰將以有爲也，而所就者亦止如此，與奮發直前者相去亦復幾何？向使奮發直前，果去禍根，却未必不做得事也。境外之事則諉曰無後段，不知如此拱手安坐，幾時是有後段時？此事苦痛，更是無告訴處。不知祖宗之靈何負於此輩，而忍至此也。

宋朱熹《晦菴集》卷二十八《與張元善書》

東陽郭君德輔將葬，其子淇不遠數百里，過予於建溪之上，狀其行事一通以請銘。而今四明帥守林公和叔、前大府丞吕君子約又皆以書來，言君之爲人如狀，不誣，可銘無愧也。予雖不及識德輔，然以二君子之言而讀其狀，見其好學樂善之誠，忠厚廉退之實，心固樂爲之書。顧念比以多病，心目俱衰，凡銘之請，所諾而未及償者前後以十數，所辭而不敢諾者又不止此。今復安敢越次開端，以來怨詈。因謝不能，而淇請益堅。予悲其意，乃爲書其行狀之後如此而歸之。抑林、吕二君子皆非輕許人者，其言固足以信後世矣，又何俟於予銘哉！慶元二年九月丁丑朔旦，新安朱熹書。

宋朱熹《晦菴集》卷八十四《跋東陽郭德輔行狀》

近報相君已參告，復給朝假。馬會叔竟以林和叔文字除職守潤，却召趙德老爲版曹，而趙俊臣移温陵，恐顔當改除或得祠也。林擇之書云，天官此一二宣對，言語頗契合。而得其書與其婿書，乃皆有丐外之意，不知何也？前日以書勸其勿深論細事，如舍法之類，得報殊不謂然，方欲再論甚力。其不知務如此，亦可怪耳。

宋朱熹《晦菴别集》卷二《答劉智夫》

潘叔昌在全州老矣，方用得關升狀，亦嘗薦之。方謀率諸司列言之而未及。近聞林和叔舉自代，舉主無氣，恐未必可賴。今將滿矣，甚可念也。……元善、益之、德夫相繼罷逐，搜羅抉剔，無遺力矣，吾徒皆不可保。道學文字鈎連隅落，如武侯營壘，非華宗浪戰之比也。辭職告老，再上未報，今必已有處分，勢須鐫職罷祠，但恐向上更有行遣耳。

宋朱熹《晦菴别集》卷二《與劉智夫》

楊子直、劉智夫皆在此遷延避暑，且候迓兵。蓋以近日有臺疏，言過家上冢宿留不行者，皆爲故稽君命，其意指林和叔、樓大防而言，故諸公皆爲遷延中道之計，而不敢過家上冢矣。田子真之語，或者謂其對人稱許止吕秦之事，果爾，亦可謂輕率之甚也。然指斥如此，乃得罷去，稍涉權要，遂至遷謫，輕重不倫，豈所以爲尊君哉？汪季路之罷，蓋以臺官先論孫元卿、袁和叔、陳武三人考校涉私。有錢原者，臨安人，家巨富，偶試屢中，故三人者遂坐此謗。季路爲之辯析，故臺論併及之，别無他罪，但以臺諫論事，不當復辯矣。楊元範還祭酒，蓋亦自覺其已甚而能自悔，同列以其有異意，故去之。張鎡乃昌黎莫逆，與其兄争分業。張鎡主昌黎，而其兄主王德謙，元範乃論張鎡，罷之，此所以爲異意也。黄元章除殿院，蓋實嘗與昌黎有雅好，但黄亦善人，想亦不敢爲已甚也。昌黎麻辭甚褒，雖其祖之功莫能過，中有一語，初云：獨成與子之功。余揆貼云：力參與子之功。昨聞詔語，亦貼二三字。如此，則余豈能久安相位哉？余、鄭皆非能久安者，何公舊物之除，意或在此也。鄧千里昨日方到此，則云欲褫餘于職名，故以囑何公耳。但諸賢豈能皆自保哉？

宋黄榦《勉齋集》卷二《與晦庵先生書》

四曰復侍從舊典以求忠告。國朝侍從之官，自大觀文至待制，非一職也。而責之論思獻納，其意則同給事、中舍封駁已行之令，中丞、諫議以言爲官，此不待論。而翰林學士、六曹長貳雖非言責，亦未嘗不因事獻言也。……南渡以後，此風未泯也。紹興虜使之來，張燾、晏復、魏矼、張九成、曾開、李彌遜、梁汝嘉、樓炤、蘇符、蕭振皆以侍從争之，於是自副同簽以至郎中、察院、館職、樞屬，論奏踵至。隆興、乾道間，用龍大淵、曾覿，如周必大、張震、龔茂良諸賢皆有論列。孝皇始雖不納，卒以陳俊卿一言逐之。乾道用張説，張栻以侍講上疏，范成大以西掖封還詞頭，周必大以翰苑不草答詔，莫齊在後省不書緑黄，至於臺諫交章争之。韓侂冑之始，羅點、樓鑰、徐誼、彭龜年、林大中、章穎、鄧馹諸賢，皆以近臣首嬰其鋒，國子祭酒李祥、博士楊簡、太府寺丞吕祖儉，下至太學生楊宏中、周端朝凡六士及吕祖泰等，皆群起而攻之。於是宰執從官以下中外之得罪者，不下五十餘人，乾、淳餘澤之未泯，其功蓋如此。

宋魏了翁《鶴山集》卷十八《應詔封事》

安陽韓燮相從于督府。一日，以其先人貫道墓銘相示，則燮之婦之祖楊敬仲所書也。予不及與貫道接，而敬仲所稱許若此，且迹其所受知者，則劉共父、韓無咎、劉子澄、林和叔、徐子宜、王元石也。嗚呼！是可以知貫道矣。忠獻之後多賢者，特以開禧權臣例遭挫擿，或曰：權臣實非韓氏遺體也。

宋魏了翁《鶴山集》卷六十五《題楊慈湖所書韓貫道墓後》

嘉泰元年，復提舉興國宫。俄差知泉州，以所治當塗者治之。留丞相始知公有政，以用公不盡爲歎。同郡李澄與德清令朱欽則俱求薦於公，公不從。後澄以韓壻驟用，欽則爲監察御史，朱遂劾公罷郡。侂冑久執國柄，稍棄前怨，以收士望。於是彭子壽、曾無逸復官，林和叔宫觀，徐子宜放自便，吕子約量移，公提舉玉隆萬壽宫，皆三年七月也。

宋魏了翁《鶴山集》卷八十五《顯謨閣學士特贈光禄大夫倪公墓誌銘》

至嘉定更化，則又不然也。元兇殛死，衆正方升，樓鑰自海濱召，林大中自浙東召，倪思自霅川召，楊輔、劉光祖自西蜀召，黄度、蔡幼學、傅伯成、劉爚、楊簡、袁燮等，同時爲侍從郎官。曾附侂胄用兵如鄧友龍、陳景俊、郭倪、鄭庭、皇甫斌、薛叔似，次第鐫竄。曾昌言侂胄誤國如朱熹、彭龜年、吕祖儉、楊萬里、徐邦憲等，優與旌擢，其氣象似矣。然敝事滋多，勿能改侂胄之局面；憸人互進，未免尋開禧之轍迹。雖然是時未至以賄聞，而牢籠宫府，參用邪私，意已不能掩。給諫臺省，耳目喉舌之司，而流品混淆。用一正人也，則必邪謂一人爲之對。衛涇、錢象祖去而君子之勢孤，倪思黜而小人之脉盛。逮至三凶四木之謡，一二年以後，國論遂變矣。臣嘗謂國朝更化規模，大抵三變。變之緩者，元祐諸賢扶持之力也；變之速者，建靖諸人偏詖之失也；變之不元祐、不建靖，而胥變爲舊習者，嘉定邪正雜糅之病也。閲汗青而慨往，酌古道以御今。其在今日，可不鑒元祐之所以得，戒建靖、嘉定之所以失哉？

宋吴泳《鶴林集》卷十七《論元祐建中嘉定及今日更化疏》

余曩聞林正惠公龜潭莊之勝，嘉泰、開禧諸名卿往往皆有題詠。及來永康，訪其遺迹，則荒煙野草，不可復識，世殊事異，固自當爾。然詩書之澤未艾，子孫猶克守其家學。一日，子章以縉雲葉公、四明樓公詩文見示。伏而讀之，則亭臺、泉石、花竹之可遊、可釣、可吟、可玩者宛焉如在，不翅身履而目擊之也！吁！土木之興廢有時，而文字之流傳不泯。感慨之餘，因書卷末。至正甲申三月六日，知縣事京口俞希魯謹跋。

元俞希魯《讀龜潭莊記序有感》

翛然自適，想其風節，至今凛然。使當時稍附權倖，非惟不得此樂，又豈得此於後人哉！青史所載，照映千古，是以君子貴持己也！其所扁亭，名若數紅、秀野、霞隱、霜餘，即摘淳熙名公詩語以用之。自嘉泰、開禧言之，代未易，世未遠，當時慕之，已若古人，然者又以見前輩尊賢之意。時永樂庚子仲春三日，雁蕩黄淮識。

明黄淮《讀前序公退休田園》

誰占此中五畝園，石龜潭裏訝桃源。問津不假漁郎引，入境唯聞雞犬喧。萬笏青山環柳郭，一灣清水漾花村。賦詩煮酒人安在，且向林間聽鳥言。

明王環《龜潭莊》

横山再拜尚書墓，西縣還登樞密墳。滿地荆榛頹石獸，一丘蒼莽覆松雲。

明程文德《程文恭公遺稿》卷三十二《謁潘尚書林樞密二墓》

夫金華稱文獻邦，永康爲其屬邑，山川秀氣之所鍾，自昔人才之盛，不在他邑下。如胡子正之忠厚，陳同甫之激烈，林和叔、應仲實之正大光明，皆表表足稱。至於涖官兹土，和理如何仕光，恩威兼著如黄紹欽，廉明勤恤如劉公珂、王公秩，亦皆不失爲烈。烈勝名士既表章之如右矣，使後之居於此者，仰先哲之遺矩而闇然日修；官於此者，慕前者之芳聲，而一振其餘響，則賢才盛，世道隆，其於國家之風化，庶幾亦有補於萬一云。嘉靖甲申八月望，杜溪陳泗書。

沈藻、朱謹《康熙永康縣誌》卷首《明正德永康縣誌跋》

林大中年譜

公諱大中，字和叔，婺之永康人。曾祖琭，太子少保。妣陳氏，延寧郡夫人。祖邦，太子少傅。妣姚氏，高平郡夫人。考茂臣，太子少師。妣李氏，信安郡夫人。皆以公貴追贈如官。初，少傅隨母嫁盧氏，再世承其姓，公始復爲林。娶趙氏，先公十八年卒，贈永嘉郡夫人。子簡，早卒，以公樞府恩例，特贈登仕郎，累贈奉直大夫。女七人：長適從事郎、新汀州州學教授陳黼，次適進士胡一之，王樾，宣教郎、新通判臨安軍府事應懋之，國學生喬時敏，里士趙遜，孫栻。孫三人：楷，迪功郎、監西京中嶽廟；樅，朝奉郎、江南西路轉運司主管文字；棫，迪功郎、湖州歸安縣主簿。曾孫六人：子熙、子顯，並楷子；子點、子魚、子應、子勳，並樅子；子應出繼棫。以上内容據樓鑰《攻媿集》、葉適《水心集》、徐謂禮《林氏壙志》、《永康梅城林氏風節宗譜》及李汝爲、潘樹棠《（光緒）永康縣誌》等編。

南宋高宗紹興元年辛亥(1131)　一歲

生於永康古麗坊。

按：見《永康梅城林氏風節宗譜》。《永康縣誌》："林大中，字和叔，1131 年生於城内沿城。"樓鑰撰《林和叔侍郎龜潭莊》："頃年曾記遊花溪，宗樞潭府溪之湄。"

紹興二十七年丁丑(1157)　二十七歲

入太學。

按:《宋史》本傳、樓鑰《正惠林公神道碑》:"紹興二十七進太學。"

紹興三十年庚辰(1160)　三十歲

中進士,約於當年調左迪功郎、湖州烏程縣主簿。

按:《正惠林公神道碑》:"紹興三十年中進士,調左迪功郎、湖州烏程縣主簿。"

紹興三十二年壬午(1162)　三十二歲

七月初三日,子簡生。

按:《永康梅城林氏風節宗譜》:"(簡)生於紹興壬午年七月初三日亥時。"

隆興二年甲申(1164)　三十四歲

第四女生。

按:據宋葉適《水心集·夫人林氏墓誌銘》曰:"夫人林氏,生婺永康。父簽書樞密院事大中,嫁同縣宣教郎、通判臨安府應懋之。應君,吏部侍郎孟明第三子。夫人年四十二,開禧元年七月從夫知寧國縣,卒。嘉定二年十二月某日,葬游仙鄉靈巖。"逆推則當生於是年。

乾道六年庚寅(1170)　四十歲

丞貴池,改左宣教郎。

按:《正惠林公神道碑》:"乾道六年,丞貴池,用薦者改左宣教郎。"

淳熙三年丙申(1176)　四十六歲

知撫州金溪縣。

按:《正惠林公神道碑》:"淳熙三年,知撫州金溪縣。"《宋史》本傳、《金溪縣誌》皆有載。

淳熙五年戊戌(1178)　四十八歲

丁父憂去職。

淳熙七年庚子(1180)　五十歲

二月,撰《龍山徐氏族譜序》。

服闋,改知長興。

按:《正惠林公神道碑》:"淳熙七年,知長興。"大中爲宋代長興知縣三賢之一,《長興縣誌》亦繫于此年。

編年文

二月,《龍山徐氏族譜序》。

淳熙十年癸卯(1183)　五十三歲

四月十八日,長孫楷生。

按:《永康梅城林氏風節宗譜》:"(楷)生於淳熙癸卯年四月十八日寅時。"

幹辦行在諸司糧料院。

按:《正惠林公神道碑》:"詹儀之力薦於朝,淳熙十年幹辦行在糧料院。"

淳熙十二年乙巳(1185)　五十五歲

冬,除太常侍主簿。

按:《正惠林公神道碑》:"淳熙十二年冬,除太常侍主簿。"《宋會要輯稿》:"太常侍主簿林大中監貢舉。"

淳熙十三年丙午(1186)　五十六歲

十一月十八日,次孫樅生。

按:《永康梅城林氏風節宗譜》:"(樅)生於淳熙丙午年十一月十八日丑時。"

淳熙十四年丁未(1187)　五十七歲

丁母憂去職。

淳熙十六年己酉(1189)　五十九歲

服闋。

夏,除諸皇宫大小教授。

光宗受禪,除監察御史。

按:《正惠林公神道碑》:"淳熙十六年夏,除諸皇宫大小教授。户部尚書葉翥薦除監察御史。"《宋史》本傳:"光宗受禪,除監察御史。"《朱熹年譜長編》:"留正方收王淮餘黨,先後擢范處義爲殿中侍御史,何澹爲右諫議大夫,林大中、李信甫、何異爲監察御史。"

編年文

十二月三日　《六曹寺監情弊當據事理輕重處置奏》。

《論廟祀失禮之弊奏》。

光宗紹熙元年庚戌(1190)　六十歲

正月初三日,第三孫棫生。

按:《永康梅城林氏風節宗譜》:"(棫)生於紹熙改元庚戌年正月初三日寅時。"

五月,除殿中侍御史。

按:《正惠林公神道碑》:"紹熙元年五月,除殿中侍御史。"

編年文

二月二十七日　《劾史彌正狀》。

三月十三日　《置〈紹熙會計録〉有合申請奏》(與何澹同奏)。

七月二十一日　《劾王煇陳賈狀》。

九月二十七日　《劾錢著狀》。

十月二十一日　《論裁減浮費奏》共七篇(與何澹同奏)。

《論進退人才當觀大體奏》《論讎耻之念不可忘奏》《論知静江陳賈不宜入奏奏》。

紹熙二年辛亥(1191)　六十一歲

八月,除侍御史。

按:《正惠林公神道碑》:"紹熙二年八月,除侍御史。"

編年文

二月二十三日　《劾李思孝狀》。

二月　《論事多中出奏》。

三月十七日　《論匿名詩嘲嚴禁奏》。

三月二十一日　《劾宇文子震狀》。

六月二十四日　《劾李思孝狀》《劾胡介韓杕張杰狀》。

七月二十五日　《劾張玠狀》。

紹熙三年壬子(1192)　六十二歲

三月二十一日,兼侍講。

按:《正惠林公神道碑》:"紹熙三年三月,兼侍講。"《宋會要輯稿》:"紹熙三年三月二十一日,詔給事中尤袤、侍御史林大中並兼侍講。"

六月十八日,除吏部侍郎。

七、八月,論大理少卿宋之瑞,章四上,皆不報,以言不行,丐外祠。尋直寶文閣,知寧國府。又改知贛州。

按:《正惠林公神道碑》:"改除吏部侍郎,丐外祠,除直寶文閣,與棘卿(宋之瑞)俱與郡。"《樓鑰行狀》:"林大中與棘卿同日與郡。"林大中《八月初帖》:"往歲遷權吏侍,雖略供職,即在假乞祠,不曾受誥。繼而得郡,亦恐先用部中批書印紙。"是大中與郡當在七、八月間。然《彭龜年神道碑》則謂大中與之瑞於十二月同日與郡。二説有異,十二月或到郡日。

編年文

三月　《乞宣諭留正俾安相位奏》。

五月二十四日　《科舉委保嚴禁僞冒奏》。

六月十六日　《辭免除臺簿申省狀》。

六月　《太學待補不當徑罷奏》《劾胡興祖關正孫黄直中狀》《辟差李謙彭龜年奏》。

六、七月間　《論常良孫特免真決奏》《論江浙四路和買之弊奏》《乞仍舊以江東荆襄帥臣領制置奏》《論父祖令異財者無罪事奏》。

紹熙四年癸丑(1194)　六十三歲

在贛州任上。

編年文

《贛州便民五事奏》。

紹熙五年甲寅(1194)　六十四歲

七月,除中書舍人。

十二月,遷給事中,尋給侍講。

按:《正惠林公神道碑》:"紹熙五年七月,主上登極,趣召公還。""十二月,遷給事中,尋給侍講。"

編年文

二月　《劾趙善蒙狀》。

寧宗慶元元年乙卯(1195)　六十五歲

正月,兼侍講。

八月,知慶元府。

按:《宋會要輯稿》:"慶元元年正月,給事中林大中兼侍講。"《寶慶四明志》載林大中知慶元:"慶元元年八月任,次年十一月初七滿。"《宋史》本傳:"寧宗即位,召還,試中書舍人,遷給事中,尋兼侍講。"

編年文

《乞留彭龜年經筵奏》《論韓侂冑當與彭龜年同去奏》。

慶元二年丙辰(1196)　六十六歲

十月,落職。歸永康建莊。

按:《宋會要輯稿》:"慶元二年十月二十九日,知慶元府林大中落職,放罷。"《正惠林公神道碑》:"林守鐫職罷祠而歸。"《龜潭莊記》:"大中歸永建莊。"

慶元三年丁巳(1197)　六十七歲

六月,提舉武夷山冲佑觀。

按:《宋會要輯稿》:"慶元三年六月,提舉武夷山冲佑觀。"《倪思墓誌銘》:"慶元三年七月,林和叔宫觀。"

八月十四日,子簡卒。

按:《永康梅城林氏風節宗譜》:"(簡)卒於慶元丁巳年八月十四日亥時。"

慶元五年己未(1199)　六十九歲

七月十二日,林大中罷職名,依舊朝請大夫致仕。

按:《宋會要輯稿》:"慶元五年七月十二日,林大中罷職名,依舊朝請大夫致仕。"

慶元六年庚申(1200)　七十歲

未幾再落職。

按:《正惠林公神道碑》:"六年復元職致仕,未幾再落職。"致仕當在五年七月,落職則在六年初。

嘉泰三年癸亥(1203)　七十三歲

十月,再復職。

按:《正惠林公神道碑》:"嘉泰三年十月,再復職。"

開禧元年乙丑(1207)　七十五歲

七月,第四女从夫應懋之知寧國縣,卒。

按:宋葉適《夫人林氏墓誌銘》:"夫人年四十二,開禧元年七月從夫知寧國縣,卒。嘉定二年十二月某日,葬游仙鄉靈巖。"

開禧三年丁卯(1207)　七十七歲

十一月四日,有旨召赴行在。尋授吏部尚書。

十一月二十日,遷簽書樞密院事。

按:《正惠林公神道碑》:"開禧三年十有一月四日,有旨,林大中召赴行在。"《宋會要輯稿》:"開禧三年十一月二十日,吏部尚書林大中爲簽書樞密院事。"

編年文

《乞旌表譏切韓侂胄以得罪者奏》。

嘉定元年戊辰(1208)　七十八歲

四月,兼太子賓客。

六月,卒于任,謚"正惠"。

明年十一月,葬于永康縣長安鄉南塘山之原。

按:《宋會要輯稿》:"嘉定元年四月,任林大中兼太子賓客。六月卒于任,謚正惠。"《正惠林公神道碑》:"冒暑得病,猶自力以趨朝謁。六月壬申薨于位,上爲之震悼,徹視朝三日。賜水銀、龍腦及銀絹各五百,東宫亦致賻焉。享年七十有八,積官至朝議大夫,爵東陽郡侯,食邑一千一百户,食實封一百户,贈資政殿學士、正奉大夫。有司將設軷祭,力辭之。以二年十一月己未,葬公于縣之長安鄉南塘山之原。"

徵引文獻

〔宋〕王象之:《輿地紀勝》,清影宋鈔本。
〔宋〕吕祖謙:《東萊集》,民國續金華叢書本。
〔宋〕朱熹:《晦菴别集》,四部叢刊景明嘉靖本。
〔宋〕朱熹:《晦菴集》,四部叢刊景明嘉靖本。
〔宋〕吴泳:《鶴林集》,清文淵閣四庫全書本。
〔宋〕李心傳:《建炎以來朝野雜記》,清武英殿聚珍版叢書本。
〔宋〕周必大:《文忠集》,清文淵閣四庫全書本。
〔宋〕周秉秀等:《祠山事要指掌集》,清刊本。
〔宋〕姜特立:《梅山續稿》,傅增湘家藏鈔本。
〔宋〕洪邁:《容齋隨筆》,明弘治間刻本。
〔宋〕徐自明:《宋宰輔編年録》,清文淵閣四庫全書本。
〔宋〕袁燮:《絜齋集》,清武英殿聚珍版叢書本。
〔宋〕陳亮:《龍川集》,清宗廷輔校刻本。
〔宋〕陳造:《江湖長翁集》,明萬曆刻本。
〔宋〕陳傅良:《止齋文集》,四部叢刊景明弘治本。
〔宋〕黄榦:《勉齋集》,元刻延祐二年重修本。
〔宋〕彭龜年:《止堂集》,清文淵閣四庫全書本。
〔宋〕曾宏父:《鳳墅殘帖釋文》,叢書集成初編本。
〔宋〕葉紹翁:《四朝聞見録》,清文淵閣四庫全書本。
〔宋〕葉適:《水心集》,四部叢刊景明刻本。

〔宋〕劉時舉:《續宋編年資治通鑑》,清文淵閣四庫全書本。
〔宋〕樓鑰:《攻媿集》,清武英殿聚珍版叢書本。
〔宋〕蔡幼學:《育德堂外制》,宋鈔本。
〔宋〕衛涇:《後樂集》,清文淵閣四庫全書補本。
〔宋〕談鑰:《(嘉泰)吴興志》,民國吴興叢書本。
〔宋〕魏了翁:《鶴山全集》,四部叢刊景宋本。
〔宋〕魏齊賢:《五百家播芳大全文粹》,清文淵閣四庫全書本。
〔宋〕羅濬:《(寶慶)四明志》,宋刻本。
〔宋〕吕皓等:《太平吕氏文集》,清胡丹鳳刊本。
〔宋〕葛洪:《蟠室老人文集》,清光緒六年重刊本。
〔元〕佚名:《氏族大全》,清文淵閣四庫全書本。
〔元〕佚名:《宋史全文》,清文淵閣四庫全書本。
〔元〕徐碩:《(至元)嘉禾志》,清文淵閣四庫全書本。
〔元〕袁桷:《(延祐)四明志》,清文淵閣四庫全書本。
〔元〕馬端臨:《文獻通考》,清浙江書局本。
〔元〕脱脱等:《宋史》,中華書局 1977 年版。
〔元〕陳桱:《通鑑續編》,清文淵閣四庫全書本。
〔明〕江用世:《史評小品》,明末刻本。
〔明〕何鏜:《高奇往事》,明萬曆刻本。
〔明〕李賢等:《明一統志》,清文淵閣四庫全書本。
〔明〕施沛:《南京都察院志》,明天啓刻本。
〔明〕柯維騏:《宋史新編》,明嘉靖四十三年杜晴江刻本。
〔明〕徐象梅:《兩浙名賢録》,明天啓間刻本。
〔明〕栗祁:《(萬曆)湖州府志》,明萬曆刻本。
〔明〕陳邦瞻:《宋史紀事本末》,明萬曆間刻本。
〔明〕陳泗:《(正德)永康縣誌》,明正德年刊本。
〔明〕黄潤玉《(成化)寧波府簡要志》,清鈔本。

〔明〕彭大翼:《山堂肆考》,清文淵閣四庫全書本。
〔明〕程文德:《程文恭公遺稿》,明萬曆十二年程光裕刻本。
〔明〕馮琦:《經濟類編》,明萬曆三十二年虎林周家棟刻本。
〔明〕鄧夢文:《八卦餘生》,清乾隆文會堂刻本。
〔明〕薛應旂:《宋元資治通鑑》,明萬曆間刻本。
〔明〕晏璧:《史鉞》,明景泰七年劉氏翠巖精舍刻本。
〔清〕王有年:《(康熙)金溪縣誌》,清康熙年刊本。
〔清〕李汝爲、潘樹棠:《(光緒)永康縣誌》,清光緒年刊本。
〔清〕沈藻、朱謹:《(康熙)永康縣誌》,清康熙年刊本。
〔清〕徐松輯:《宋會要輯稿》,中華書局 1957 年影印本。
〔清〕錢大昕等:《(嘉慶)長興縣誌》,清嘉慶年刊本。
包偉民、鄭嘉勵:《武義南宋徐渭禮文書》,中華書局 2012 年版。
徐小飛:《永康歷代詩詞選》,杭州出版社 2015 年版。
《永康梅城林氏風節宗譜》,民國刊本。
《永康青龍李氏宗譜》,清代刊本。
《永康陳氏宗譜》,民國刊本。
《永康黄氏宗譜》,民國活字本。
《西河林氏宗譜》,清代活字本。
《香溪范氏宗譜》,清代刊本。
《溪西朱氏宗譜》,民國刊本。
《縉雲河陽朱氏宗譜》,民國刊本。
《龍山徐氏族譜》,民國活字本。

應孟明集

前　言

本書爲南宋名臣應孟明之遺文及相關史料文獻的彙編合集。

應孟明(1138—1219),字仲實,婺州永康人(今浙江金華)人。幼年家貧,母親周氏紡織爲業,以資家中不足。弱冠,與吕祖謙、林大中、陳亮等講學於永康靈巖石洞,慨然以修治之學自任。孝宗隆興元年(1163),登癸未科進士第,歷臨安府教授、浙東安撫司幹官、樂平縣丞。後經侍御史葛邲、監察御史王藺的推薦,出任敕令所删定官。首次朝廷輪對,應孟明即認爲選兵練將、治理官僚、察納雅言皆不能疏忽。後出爲福建提舉常平,淳熙十三年(1186),上奏汀州科鹽之害。尋除浙東提點刑獄,因鄉部引嫌而改使江東。十六年,進直秘閣、知静江府兼廣西經略安撫使,任内改革鈔法、鹽法,平朱興之亂。光宗紹熙元年(1190),遷浙西提點刑獄,尋召爲吏部員外郎,改左司,遷右司,再遷中書門下省檢正諸房公事。寧宗慶元元年(1195),拜太府卿兼權吏部侍郎。二年,擢吏部侍郎。四年,上書請辭,寧宗再三挽留。嘉定十二年(1219),卒於鄉里,年 82 歲。贈少師,遣中書侍郎陳天禄傳齎敕旨奠祭,欽葬於里之靈巖山下。生平事迹詳見《宋史》卷四百二十一本傳、《可投應氏宗譜》之《孝忠事實》《少師公補遺傳》等。

應孟明歷仕孝、光、寧三朝,官至吏部侍郎,對地方經濟發展和社會穩定作出過較多貢獻,主要表現爲以下幾點:一、體察民情,具實上奏兩廣、福建的鹽運方式,有效緩解了兩地經濟因鹽法實施不當而造成公私受害的局面。二、平定桂林朱興之亂,遏制反叛勢力漸長的情形，爲廣西社會安穩奠定了良好基礎。三、降伏閩盜，期間應孟明“築八卦牆與戰，屢擒屢縱，卒服其心”①。另外，在道德品行方面，應孟明始終堅持剛正不阿、心繫百姓的精神品格。如權相韓侂胄曾派遣密客誘其誣陷趙汝愚，孟明堅決不應，爲當時士人所推崇。任職大理寺丞期間，將軍李顯忠之子家僮溺死，有司誣以殺人，逮捕繫獄幾300家，孟明察其冤屈，白於長官，最終釋之。孝宗曾言“朕近日得數人，應孟明其最也”②。雖然他的官職最終未至宰執，但其認真負責、心繫民生的爲官作風得到了孝宗以下多位君主的認可和贊同。

應孟明“以儒學奮身”③，在當時頗有文學之名，可惜著述散佚略盡。所以本集的編纂採用輯佚和文獻彙編的方式，共分《正編》和《附編》兩部分。《正編》輯録應孟明本人所作各體文九篇，其中奏狀二篇、辭賦一篇、記説三篇、序文二篇、書劄一通。《附編》彙録與應孟明相關的各種史料文獻，分傳記文獻、詔敕奏牘、交遊詩文、諸史雜記四個部分，以期能全面彙集應孟明的相關史料。本書共徵引歷代文獻35種，其具體書名及版本情況，附見於書後的《徵引文獻》。卷末另編有《應孟明年譜》一卷，以爲讀者知人論世之一助。

在本書編輯過程中，蕭從鋼、王博等同學參與了資料收集工作，永康文獻叢書編委會提供了許多珍貴的地方文獻資料，於本編之完善助益不小，在此併鳴謝忱！本人學識淺陋，加之輯佚工作量巨大，部分地方文獻又真僞雜出，取捨爲難，所以錯漏之處在所難免，誠望海内賢達不吝賜正，用匡不逮！

壬寅八月，錢偉彊于畬經室

① 見《可投應氏宗譜》所收《少師公補遺傳》，清光緒乙巳(1905)刊本。

② 〔元〕脱脱等：《宋史》卷四百二十一《應孟明傳》，清武英殿刊本。

③ 同上。

正　編

奏　狀

鹽鈔不可行於汀州奏 淳熙十三年十二月

福建上四州軍有去産鹽之地甚邇者，官不賣鹽則私禁不嚴，民食私鹽則客鈔不售，既非翻鈔之地，則客賣銷折，所以鈔法屢行而屢罷。四川闊遠，客鈔猶不可翻，況汀州山水窮絶之處，客欲翻鈔，將何所往？故鈔法雖良，不可行於汀州，惟裁減本州並諸縣合納運司鹽綱内錢，而嚴科鹽之禁，庶幾汀民有瘳。

《宋會要輯稿》食貨二八之二七，又見
《宋史》卷一八三《食貨志》下五

廣西鹽法利害奏 淳熙十六年正月

臣道由衡州，已聞廣西鹽法更變不常，凡商人之稍有資材者皆遷徙而去。及至静江府，過興安縣，乃知本府通判及興安知縣每招致人户，以會鹽客爲名，視物力之高下，均鹽籮之多少，名爲勸誘，實則抑配。先令旋納錢銀，其餘抵以物産。請鹽未至，而追索之令已下，往往取急求售，錢本銷折。凡昔之上中户，今皆破蕩家業矣。本府與興安縣利害，臣所親見，其他州縣事尤可知。聞有人户借荒田之砧基以充要約，異日没納官爲無用，抑勒田鄰，俾之承買。亦有文書在官，田廬久已出賣者，他時根究牽連，宛轉受害。或州縣以科抑未盡之抄，令人吏假爲客名，冒入抵當之文，請鹽置鋪出賣。緣其名不正，人吏得而侵欺，官司亦不敢問，弊孔百端，不容具述。蓋郡州之匱乏，漕計之不裕，皆鹽法之弊實致也。而民户受害矣，又可慮之尤者。議者謂向之官賣止緣漕司或額外增數，州縣或額外添般，發洩不盡，間成科抑，非一路州縣皆然，未爲大害也。今若官般官賣，復歸漕司，而增數有禁，添般有禁，敢抑配者寘之重典，則在明號令以敕之耳。向來官司既失信於商人，今不可復失信於百姓。若朝廷果欲變從舊法，則人户之請鈔而未得鹽者，欲先令立限請賣，而後以官般官賣繼之。但又聞都鹽司不支本錢，鹽丁散走，恐難立限，無鹽可支。若只令官中收其元鈔，還其抵當並所輸錢銀，其勢甚便。仍乞速下漕司措置，委官齎錢往産鹽地招復鹽丁，勸諭煎鹽，庶幾官般不致少闕，民得以從便。

《宋會要輯稿》食貨二八之二八

辭　賦

夏雲賦

太空之中，中有奇物。縹緲悠揚，飄逸滃鬱。遠之則咸見其狀，近之則莫知其質。舍之則藏，用之則行。其藏也，樹林蔭翳，巖穴晦明；飛禽隱迹，猛獸潛行。不矜其能，不知其靈，若無所用，泉石而盟。其出也，氣類相感，勃然而興。或起於山林，或起於滄溟，昭爲層漢，彌滿八紘。人之定名兮，不知其幾，曰祥，曰采，而曰慶。彼之作色也，不知其皃，或黄，或白，而或青。不比三春之閒散，不比秋冬之無情。梅林之歇，火傘已乘；甘雨未濟，嘉禾如繩。農夫於此而仰望，神龍仗此而依憑。假其勢以震電，倚其威以雷霆。身近九天，奴使六丁。風力爲之略動，天河爲之一傾。渴者以愈，病者以醒，乾者以潤，槁者以榮。其神用有如此之溥，農事於此而有成。若夫衛瓘披之而見青天，文王披之而見白日，映聖主於芒碭之間，覆賢人於林泉之密。楚王之臺兮，有時而想像；滕王之閣兮，終日而閑逸。難以盡狀，筆硯羞澀。俄而風姨月姐，二客駢集，揖予而言曰：昔襄王披襟而稱賞，明皇斂衽而遨遊，誇我光霽，世無以儔，未聞舍我而他，與之綢繆者也。今子之賦，頗工於此，不及於我，無乃太鄙耶？余曰：不然。樽俎秩秩，談笑云云，良辰美景，此則惟君，大旱之望，實勞我心，油然而作，潤澤生民。此彼之功，所以不在汝下。余又安得而不珍重？其惟云云。

清李汝爲等《（光緒）永康縣志》卷十二

記　説

浚井記

予訪峽山之明日，齋臧以無水告，曰："此地難得水也。取之東家之井，東家之井勿能以旁及；取之西家之井，西家之井道迂而且長。凡涉數門，奔一里許，而後得水至。"吁，其憊哉！且盥瀹烹飪，今兹固不乏也，不知火雲燒空，汗流息喘，挽天河而濯之，猶恐不逮，升斗之潤，何能快此亡聊耶？予於是焦然以無水憂。睡三夕，山空月生，萬籟不作，有泠泠而徹枕間者，如擊盤之珠，如滴槽之酒，如瑟瑟而絃繼續，如珊珊而佩瓚瑶，豈山能相予哉！推枕起坐，伺曉以叩諸友，諸友曰："是山之址，是窗之隅，有泉腳焉，汙廢而弗治，不以水見知於人也。"予因董前日告勞之僕，揮鍤運石，浚爲泓井。其深五尺，方廣稱之，清湛泠然，呼吸以足，一塵不到，鏗乎太虚。諸友相與聚觀，且嘆之曰："盥瀹足於是，烹飪足於是，三伏澡雪之須又將足於是。"人以爲隘，我視之南溟也；人以爲淺，我視之九淵也。孑孑之僕，庶其少息肩乎！吾嘗聞貳師拔刀扣山，飛泉湧出。天卑吾數公盍簪於此，豈特芳潤漱九經，淵源浚師友而已！兵洗□池，浪空鯨海，他日志也，肯無水以渴吾心、垢吾體乎？斯井之成，天也，非人也。諸友欲走筆誌諸壁，予曰："諾。"

清李汝爲等《（光緒）永康縣志》卷十五

七四府君始遷記

府君諱世勝，字惠光，行七四，善悦公之子，野塘老人之九世孫也。世居烏傷之蒲墟今名赤岸。野塘老人之曾孫曰可興者，析居溪西，乃府君之高祖也。歷世顯榮，代不乏人，不獨爲烏傷巨姓，而江南右族惟此爲最。府君創業華溪，見四路口上，其地秀而且靈，可爲埋玉之勝。更嫌祖居交際繁冗，乃於宋隆興甲申舍溪西而遷華溪後塘畈，子孫遂於墳邊而居焉，因占籍華溪，遂爲華溪人氏。婚娶皆故家喬木，而族之微陋者不議焉。維時家日益盛，人日益蕃，綿綿瓜瓞，禮度彬彬。先世之流風餘韻，繼述繩繩，猶未墜於地也。噫！君之貽厥孫謀，以燕翼子，良有以也。俾爾嗣續之興，爾壽而臧，爾熾而昌，可以預知者夫！是爲之記。時乾道六年歲次庚寅仲春吉旦，賜進士第、吏部侍郎兼少師眷生應孟明撰。

《厚澤志·傳記》

茉莉説

茉莉之生宜於閩，而不宜於浙。閩之地，籬傍舍下，山樊水涯，如刺如藤，不植自繁。浙之好事者遠而求之閩，既得之，則辛苦培之。不敢植地上與群花偶，瓦以爲缶，木以爲斛，植其中，求遷徙便。夜歸於室内，晝出之庭下，時而寒之，則晝夜不出，居火之近。然猶十植而八九不生，而六七不繁。余於庚辰歲寓李溪，見有鬻茉莉而號於市者，余出數百錢易數本以歸，植群花之圃，亦以群花視之，不甚貴重也。更四年，花之繁不止十倍。其植之初纖纖，其根垂不盈尺，今焉環其土而四五尺其根也。植之日踈踈，其莖才一二數，今焉條達，幾於百數其莖也。其葉璀璀，其叢冥冥。人之愛也，思視之勤者，皆下吾植若也。隆興改元冬十二月朔，禹山張伯勉乞分於余，余從之，將行，謂余曰：先生自庚辰春歸而植之，今四年矣，一日分以遺予，可無説以侑其行？余曰：余於花無甚愛，然於兹花之植有感焉。人之愛其身也，居以華屋，食以粱肉，衣以羅綺，畏寒暑如狼虎，畏道途如畏敵人，惰其四肢，疾疹仍作，弱而如不克，瘠而如不食，或疾以生，或疾以死。是無他,愛其身者害其身也。真能愛其身者反是,出之以大風烈日,當之以道途飢渴,手勞於持,足勞於履,心勞於思慮,身勞而力倍,癘疫不能入,憂患不能侵,其生也堅强,其死也壽考。是無他,勞其身者愛其身也。子歸,以吾言號諸人曰:"孰愛爾身,害身之尤。孰勞爾身,堅强以休。宴安無事,古號鴆毒;動心恐性,增益厥福。無藏爾家,無愛驕奢。謂吾不信,有如玆花。"

清李汝爲等《(光緒)永康縣志》卷十六

序　文

樓氏重修家乘序[1]

歲丙辰，予子純之、孫松鑒同講學於樓氏之門。冬十月東歸，出《樓氏宗譜總録》進於余曰："樓氏，婺中之著姓也。裔出夏禹，姒姓。其後有云衢者，封於杞，賜號東樓公，其得氏實本諸此。厥後人繁，散處四方，支分會稽。至漢和帝時，有諱重玉者，豐膺眷命，得以成禮，葬葡烏傷之香山，其仲子良騶因就居焉。其孫曰苗、曰蕃，傳流世遠，有名偃者，仕梁朝侍郎，族益盛矣。其後派分武川，至唐時有諱永貞者，遊學至永康，愛山川明秀，遂卜居千縣西之長安鄉，實永康之所自始也。本支日昌，世仕宦特顯者，則十世炤公也，位至樞密，謚賜襄靖，贈其父地官侍郎洙太師，其祖定國少保，封東陽郡公。其子孫益繁，不惟族著永康，即居於他郡各邑者亦多矣。若四明、紹興、青田、江山、金華、浦江，皆東陽郡公之裔也。若漳州、漕元、武川、松陽、慶元，由上世而分，皆永貞公之裔也。所以樓氏稱杞郡者，則遠族也；稱東陽郡者，則近族也。總而論之，實皆東樓公之一脈耳。但世遠族大，茫無可稽，不可遠述本源，竟以永貞公爲始作譜，参互聯輯，源遠燦然明矣。"吾兒純之復持其譜進曰："不肖業師少堅公，今重新譜牒，其先固得明公鉅筆，以發函光。是編也，敢求大人以序首簡，俾媲美前休，不肖亦與有光焉。"余受而披閲之曰："嗟夫！昔三代以前，化行

① 此篇與下篇宗譜序文理皆有可疑處，以載譜中流傳既久，姑録之以俟考。

俗美,族無譜而民自親覩也。降自秦漢,宗法不明,或假王賜姓以爲榮,世史因官以爲氏,奸宄易生,而分類之道益微矣。今閲樓氏譜牒,十餘葉無恙者,蓋世系明而統緒昭昭,豈偶然哉?噫!德厚流光,固知先世諸公植本之素,而善繼善述,尤見後人邁迹之功也。樓氏爲神禹之後,逮遷居永康,歷唐宋以來,世登科第,位居顯要,至公昆仲滿門,皆衣冠忠義顯著百世而下,抑有光宗者出乎其間,能若先人之立德立功,以光燭上下,則兹譜之傳,不亦焜燿於萬古哉!予言不足爲軒輊,樓氏勉繼家聲者,服習而有得焉,則未必無少補云。時宋慶元三年歲在丁巳冬十月望日,賜進士第、吏部侍郎、前户部侍郎、同邑姻生仲實應孟明撰。

《重修金華叢書·三編》

徐氏宗譜序

氏族之有譜,其來尚矣。周禮有掌史之官,以奠世系,辨昭穆,其初蓋出於賜姓氏,别分類,使支派有源,遠而不紊,如枝葉之盛原於一本,子孫之盛本於一人。一人而至於千百人,以千百人而本於一人,一氣流通,綿綿不絶。古之君子,必立族譜以綱維之,政欲定尊卑,辨名分,使尊尊親親,不失支派,知其皆本於祖宗一人之氣脈也。去世既遠,宗法隳廢,同宗子孫視之如路人仇敵,至有凶喜不相吊慶者,仁人孝子得不興起嗟歎而屬心於族譜,求其所以尊尊親親、敦本窮源之道,以明夫譜系之重焉。永康徐氏,系出軒轅八世孫皋陶之子伯益,佐禹治水有功,封其子若木於徐,因其地爲姓。生四子:長曰征國徐氏,次曰終國黄氏,次曰季勝馬氏,小曰簡趙氏。征國二十五世孫名康,字於淪,生潫。潫生忠義侯彦,彦生東平侯訓。訓生綬,周昭王拜爲列國侯,辭不受,隱於泗州平源徐國理山。娶天水婁氏,生誕,字子儒,即偃王也,實黄帝四十二代孫。母感瑞娠,至昭王三十六年正月二十日癸酉生,生而神靈,長而聰明,才藝過人。時周穆王元年,徐夷率九夷以伐宗周，西至河上。穆王畏其偪，分要徐子孺王之，亂遂定，其地方五百里。偃王獲朱弓赤矢之瑞，誕敷文德，君國子民。天下聞之，歸心來朝者三十六國。穆王畏其受命，與楚連兵伐之。王愛民無權，不忍鬥其民。曰：吾賴於文德，而不明武備，去薄里山下居之。薨，葬明州象山縣海塢村蓋嶼山。生三子：曰寶宗，曰寶衡，曰寶明。寶宗封穎川侯，生仁。仁生仕，爲孝王時侯。仕生宏，爲大夫。宏生希，爲周大夫，遇難逃外國。希生尫，爲周幽王大夫。尫生恭，爲周平王大夫，封爲列侯。恭之子暢，爲周桓王大夫。暢之子永，爲莊王大夫。永生思，思生疆，惠王時爲大夫，封侯。疆生旦，仕襄王，大夫。旦生章，匡王時爲大夫。章生禹，禹生融，融生簡，定王時俱爲大夫。簡生僑，僑生滿，靈王時爲大夫。滿生觀，景王時仕爲大夫。觀生罔，元王時爲大夫。罔生社，社生諧，諧生困，困生垂，垂生可，可生詵，詵生仲，仲生長，長生猛，皆爲大夫，俱封列侯。猛生二子：長諮，小議，字彦福，秦始王時爲相，因秦無道，托采仙藥不返。徐諮，仕漢光禄大夫，生光。光生漢，爲下邳太守。漢生靖，仕爲司農寺卿。靖生萬，仕至益州刺史。萬生嗣宗，漢封爲歸義侯。嗣宗生景興，爲渤海太守。景興生式，爲豫州刺史。式生二子：長霸，次鄷，仕漢車騎大將軍。霸生二子：長抱，小揖，漢建昭五年封趙國侯。生元洎，仕爲出州刺史，光禄大夫，乃徐氏過江祖也。生漢陽太守壽。壽生悌，仕雁門太守，封始興侯。悌生弼，任扶風太守，驃騎大將軍，封漢安侯。弼生昇，任爲侍郎，都督河北青幽雍冀兗六州軍事，鎮北大將軍，封咸陽侯。昇生饒，漢散騎常侍郎兼尚書，封丹陽侯。饒生本，廬陵太守，金紫光禄大夫，封太末侯。本生琪，任吴興太守，遷儀同三司、御史大夫，封都亭侯。琪生顯，任中散大夫。顯生仁，仁生綽，仕武經大夫。綽生道謐，仕晉功曹，遷驃騎尉。道謐生養中，仕晉司農參議。養中生惠成。成生明，仕參軍，遷都尉。明生相。相生秉衡，仕主簿。衡生惟精。精生玘，仕宋長史。玘生源，源生毅。毅生鵬飛，仕右司郎中。鵬飛生勉，仕儀曹郎中。勉生必興。必興生功，仕和州司馬。功生超，仕司理參軍。超生公成。公成生進忠，仕東陽長史，遂家於郡城。生範，仕寺丞。範生致賢，賢生澄，金紫光禄大夫，封武寧侯。澄生宗美。美生宏泰，爲江都丞，生璣、璿、斑、瑾。璣爲江西饒州通判，御史大夫，後卒，贈少保。璣生三子：長曰澤，仕爲直龍圖閣兼刑部侍郎，贈少師，始遷於永康邑南坡塘居焉。澤生椿、桂、松。桂公仕秘書郎，派居東陽。松派居縣東南塘。椿仕至太常寺卿，生子耀、炳、爚、熜。炳仕太常寺丞。熜仕陳州知府。耀生三子轍、輅、輪。輪贈左光禄大夫。輅生綱、緹、經、紀。綱仕到御史中丞，紀爲侍御史，皆連鑣歸，有司旌其里曰"雙錦"。故今曰雙錦徐氏，實此始矣。綱生仁静，仁静生德宏，仕爲員外郎，贈奉議大夫。德宏生思安，登熙寧九年進士，仕博士，遷奉議大夫。思安生二子偉、儀。偉仕端明殿、諫議大夫，生五子：曰仁、曰愚、曰忠、曰德、曰誠。愚登紹興二年進士，仕武昌知縣，轉建昌軍府事，遷評事。忠文武才備，仕至總轄，德崇文殿直講。愚生誼、木。木字子材者，登乾道二年進士，仕富陽縣知縣，進宗正寺丞，與紫陽朱夫子道義往還。曰誼字子宜者，仕秘書郎，通判福州，轉翰林侍講，進遷左司郎中，交好於余，且仕同朝而又有同鄉之誼。懼其先世譜牒淪没，間出其所存舊譜及續輯其新者，托余序其始末，欲傳諸不朽。余惟徐偃王之後，子孫繁熾，有居琅琊者、北海者、會稽平原者、太末温處者，在在有之，而永康之譜實惟可稽，文獻有足徵，支派而不紊，其水木本源之義，瞭然於簡册之上。使徐氏之子孫閲之，則知某者某人之派也，某者某人之後也，其或會同吊慶，名分相臨，尊尊親親，秩然而不紊，肅然而起敬，自始祖直書，源流而易見耳，異日是鳳雛麟趾，思祖宗喬木之盛，克自砥礪，奮庸振起，則祖宗積慶之餘，庶不墜矣！詩云：繼繼綿綿，勿替引之。因書以爲序。時嘉泰元年歲次辛酉八月上浣之吉，賜進士第、正奉大夫、試尚書吏部侍郎同邑應孟明仲實書。

《龍山徐氏族譜》

書　札

上饒州路太守書[①]

某切思古之人成德有大過人者，無他，能受盡言而已。古人之事上也，期無負於上之人者，無他，能盡言不諱而已。今之人，聞人之稱善則善，聞人之諫己則怒，諛言以媚人則能之，忠言以救人則蓄縮而不敢。吁，是焉得爲古人歟！某不敢以今人望明公，而敢以古人期明公；某之身不敢以今人自待，庶幾以古人自待。某之所學在是，所行在是，身爲下邑之微官，仰視太守之尊，知而不言，言而不盡，則有負於明公，亦有負於所學。明公，古人之徒也，幸一聽之。天子置二千石，爲民也，非取民也。龔遂、黄霸之徒，撫摩涵養，使民安，使民富，使民耕鑿有餘力，不徒爲是空言而已。使其追求之速，禁令之嚴，督促期辦，州責之縣，縣責之鄉，不容頃刻暇，始號召於外，曰民力果得紓乎？縣令其無横取乎？是欺民也。令行禁止，非嚴者不能辦；錢流地上，非取民者不能辦。大水失期，失期法斬，秦是以亂。令行禁止之弊乃至此極，此豈撫民之良法歟？錢流地上，而曰歛不及民，天下寧有是理哉！催科政拙，書考下下，後人之論陽城、劉晏，果如其賢乎？令固不可不嚴，太嚴則酷；財固不可不辦，辦則傷民。明公開府之初，諸邑令尹受約束之始，某則傾耳而聆，曰："必有寬徭薄賦、愛利吾民之言乎？"乃聞曰："日椿月解，月十五日不到，追坐押之官。坐于

① "路"字當衍，元代始有饒州路，字或爲後人所加。

客位，朝入而暮出，其官之趨走輩則梏縛械繫於客位之傍。某聞之而驚，歸語子弟曰："新使君之言及此，百姓之禍未歇也。"既而又聞之鼎新樓店，聚州人飲酒，日之所獲餘數百緡。當饑民一飯無得之時，招而來之，日之輸酤者數倍，謂之能官可也，謂之善政可乎？行一約束，倉卒倚辦，官吏股慄，不敢後期，使人不敢可也，使人不忍可乎？荒飢之餘，縣邑凋敝，商旅不行，税入無幾，民飢乏食，酒課不登，月數解錢不爲少矣，一文一縷不取之民，將焉取之？月十五日數足于歷，錢足於帑，官吏有賞，縣邑有能辦之稱，此明公之所知也。嬰木索，受箠楚，纍纍監繫者，明公不知也；閭巷細民，賣妻鬻子，明公不知也；中人破産，上户空匱，明公不知也。其吏之催拘者曰："新知府之令，汝不聞乎？"其官之行其箠楚禁械者曰："非我也，新太守也。"彼民亦曰："吾知新太守之令嚴也，然饑餓之身未知死所，令雖嚴，若我何！"嗚呼，明公忍受而不知察歟？且以某之身親者一事言之。坊渡拘解，某之職也，遭荒拖數，坊渡之常，前者非不拘催，量其有無爲之多寡，計其辦否爲之遲速。今者不然，慮約束之嚴，憂月十五日之至。枷禁者日有人，鞭箠者日有人，追逮者日有人，猶不足於月十五日之數。某之枷禁箠楚其無從出之人，如己之受枷禁箠楚也，惴惴然不能以朝夕。而七年之拖下以千數，明公又下追索之令矣。以某之不安于追治，坊户不得已而塞明公之責，諸縣之於百姓死人甚於某之急諸坊户也。某之所管坊渡二十一人，其輸官及期者，鄒祉一人而已。有頑猾户楊璘欲攘而奪之，某方不從，則厲聲於某之前曰："州府不過欲多得錢耳，吾當高價以取之於州，以與鄒祉抗，且與縣丞抗。"某遂具稟劄詳告。意者明公灼見小人之情，楊璘者必得重罪。及行下前縣，以某之所稟與彼之所告，較短量長而爲之先後，則是明公以利計，不以義計。某之所忠告於明公，非以坊渡之爲己累也，因丞廳而推縣邑，見坊渡而思百姓，庶幾以某之言不虚，而得於身親耳。今之官賦，上司催州，州催縣，若不加料理，其何以爲政！明公之理財是也，然殺人之中猶有禮焉，一切不恤，而以嚴取之，覩板榜行下，則徒曰寬民力、無横取，不知民力果若是寬乎？取民果而不横乎？先儒謂操其器而諱其事者，或者其似之。傳曰：惟有德者能以寬服民，其次莫如猛。此非至言也，有德者不偏於寬，惟其中而已。其次莫如猛，其流弊殆如秦法之密乎。子産倡之，子太叔和之。後之爲政者不知先王仁義之中，其寬也非懦也，其剛也非虐也。甘棠蔽芾，其禁之而不伐乎？其愛之而不伐乎？鉅箭鈎距，其禁之而不犯歟？抑畏之而不犯歟？前太守以柔弱去，今以剛强代，困窮之民棲棲無所告訴。邇者漲水爲災，其來也不以漸，没禾黍，漂廬舍，敗冢墓，激突浩蕩若甚酷者，不知天意何所因而爲此歟？明公一麾出守，其僚屬之在府與在縣者不知幾人，出言嫵媚，稱道明公之盛德與古無前者，往往皆是。某一介頑鈍，獨抱區區之忠，獻之明公，自謂委曲面諛事上官，求爲容悦者，非敬上官也，誤上官也。誤上官者，誤百姓也；誤百姓者，誤所學也。某上不敢負明公、天子，下不敢負百姓，内不敢負所學。以明公之高明而可望古人也，某也知而不言，言而不盡，則於門下爲有負；明公知而不行，則於百姓爲有負。漢宣帝有言："庶民所以安其田里而亡嘆息怨恨之聲者，政平訟理也，與我共此者，其惟良二千石乎！"明公試反覆思之。

清李汝爲等《(光緒)永康縣志》卷十四

附　編

傳記文獻

宋史本傳

應孟明，字仲實，婺州永康人。少入太學，登隆興元年進士第。試中教官，調臨安府教授，繼爲浙東安撫司幹官、樂平縣丞。侍御史葛邲、監察御史王藺薦爲詳定一司敕令所删定官。輪對，首論："南北通好，疆埸無虞，當選將練兵，常如大敵之在境，而可以一日忽乎？貪殘苛酷之吏未去，吾民得無不安其生者乎？賢士匿於下僚，忠言壅於上聞，無乃衆正之門未盡開，而兼聽之意未盡孚乎？君臣之間，戒懼而不自持，勤勞而不自寧，進君子，退小人，以民隱爲憂，以邊陲爲警，則政治自修，紀綱自張矣。"孝宗曰："朕早夜戒懼，無頃刻忘，退朝之暇，亦無它好，正恐臨朝或稍晏，則萬幾之曠自此始矣。"次乞申嚴監司庇貪吏之禁，薦舉徇私情之禁。帝嘉獎久之。它日，宰相進擬，帝出片紙於掌中，書二人姓名，曰："卿何故不及此？"其一則孟明也。乃拜大理寺丞。故大將李顯忠之子家僮溺死，有司誣以殺人，逮繫幾三百家。孟明察其冤，白於長官，釋之。出爲福建提舉常平，陛辭，帝曰："朕知卿愛百姓，惡贓吏，事有不便於民，宜悉意以聞。"因問當世人才，孟明對曰："有才而不學，則流爲刻薄，惟上之教化明，取捨正，使回心向道，則成就必倍於人。"帝曰："誠爲人上者之責。"孟明至部，具以臨遣之意咨訪之。帝一日御經筵，因論監司按察，顧謂講讀官曰:“朕近日得數人,應孟明,其最也。”尋除浙東提點刑獄,以鄉部引嫌,改使江東。會廣西謀帥,帝謂輔臣曰:“朕熟思之,無易應孟明者。”即以手筆賜孟明曰:“朕聞廣西鹽法利害相半,卿到任,自可詳究事實。”進直秘閣、知静江府兼廣西經略安撫。初,廣西鹽易官般爲客鈔,客户無多,折閱逃避,遂抑配於民。行之六年,公私交病,追逮禁錮,民不聊生。孟明條具驛奏除其弊,詔從之。禁卒朱興結集黨侣,弄兵雷、化間,聲勢漸長,孟明遣將縛致轅門,斬之。光宗即位,遷浙西提點刑獄,尋召爲吏部員外郎,改左司,遷右司,再遷中書門下省檢正諸房公事。寧宗即位,拜太府卿兼吏部侍郎。慶元初,權吏部侍郎,卒。孟明以儒學奮身,受知人主,官職未嘗幸遷。韓侂胄嘗遣其密客誘以諫官,俾誣趙汝愚,孟明不答,士論以此重之。

論曰:應孟明、曾三聘之不汙韓侂胄,孔子所謂“歲寒,然後知松柏之後凋也”。徐僑之清節,度正之淳敏,牛大年之廉正,陳仲微之忠實,然皆不至於大用,非可惜哉!若乃程珌之竊取富貴,梁成大、李知孝甘爲史彌遠鷹犬,遺臭萬年者也。

元脱脱等《宋史》卷四二一

孝忠事實

公諱孟明,字仲實,世居婺之華溪可投。父家貧,以舌代耕。母周氏,辛勤紡織,以資不足。事舅姑極恭慎。舅患癩疾有年,日需湯沐。一日乏薪,於林間拾,仰見鵲巢,遂以竹竿取之。俄有一大蛇墜地,初爲之驚,徐思此物性能已風,時天寒肅霜,百蟲俱蟄,烏得有此,豈幽冥中所賜耶?遂持歸,暗自修理,和米作粥,以進於舅。舅食之,怪謂周氏曰:何物若其甘且美也?答曰:是雞也,嫩而肥,所以甘美。月餘,舅疾爲之一蜕,肌體如故。未幾,見古塚旁累夜寶藏光見,潛訪諸鄰,無有知者。遂焚香,具禮服,再拜而祝曰:但願明處來,不願暗處得。自是不復有光。連生二子,聰明好學。長諱孟堅,字仲剛,擢明經第，仕至提宫。少則孟明幼年在家塾，先生與客對坐，忽有賣蟹而過齋外者，客因以對語之曰：螃蟹渾身甲胄。孟堅應聲曰：鳳凰遍體文章。孟明亦應聲曰：蜘蛛滿腹經綸。客抵掌歎賞，謂先生曰：二對俱佳，但日後事業必少者爲魁耳。孟明既冠，與林大中、吕祖謙、陳亮輩相切磋，講學於里之靈巖石洞，闡明義理，慨然以修治之學自任。隆興元年，同祖謙登進士，試中教官，調臨安府教授，繼爲浙東按撫司幹官、樂平縣丞。（此下文與《宋史》同，兹從略。）欽葬於里之靈巖山下。孟明以儒學奮身，受知人主，官職未嘗倖遷。韓侂胄嘗遣其密客，誘以諫官，俾誣趙汝愚，孟明忿斥不從。士論以此益加推重，謂其不負所學。子謙之、茂之、純之，皆登顯仕。謙之自幼從吕祖謙、朱熹諸先生遊，通義理學，仕至廣西提點刑獄。茂之從林大中游，大中奇之，因妻以女，仕至四川都大茶馬使。純之仕知楚州兼京東經略使，盡心國事，每欲恢復中原。嘉定間，紅襖賊李全反，受命提兵收捕，屢挫其鋒，全心悦服，引衆歸降，以德懷之，咸稱應爺爺。後見全軍屢亦能捷，而恢復中原之志益鋭，因上聞於朝，謂中原可復，當大發兵雪耻報仇，以成一統之業。會史彌遠鑒韓侂胄事，不欲大舉，下詔授純之節制京東忠義軍，不如所請。寶慶初，升兵部侍郎，以朝命伐賊，死於兵。朝嘉其忠，欽葬於邑之李溪塔下。嗚呼！世篤忠貞，應氏有之，揆厥所原，得非周氏之孝有以啓之耶？禮部侍郎、直學士院真德秀嘗爲顔其所居之堂曰孝忠。余因造其家，睹其扁，閲其言行，愓然有感。又重其嗣孫國光請記，乃爲旁考史傳，參其家乘，采摭其事之顛末，著爲《忠孝事實》云。至治壬戌，後學禹山張樞子長書。

《可投應氏宗譜》

永康縣誌本傳

應孟明，字仲實，永康人。登隆興癸未進士，歷樂平縣丞。侍御史葛邲薦爲詳定一司敕令所删定官。輪對，首論：南北通好，疆埸無虞,當選將練兵以制敵,不可一日忽。除貪酷吏,進君子,遠小人;申嚴監司庇貪吏之禁,薦舉徇私情之禁。帝嘉獎久之。拜大理寺丞。故大將李顯忠之子家僮溺死。有司誣以殺人,逮繫凡三百家。孟明白其冤,釋之。出爲福建提舉常平。陛辭,帝曰:“朕知卿愛百姓。惡贓吏。事有不便於民。宜悉意以聞。”尋除江東提點刑獄,會廣西謀帥。帝謂輔臣曰:“朕熟思之。無易應孟明者。”進直秘閣。知静江府兼廣西經略安撫。時廣西病鹽法追禁,民不聊生,孟明條奏除之。禁卒朱興結黨叛。孟明遣將縛致轅門,斬之。光宗即位。遷浙西提點刑獄,尋召爲吏部員外郎。歷官中書門下省檢正諸房公事。寧宗即位,拜太府卿兼吏部侍郎。慶元初,權吏部侍郎。卒。

明陳泗《(正德)永康縣誌》

少師公補遺傳

婺之永康應宏叔氏,故宋少師孟明之五世孫,介熙弟禹均以狀來曰:德裕將新先君祠於里之靈巖寺,仍勒本傳於石,俾世世子孫勿之有亡。顧本傳所載頗略,而家乘實録僅存,捃摭遺文,萬無一二。將復大書於祠壁,願謁記先生,庶幾傳信,得以昭示不朽焉。熙謝不敢當,復之曰:“少師官閥勳德,具在《宋史》,家傳人誦,焜耀千古,遂微勒石,將昧没而不彰乎?尚奚假熙記?”宏叔固以爲請。謹按:少師仕宋孝、光、寧三朝,始由文學科上第,遇知人主,揚歷中外,多出上意旨,皆赫赫有偉績能聲,讜言宏論,一根義理之正。至拒韓侂胄誣趙汝愚事,清霜烈日,凜不可犯,此本傳之所特書者。若其始丞樂平時,郡守酷甚,少師以書諫事聞於朝,朝命守丞兩易其任,實少師受眷知之始。又任按察時,矯詔發粟以賑饑荒,曰:寧受一己之罪,以全一方之命。上嘉賞之。則汲長孺之賑河南,同一心也。閩中盜起,少師築八卦牆與戰,屢擒屢縱,卒服其心。則諸葛孔明之擒孟獲,同一機也。此非本傳之所闕而宜書者歟?熙嘗論南渡之主,高宗雖賴諸名臣再造中興之業，而巽懦卑伏，無復憤耻，蓋有其臣而無其君。惟孝宗差强人意，然有其志而無其才。少師顯融孝宗時，在南北通好之後，觀其輪對，以練兵選將不可一日忘爲首，識者猶恨用不盡其才。今讀其《上饒守書》具在，忠肝義膽，勁色蒼光，猶可想見其人，惜其著述不盡傳於世。其幸存而未泯者，若《茉莉説》，見其動心忍性，生於困窮拂鬱；《浚井記》，見其師友淵源，深而有本；《夏雲》一賦，又見其澤施生民之本心。此宏叔所以掩涕而長太息者，蓋深慮其愈久而並失之也。然則史書所載，乃萬世之公，而爲法於天下者也。勒諸琬琰，以補史氏之遺闕，則孝子慈孫私於一家，將以論撰先人之德而名著於後世者也。夫亦猶行古之道也。昔唐文宗問魏謨曰：卿家有舊詔否？謨對以惟簪笏尚存。謨，文貞公徵之裔孫也。今宏叔思不失墜其祖之遺文，不猶愈於簪笏乎？夫所謂遺於世家者，非謂傳珪襲組之謂也，累天德之謂也。《傳》曰：公侯之子孫，必復其始。又曰：光遠而自他有耀，不在其身，在其子孫。異時應氏之後，將有大書於史氏者，曰挺挺有祖風烈，其不自宏叔啓之乎？大德丁未，浙江台州府儒學教授張熙思文撰。

《可投應氏宗譜》

金華徵獻略本傳

應孟明，字仲實，永康人。登隆興進士，官樂平縣丞。以侍御史葛邲薦，除敕令所删定官。輪對，首論：南北通好，疆埸無虞，當將練兵，常如大敵之在境；除貪酷之吏，以蘇民困；廣開言路，以受忠告之益；振拔幽沈，以收人才之用；申飭監司曲庇貪吏、薦舉徇私之弊。帝嘉納之。他日，有所銓除，宰相進擬，帝出片書二人姓名，其一則孟明也。乃拜大理寺丞。故將李顯忠子家僮溺死，有司誣以殺人，逮繫幾三百家。孟明白其冤，釋之。出爲福建提舉常平，陛辭，帝曰："朕知卿愛百姓，惡贓吏，事有不便於民者，宜悉以聞。"一日，帝御經筵，因論監司按察，顧謂講讀官曰："朕近得數人，應孟明其一也。"尋除江東提點刑獄，以鄉郡引嫌。會廣西缺帥，帝曰："朕熟思之，無易應孟明者。"遂進直秘閣，出知静江府兼廣西經略安撫使。廣西病於鹽法，追逮禁錮，民不聊生。孟明條具驛奏，請除其弊，詔從之。禁卒朱典結黨，弄兵雷、化間，孟明遣將縛致轅門斬之。歷光宗、寧宗朝，累進吏部侍郎。卒，贈少師。孟明以儒學起家，受知人主，守正不阿，未嘗以官爵爲念。韓侂胄當國，密使人誘以諫官，俾劾趙汝愚，孟明不答，士論以此重之。子謙之、茂之、純之。

清王崇炳《金華徵獻略》卷八《名臣傳二》

可投應氏世系

一世：德鎔

二世：緒、經

三世：從勝、從道、從善、從訓

四世：昊、圖、品、吕

五世：改、罇、缸、缾、鮫

六世：莘、茅、能、治平、薰

七世：立、章

八世：濤、溥、汝礪、汝賢

九世：孟明、孟堅、孟德、孟容、孟仁、孟恭、孟敬

十世：謙之、復之、巽之、懋之、純之、秀之

十一世：松鑑、松堅、松友、松貞、三益、三錫、三禮、三思、政初、文簠、文簋、文鼐、文鼎、與畿

十二世：紹祖、紹宗、惟省、惟明、侑、頤、燾、濆、渚、洪、演、澳、端、光祖、英祖、静、安、泰、宜、林、賚、贊、瀾、濡、木大真（禪師）、三異、三俊、三琚

十三世：椿孫、德清、道、才、德器、璉、德泓、德美、思、量、仔、槃、

庚、康、義、堯、戌、智、淼、巧、卓、乾、震、巽、鴻、翔

《可投應氏宗譜·内紀世系引》

靈巖山堂事迹

嘉靖丙申，余職教事，寓新安，塚兒召來省侍。余告曰：里之靈巖寺廢，山鬻，乏人承事。余聞之，憮然曰："嗟乎！事之廢興，時之逢違，信諸天，匪徒人也。人耶？天耶？其寧二耶？盍勉諸！"請曰："何如？""夫靈巖山寺之設，肇事晚唐，歷南宋，我祖少師公講學兹山之洞，終墓其麓，山因以顯。墓藉寺守，寺依墓立，墓與寺相須以延。寺既廢，知者不無丘陵先後之思乎？時惟天命，亦人焉耳，盍勉諸！"兒歸告族屬，奮然身以率之，知吾命之諄復有在於兹山也。乃捐資，公私經營規度，靡晝夜，歷艱阻，專一弗倦，事始克諧。議設始祖少師公位於洞中，春秋享祀，繼築其洞之陰爲文會堂。尊體在昔儒先生如朱文公、吕成公、陸象山、林和叔、陳龍川輩，曾與我祖往來論道於此。暨今楓山章先生，余之受業焉者，所以崇先哲、勵後昆也。仍構其洞之陽爲講堂，延師儒之教族子姓。環洞諸竅，飾爲書房。其西南隅建小舍若干楹，以備持守。雜居庖溜，各有定處。餘如白雲庵舊址，尚漸次修復，綿力薄才，一時弗逮也。若夫享祀、會聚之費，則别有收貯，以供歲事。嗚呼！慎厥惟其始。凡我宗系，有水木本源之思者，願相輔翼，以宏其圖，庶千萬世同此心此道而後可。兹堂甫成，厥始尤望成終焉。特述其意，以啓方來。尚其勉之，永爲後嗣倡。嘉靖戊戌春三月朔，少師裔孫璋德夫謹書。

《可投應氏宗譜》録明應東百文

靈巖闢業祠少師公

颯颯西風起暮愁，冠裳瞻儼此模留。
心田性地新疆理，潦水溪毛薦活頭。

蓋赤廣窺輪對色，文章高睹救時憂。
後凋松柏歸崇仰，率育常尋世作求。

《可投應氏宗譜》録應古平詩

祭少師公墓

猗嗟我祖，一代偉人。博綜《墳》《典》，舉世不群。讜言正色，爲宋直臣。歷千百世，過化存神。詒燕翼謀，澤垂後昆。純臣叨掇一第，仰止先生。不遠千里，澗藻將誠。遣子來告，在天之靈。神不我吐，歆此豆登。尚饗！

《可投應氏宗譜》録應純臣文

少師應公像贊

所可摹者，立朝之袍笏；而不可摹者，諫諍之顔色。所可録者，救時之文章；而不可録者，論對之藎赤。受知人主，皋陶后稷；不附權臣，魚矢汲直。嗚呼！少師不惟爲永康一鄉之望，誠可遺天下萬世之式。少傅王鏊贊。

《可投應氏宗譜》

仲實先生聯

上書軫民瘼，讀史衷訓辭，登季世於春臺化日；仗義整朝綱，賦篇垂弈世，昭懋範兮億萬斯年。後學瀔陽楓山章懋撰。

《可投應氏宗譜》

金華賢達傳贊

贊曰：史稱孟明之不汙侂胄，所謂歲寒然後知松柏之後凋，是獨舉其操行之一端耳。觀其奏論剴切，慮患革弊，愛民之心見知人主，斯孔子所謂以道事君者歟。

《可投應氏宗譜》

詔敕奏牘

付張澈應孟明御筆 皇太子封來淳熙十五年九月二十四日

湖州輔郡之重，治劇抑强，全賴風力，卿其勉之。付張澈。朕聞廣西鹽鈔利害相半，卿到任日，可詳訪事實奏聞。付應孟明。如或允當，却繳進入。

元王結《文忠集》卷一五〇

回東宫劄子

某伏防令慈封示御筆戒諭張澈、應孟明，極爲允當。謹復封納，乞便賜繳進，仰乞令照。

元王結《文忠集》卷一五〇

付下御筆戒諭張澈等回劄

某伏蒙令慈封示御筆戒諭張澈、應孟明，極爲允當。謹復封納，乞便賜繳進，伏乞令照。已上二劄並在政府時，今附入於此。

元王結《文忠集》卷一六〇

右司員外郎應孟明左司吏部員外郎徐誼右司

敕具官某等：宰掾非他官比也，調防闢決，皆天下事，非有才識可以爲守常應變之助者，疇克爲之？爾孟明介然有守，練達民事；爾誼能爲可用，通貫治體。一以序遷，一以選授。朕方委政於二三大臣，惟爾分任其勞，使大臣得以綱紀庶務，助朕求賢，以起治功，豈小補之哉？度支員外郎王厚之直秘閣、兩浙路轉運判官敕具官某：朕惟轉運之任，莫重於畿内，祗承慈訓，率用士人，比年以來，多稱其職。爾庠校諸生，故家人物，好古博雅，風裁素高，克勤小物，而知大體。領使淮西，聲望籍甚，爲郎名曹，侃然有守。還畀道山之直，兼按浙河之間。飛挽以時而用不乏，調度有經而民不病。表率諸道，尚其勉哉！

宋樓鑰《攻媿集》卷三十五

左司應孟明中書門下省檢正
右司徐誼左司員外郎

敕具官某等：宰掾之任重矣。自爾二人爲之，實能謹守程度，參稽事宜，佐吾二三大臣，以平章中書之務。大臣亦言其能，朕用嘉之。以序而遷，滋向於用。益習天下之事，以昌遠業。尚勉之哉！

宋樓鑰《攻媿集》卷三十七

檢正應孟明太府卿

敕具官某：爾以純一之德，惻怛之誠，見於牧人御衆之間，備著愛民利物之效。召由帥閫，徧儀宰掾，蓋朝列之老成，士林之標表也。外府上佐大農之調度，下梲有司之出納，卿士惟月，實艱其選，舉以命之，公議允諧，問津要途，自兹始矣。

宋樓鑰《攻媿集》卷四十一

辭免浙西提刑乞祠申省狀

某一介庸陋，本不適用，偶際休明，薦叨器使。自守軍壘，就除本路監司之任，一歲而遷將漕，又一歲而遷按刑，可謂寵光狎至，私計兼足矣。方寵光狎至，而無圖報之心，私計兼足，遽爲求便之請，苟非至愚，豈敢犯此不韙？而某祠禄之請，不避煩瀆，至於再三，實非獲已。

伏念某秋初心痛，至不省事。當倉皇回司之時，盧檢院、范少卿俱來相問，茶然一榻，不能交談，舁入廨舍，盡室驚惻，僅逃鬼録，賴有天幸，以此心氣衰憊，目力短昏，雖極勉强，嘗慮妨闕。重念某才有一兒，尤不敏事，書問滿前，莫能報謝，米鹽瑣碎，時復闕決。夫多病早衰，傍無佽助，在官則以奉公不辦爲憂，在家則以應俗不周爲媿。若不乞假歲月，務近醫藥，貪戀禄食，必致自斃。區區欲望檢照前請，特賜敷奏，別與祠禄差使一次，則未盡之命，皆生成之賜。小帖子稱：照得某蒙恩，改除上件差遣，係是替應孟明資闕，初以待次歲月，足便休養，故不敢輒有陳請。今來應孟明已除郎官，即成見次，所以須至煩瀆。若未欲便與祠禄，即乞與一般待闕差遣。某見迤邐前去衢、婺州，聽候指揮。十月二十九日，三省同奉聖防不允，依已降指揮，疾速赴行在奏事訖之任。

宋陳傅良《止齋文集》卷二十

舉宗室伯洙師津狀

准尚書省劄子，奉聖旨，比來宗室在朝者少，可命兩省臺諫、侍從各舉有文學器識者二人，以備選擇者。右，臣伏覩朝請大夫、前知處州趙伯洙，少登世科，退然儒雅，操守素堅，政事中和。若蒙擢寘朝行，可以素率宗盟。春秋寖高，伏望速加進用。儒林郎、新池州銅陵縣丞趙師津，忍貧好學，厲操勤廉。舊名師困，嘗在江東與應孟明同爲縣丞，一路稱此二人。而師津至今沈滯選調，窮而益堅，不改其操。國家教養之久，宗室賢才日衆，臣敢以此二人仰備選擇。

宋樓鑰《攻媿集》卷三十一

交遊詩文

贊柱國上卿應孟明

卿之貌恭，卿之容偉。
豐腴瀟灑，三人承聖。
才壓俊英，學貫鴻宇。
以孝子親，以忠盡己。
朕朝斯臣，厥觀有幾？
功齊伊周，賜贊以美。

《永康歷代詩詞選》録宋孝宗詩

賜少師應孟明辭故里

自古君臣相得甚難。朕愛少師輔臣應孟明久矣。知卿歷練老成，委身任國，匡弼扶世，法以自立，綱以自維，誠哉砥柱國臣也。卿奈何一旦起思歸里，欲與泉石主盟。心知自隱，難以阻留，然君臣之義焉可恝然？賜詩以彰其辭闕云：

辭闕榮歸一騎輕，心愛田里肯擔名。
静鞭襟袍思忠烈，那有忠臣如孟明。

《永康歷代詩詞選》録宋寧宗詩

謝福建提舉應仲實送新茶

詞林應瑒繡衣新，天上茶仙月外身。

解贈萬釘蒼玉胯，分嘗一點建溪春。
三杯大道醺然後，七碗清風爽入神。
聞道閩山官況好，何時乞得兩朱輪。

宋楊萬里《誠齋集》卷二十二

送廣西經略應寺丞被命改除歸朝奏對

蔚林妖血掃已除，桂林剜肉補未蘇。
玉清玄帝右是顧，金華散仙南其驅。
下車首問民所苦，踴躍近前争告語。
醋緡苛斂重傷農，醛鈔抑敷良困賈。
小斷於獨大叫閽，一呼痛拔百蠹根。
連營坐卧老將校，萬里耕桑長兒孫。
足醉於濕殊未醒，奏函頻以中州請。
十行灑渥下九天，兩踵騰輝輕五嶺。
五更黄道煙霏霏，追隨列宿朝紫微。
三寸舌沃萬乘渴，一丸藥起四海痿。
君臣道合有餘美，乞以屬之門弟子。
區區撫字得閑功，一一編摩爲野史。

宋曾豐《緣督集》卷四

二列女傳

列女杜氏，永康大姓女也，生而端莊且麗。宣和庚子冬，妖臘起，所在嘯聚相剽殺。里有悍賊輩謁杜氏門，大言曰："以女遺我，即不肯，今族汝矣！"其家驚泣，欲與則不忍，不與禍且及。言於女，女曰："無恐，以一女易一家，曷爲不可？待我浴而出。"趣具湯。其家以告，賊相與讙笑以俟。既浴，取鏡抹朱粉，具衫衣，盡飾，俄登几而立，縻帛於梁而圈其下，度不容冠，抽之，籠其首，整髮復冠，乃死。其家遑遽號激，賊聞亦驚，舍去。嗚呼！學士大夫遭難不屈者，萬或一見焉，而謂女子能之乎？方杜氏之不屈以死，猶未足難也，獨其雍容處死而不亂，無異乎子路之結纓，是其難也，不可及已。陳子曰：余世家永康，去杜氏不十里許。余雖不及目其事，大父母屢爲余言如此，雖古列女何以進焉？余既傳其事，以示余友應仲實，仲實因爲余言：宣和辛丑，官軍分捕賊，所過乘勢抄掠。道永康，將之縉雲。及境，富民陳氏二女並爲執，植其刃於旁曰：從我，我婦之，否者死。長女不爲動，掠髮伸頸請受刃。官軍斫之，次女竟汙焉。後有諗之曰：若獨不能爲姊所爲乎？次女慘然連言曰："難，難！"世之喜斥人者，必曰兒女態。陳、杜之態，亦兒女乎？人之落患難而兒女者，事已，即縱辭自解，昂然有得色，視陳氏次女已愧，他又何説？仲實得之胡先生經仲二君，謹言君子也。余是以志之。

宋陳亮《龍川集》卷十三

送徐子才赴富陽序

漢法，嘗選所表循吏以爲公卿，故郡縣稱治。然其立朝往往多不稱在郡縣時，豈國家固自有大體，而治道果不可以吏道辦耶？龐士元、蔣公琬不屑意於郡，而謀國有稱焉。當時以爲非百里才，雖諸葛孔明之論亦如此。然則吏道又有出於治道之外者耶？亮自十八九歲獲從故老鄉人遊，故老鄉人莫余知也，而陳聖嘉、應仲實、徐子才獨以爲可。聖嘉之與人交，仲實之自處，子才之特立，皆余之所願學也。晚與一世豪傑上下其論，而三人者每每不能去心，非直以交舊之情而已。子才又其高明奇偉者，小試輒有聲，諸公争知之。得邑輦轂下，蓋何足以展其遊刃哉！然士之侈然矜奮於一邑者，非有餘也，技窮於此矣。置不復論，則志浮於事，不足法也。事之至者，盡吾心焉，事已而無留吝之意。處小存大，大則不遺於小，此所以隨所寓而常有餘。夫治道之與吏道，又焉有二物哉？今天下郡縣固不可爲，而附輦之邑，尤不易爲也。無名難辦之費，巧以取之民，則將誰欺？倚公而豪取之，則民復何罪？況上之人常不自任其責，而責辦於我，民一有言焉，則又委罪於我，而彼若不與知者，子才宜何以處此？楚漢相距滎陽、成皋間，蕭何至遣老弱未傅者，悉詣軍，可謂無策矣，而高帝稱其有鎮國家、撫百姓之功，此果何説哉？平時所以爲民慮者甚周，緩急不時之須亦爲民計而已矣，未嘗爲民慮也，而行一切之政以趣辦，民之不揕刃於其胷者，直須時耳。若曰吾不忍民之至此，或高舉而避之，或閉目摇首以聽其自作自止，徒以張夫一切趣辦者之勢，則其罪等耳。此古之君子所以嘗盡心於不可爲之地也。子羔爲費宰，而夫子以責子路者，憂其少未堪仕耳。子路乃以爲有民人焉，有社稷焉，何必讀書然後爲學，此後世英雄豪傑之所以因事增智，諸儒嘗若瞠乎其後，而夫子平時教詔中人以上之辭也，豈所以施之子羔哉？徒御人以口給而已矣。因吏道之曲折而得治道之大體，吾獨有望於子才耳。能使亮自是常不去心，則不必歲晏而後論定也。

宋陳亮《龍川集》卷十五

與應仲實書

與仲實别，於今八年矣。禍患犇走，自分死生不相聞知。既而適有天幸，遂得比數於人。然猶於故舊之書，闕然不講，幾若自外於門下者。重惟少之時，倡狂妄行，鄉閭所不齒。仲實以儒先生撫摩煦飫，若昆弟朋友，雖識者亦有不擇交之疑，而仲實不顧也。困苦之餘，百念灰冷，視前事已若隔世，洗心滌慮，謂可以承君子之教矣。而八年之間，話言不接，吉凶不相問吊，反有白頭如新之嫌。退而求之，敢外其責？去年秋，群試監中，有司以爲不肖，始決意爲息肩弛擔之計。所居僻左，有疑孰問，恃仲實輩人在爾。方圖緩步造謁，遇仲實有行都之役，逡巡數月，遂聞新除官况絶佳，職事簡少，儒先生雅宜處之。斯道之伸，此其權輿，喜甚，至於不寐。前月末，始聞來歸，暑溽如許，不敢輒詣齋閣。又思此别,相見定何時,進退首鼠,卒以其所欲求正於仲實者而寓之書。亮兩年來方悟《孟子》所謂"人之所以異於禽獸者幾希"。仁於我何常之有,朝可夷而暮可蹠也;不仁於我亦何常之有,朝可蹠而暮可夷也。"惟聖罔念作狂,惟狂克念作聖",非聖人姑爲是訓;"無若丹朱傲,無若受之酗於酒",亦非獨憂治世而危明主;人心無常,果如是也。曾子曰:"'戰戰兢兢,如臨深淵,如履薄冰',而今而後,吾知免夫,小子!"子張曰:"君子曰終,小人曰死,吾今日其庶幾乎!"古之賢者,其自危蓋如此,此所以不愧屋漏而心寬體胖也。世之學者玩心於無形之表,以爲卓然而有見,事物雖衆,此其得之淺者,不過如枯木死灰而止耳;得之深者,縱横妙用,肆而不約,安知所謂文理密察之道?泛乎中流,無所底止,猶自謂其有得,豈不可哀也哉!故格物致知之學,聖人所以惓惓於天下後世,言之而無隱也。夫道之在天下,何物非道?千塗萬轍,因事作則。苟能潛心玩省,於所已發處體認,則知夫子之道忠恕而已,非設辭也。亮少不自力,放其心而不知求。行年三十,始知此事,日用之間,顛倒錯紊,如理亂絲,更無著手處。日復一日,終不免於自棄,不識仲實其何以救之?近作十篇,往求隱括,置其言語而索其理之是非,批於左方,使得於是省焉,仲實於亮可以無歉矣。切毋以故意待之,曰是曰好而已。儒釋之道,判然兩塗,此是而彼非,此非而彼是。而溺於佛者,直曰其道有吾儒所未及者,否亦曰其精微處脗合無間,而高明之士猶曰儒、釋深處所差杪忽爾。此舉世所以溺焉而不自知,雖知其非者,亦如猩猩知酒之將殺己,且駡而且飲之也。近世張給事學佛有見,晚從楊龜山學,自謂能悟其非,駕其説以鼓天下之學者靡然從之,家置其書,人習其法,幾纏縛膠固,雖世之所謂高明之士,往往溺於其中而不能以自出,其爲人心之害,何止於戰國之楊墨也。亮不自顧,嘗痛心焉,而力薄能鮮,無德自將,有言不信,徒慨然而止耳。然使賊假募士之名,得入帳下,一旦起而縛之,此李元平所以孺弄於李希烈也。苟無儒先生駕説以辟之，則中崩外潰之勢遂成，吾道之不絶如縷耳。仲實力可以有爲者，其將何辭？胷中所懷千萬念，遂爲仲實言之，而筆困紙窮，不能以究。暑伏恐未可迎侍，上道果未有日，尚當握手一吐其肺腑，不敢以相擾動自外也。萬一便上道，恐宅眷既衆，必不免從諸應取道龍窟，過我爲一夕之款否？是所望也，不敢必也。若從銅坑口取界牌，所省不能一二里，而紆曲亦不少矣。臨紙無任惓惓。

宋陳亮《龍川集》卷十九

與應仲實

向自使華在江東時，草草具復來貺，尋拜數字，附鄉里士人以行。而執事移帥南服之命已下，用不果達。其時某適至隆興，在翠巖洪井間，得聞從者至止，亟還城下，則棨防又南矣，甚爲悵然。屬嘗於《復漕臺書》中寄意，語次亦曾及之否？蒼梧，舜迹所及，交趾、合浦、九真、日南，爲郡古矣。粤自翠華南波，更爲近服，班宣之任，類皆名儒重臣。間者猶以簿書遺策，米鹽末務，仰勤冕旒南顧之憂，官人之難乃如此。兹焉帥閫暫屈明賢，此其加惠嶺海之民，可謂至矣。撫柔安輯，當有餘地，遠民知方，興於禮義，此其時也。漕臺心事犖犖，伏想相得甚歡，金蘭之誼，於是有證，健羡健羡。某往歲亦蒙誤恩，卑壘荆門，尚遲餘教，以逃大戾。區區近況，有鄙文數篇，公餘過目，可概見矣。去年秋冬，又兩通晦翁書，然前説且倚閣矣。

宋陸九淵《象山全集》卷十

答徐子宜書

春間一得奉書，後得家兄報，知已呈徹，且知兄長假道，辱温盼，至感至愧。近聞被旨入覲，未及走賀幅，專介辱賜書，且拜嘉貺，祇荷不遺，且得詳聞動静爲慰。暑氣方隆，伏惟四牡勞還，棨侍有相，台候萬福。某藏拙，郊居鱺遣，但老境讀書，苦眼澀，遂成習懶耳。前日見邑官，謂兄已除郎，但未知所主何曹。兹詢來使，知十三方解纜，度傳聞不如是之速，豈預頒除目耶？諸公愛賢，不令居外，此意甚善。唯是吾人生平所志，期不負所學。中都臭味頗薰炙人，造道如子宜，誠知有不可汨者，要須惟日孳孳，簡易明白，以滌盡利禄境，庶此志獲伸。子宜以爲何如？某缺期在今冬，已得代者書，約十月交承。年來揣己相時，擬爲櫟社之木，負宗黨門户之責，又不免而應之，惟子宜教裁是望。和叔已畢大事，叔晦家庭日來少定，但嫂叔終不能作處侍養爾。敬叔已赴樂平任，某未得書。近得其子侄報，到官却甚康强，絶勝居家時。人旋布謝，願言進德，勉承王事，爲邦家光。又邇者辱教，賜及紙筆之貺，嘗具書報謝，計已呈徹。村居不聞邸報，傳聞已拜起部之除，正人在朝，敢以爲賀。某衰拙安分，足樂餘生，但杞國之念未忘，若得善類同升，國家緩急有賴，誠所願望。郎省中如應仲實、王順伯、陳君舉，某知其爲賢，度諸公必自盡。平時會合，亦能講宗社長計、爲國遠圖否？某索居，所知士大夫絶少，子宜遊宦之久，當知四方賢士願以氣類相從，以奠邦基。朋友中最好吕子約，如彭子壽、章茂獻、黄商伯，亦聞其賢，未知子宜所得者爲誰？有可告語，幸詳喻。某少浼。春間得交代書，約十月初交割，且欲在未差試官前遣迓者，乏便。

宋舒璘《舒文靖集》卷下

諸史雜記

淳熙十三年，四川安撫制置趙汝愚言："汀州民貧，而官鹽抑配視他州尤甚，乞以汀州爲客鈔。"事下提舉應孟明及汀州守臣議，孟明等言："上四州軍有去産鹽之地甚邇者，官不賣鹽則私禁不嚴，民食私鹽則客鈔不售，既無翻鈔之地則客賣銷折，所以鈔法屢行而屢罷。四川闊遠，猶不可翻鈔，汀州將何所往？故鈔法雖良，不可行於汀州，惟裁減本州並諸縣合輸内錢，而嚴科鹽之禁，庶幾汀民有瘳矣。"復下轉運趙彦操等措置裁減，以歲運二百萬四千斤會之，總減三萬九千三十八緡有奇，又免其分隸諸司，則汀州六邑歲減於民者三萬九千緡有奇，減於官者一萬緡有奇，所補州用又在外。蓋上四州財賦絶少，所恃者官賣鹽耳。

十六年，經略應孟明言："廣中自行鈔法，五六年間，州縣率以鈔抑售於民，其害有甚於官般。"詔孟明、朱晞顔與提舉廣南鹽事王光祖從長措置，經久利便，毋致再有科抑之弊。

元脱脱等《宋史·食貨下五》卷一八一

薛叔似，字象先，其先河東人，後徙永嘉。遊太學，解褐國子録。初登對，論："祖宗立國之初，除二税外，取民甚輕。自熙寧以來，賦日增而民困滋甚。"孝宗嘉納，因曰："朕在宫中如一僧。"叔似曰："此非所望於陛下，當論功業如何。正使海内富庶如文、景，不過江左之文、景;法度修明如明、章,不過江左之明、章。陛下即位二十餘年,國勢未張,未免牽於苟安無事之説。”上默然。復數日,宰執進擬朝士,上出寸紙,書叔似及應孟明姓名,嘉其奏對也。

元脱脱等《宋史》卷三九六

論曰:陳仲微有言:禄餌可以釣天下之中材,不可以啖嘗天下之豪傑。當韓侂胄尊用廷紳,升黜出其手,劉穎羞與周旋,吴柔勝安於久廢,楊大全、應孟明寧失諫官,不願出其門下,兹豈非所謂豪傑者耶?若陳謙獻諂,陸游贈文,薛叔似、商飛卿預邊事,皆未免牽於榮利,品斯下矣。

明柯維騏《宋史新編》卷一四七

(淳熙十三年)十二月辛巳,臣僚言汀州科鹽之害,詔令漕臣趙彦操、王師愈同提舉應孟明措置聞奏。彦操等尋奏:“汀州六邑,長汀、清流、寧化則食福鹽,上杭、連城、武平則食漳鹽,亦各從其俗耳。夫食鹽者既異,則鈔法難於通行。今欲將舊欠鹽錢盡與蠲放,及減鹽價。其所蠲舊欠與所減鹽價,本司却多方措置那兑,應補其數,如此,則州縣之力即日可紓。立價既平,買鹽者衆,私販遂息,官賣益行。價雖裁減,用無所虧。是汀州與六邑歲減於民者三萬九千緡有奇,減於官者一萬緡有奇,所補州用與所放舊欠又有此外。加以利源不壅,財力自豐,救弊之本,無以尚此。”並從之。是月,利州路饑,命賑之。

(淳熙十五年冬十月丙寅)詔令應孟明、朱晞顔同林岊相度,條具聞奏。戊子,臣僚奏:“祖宗之時,士尚恬退。張師德兩詣宰相之門,返遭譏議,豈若今日紛至遝來?臺諫之門猥雜尤甚,終日酬對,亦且厭苦,而無説以拒其來。臣願明詔在廷,止遏奔競。其有數事干謁者,宰執從而抑之,臺諫從而糾之。至於私第謁見之禮,一切削去。

果有職事，非時自許相見。庶幾在上者可以愛惜日力，不爲賓客之所困；在下者可以恪恭職業，不爲人事之所牽。”詔從之。

（淳熙十六年春正月壬辰朔）以周必大、留正爲左右丞相，王藺參知政事，葛邲同知樞密院。參知政事蕭燧兼權知樞密院，未幾奉祠。壬寅，先是，命廣西經略應孟明等究實鹽法利害，至是，孟明奏鹽鈔抑勒民户，流毒一方，欲得復舊，以解愁怨。

淳熙十三年，乃詔福建提舉應孟明同汀州守臣趙師惚詳利害條奏。既而孟明言：“福建上四州軍有去産鹽之地甚邇者，官不賣鹽則私禁不嚴，民食私鹽則客鈔不售，既非翻鈔之地，則客賣銷折，所以鈔法屢行而屢罷。四州[1]闊遠，客鈔猶不可翻，況汀州山水窮絶之處，客欲翻鈔，將何所往，故鈔法雖良，不可行於汀州，惟裁減本州島並諸縣合納運司鹽綱内錢，而嚴科鹽之禁，庶幾汀民有瘳。”復詔彦操等措置裁減條奏。

十六年正月十一日，應孟明究實到廣中鹽鈔利害，上曰：“初議行此事，時先差胡庭直去體量，非不審詳，往往只是符同詹儀之之説，今爲所誤。宜令應孟明條具更改。人户未有支鈔鹽，須令盡數支還，今不可復失信於民。”

二十五日，詔：“應孟明、朱晞顔與新除都提舉廣南鹽事王光祖將鹽法日下從長相度，如合復舊，即一面措置經久利便施行，毋致再有科抑之弊。仍權於本路諸州軍未起湖廣總領所歲計錢内，截撥一十五萬貫補助今年支用，自後却照淳熙十年以前窠名趁辦發納。”孟明言：“臣道由衡州，已聞廣西鹽法更變不常，凡商人之稍有資財者，皆

---

① 四州：原作“四川”，據《宋史・食貨下五》等改。

遷徙而去。及至静江府,過興安縣,乃知本府通判及興安知縣每招致人户,以會鹽客爲名,視物力之高下,均鹽籮之多少,名爲勸誘,實則抑配。先令旋納錢銀,其餘抵以物産,請鹽未至,而追索之令已下,往往取急求售,錢本銷折,凡昔之上、中户,今皆破蕩家業矣。本府與興安縣利害[1],臣所親見,其他州縣,事尤可知。聞有人户借荒田之砧基,以充要約,異日没納,官爲無用,抑勒田鄰,俾之承買;亦有文書在官、田廬久已出賣者,他時根究牽連,宛轉受害。或州縣以科抑未盡之鈔,令人吏假爲客名,冒入抵當之文請鹽,置鋪出賣。緣其名不正,人吏得而侵欺,官司亦不敢問,弊孔百端,不容具述。蓋州郡之匱乏,漕計之不裕,皆鹽法之弊實致也,而民户受害矣,又可慮之尤者。議者謂向之官賣,止緣漕司或額外增數,州縣或額外添般,發洩不盡,間成科抑,非一路州、縣皆然,未爲大害也。今若官般官賣,復歸漕司,而增數有禁,添般有禁,敢抑配者寘之重典,則在明號令以之耳。向來官司既失信於商人,今不可復失信於百姓。若朝廷果欲變從舊法,則人户之請鈔而未得鹽者,欲先令立限請賣,而後以官般官賣繼之。但又聞都鹽司不支本錢,鹽丁散走,恐難立限,無鹽可支。若只令官中收其元鈔,還其抵當並所輸錢銀,其勢甚便。仍乞速下漕司措置,委官齎錢往産鹽地招復鹽丁,勸諭煎鹽,庶幾官般不致少闕,民得以從便。"晞顔亦以爲言,故有是詔。

元闕名《宋史全文·宋孝宗八》卷二十七下

(淳熙)十三年五月三日,建寧府松溪、政和縣水。既而二十五日進呈右諫議大夫蔣繼周言:"據轉運司奏,松溪、政和兩縣渰没人家,淤塞田畝,瑞應場渰死者不下千人,被傷者不下二千家。知建寧府陳良佑所奏,全不言及數目,豈所以奉承陛下勤恤民隱之意哉!良佑比

---

[1] 興安縣利害:此句有脱字。

乞宫祠，欲望從其所請。仍乞委本路監司依已降指揮存恤外，其損壞廬舍田苗，據所領分數等第聞奏，量與蠲減租税。庶使一方漂蕩窮民咸受實惠。”上曰：“依奏。”又進呈提刑應孟明言：“建寧府大水，朱孝倫、周世楠有防遏未萌之功，乞旌賞。”上曰：“可各轉兩資。”又曰：“有功者賞，無功者罷，庶幾人人知所勸懲矣。”

《宋會要輯稿》瑞異三

（淳熙十三年）十二月八日，福建運副趙彦操等言：“汀州科鹽，民受其害，守臣明知之而明蹈之者，苦於財用無所從出耳。今汀州與長汀、上杭、蓮城、武平縣鹽價，每斤爲錢百六十有二，清流百四十有四，寧化百四十有九。價既高，人不樂買，是以至於科敷。今相度，欲於漕司合得增鹽錢，每斤與減四文，及州用淨利錢減三文，汀州縻費錢減八文，每斤共減十五文，賣鹽之價，減亦如之，以歲運二百萬四千斤會之，總三項共減三萬九千三十八貫九百六十二文省。又欲於所運鹽内撥出七十九萬七千五百斤，免其分隸諸司，以足所減州用淨利之數，爲錢七千九百二十二貫七百六十七文省。如此，則立價既平，買鹽者衆，官賣亦行，私販遂息。而汀州與六邑歲減於民者三萬九千緡有奇，減於官者一萬緡有奇，所補州用，又在此外，州縣之力，庶幾可紓。”從之。先是，新（任）四川安撫制置使趙汝愚言：“汀州地僻民貧，而官鹽立價最貴，配抑追擾之害，視他路獨甚。乞將汀州一郡改作客鈔，其州縣歲額合得鹽數，並給降鈔引，付本州島縣措置變賣。”迺詔福建提舉應孟明同汀州守臣趙師愡詳利害條奏。既而孟明言：文見本集《正編》，兹從略。復詔彦操等措置裁減條奏。

《宋會要輯稿》食貨二八

（淳熙）十六年正月十一日，應孟明究實到廣中鹽鈔利害。上曰：“初議行此事，時先差胡庭直去體量，非不審詳，往往只是符同詹儀之之説，今爲所誤。宜令應孟明條具更改。人户未有支鈔鹽，須令盡數支還，今不可復失信於民。”

二十五日，詔：“應孟明、朱晞顔與新除都提舉廣南鹽事王光祖將鹽法日下從長相度，如合復舊，即一面措置經久利便施行，毋致再有科抑之弊。仍權於本路諸州軍未起湖廣總領所歲計錢内，截撥一十五萬貫補助今年支用，自後却照淳熙十年以前窠名趁辦發納。”孟明言：文見本集《正編》，兹從略。晞顔亦以爲言，故有是詔。

《宋會要輯稿》食貨二八

廣西鈔鹽之法，詹體仁所請也。體仁嘗爲廣西漕，知官般之法有未便者，故欲以客鈔易之。及入爲起居郎，乃薦浙西安撫司幹辦公事胡庭直，令往廣東、西與帥、漕及兩路提舉等司詳議鹽法，淳熙九年二月庚戌也。

其冬，庭直使還，與廣西運判兼提鹽王正己、廣東提舉常平茶鹽林枅共奏：“官賣之法害民，客鈔爲便。”而庭直又自言：“二廣頃行客鈔之時，通以九十萬緡爲額。廣東十萬籮，一百斤爲一籮。正鈔錢五十萬緡。廣西八萬籮，正鈔錢四十萬緡。及廣西行官賣法，而廣東除去通入廣西之數二萬五千籮，纔爲七萬五千籮耳。惟廣西不立額數，故今所賣爲十一萬五千餘籮。不産鹽十六州，賣七萬五千八百餘籮；産鹽五州，賣一萬八千四百餘籮，海外四州，賣五千五百餘籮。前任漕臣梁安世又創賣淹造鹽一萬五千五百餘籮。皆科抑也。今通行客鈔，廣東可九萬籮，廣西可六萬籮，仍增收漕計，存留鹽本，改指通貨，兩路可得二十八萬餘緡，十五萬緡，西路增收漕計錢。六萬餘緡，兩路存留鹽本，改指通貨錢。三萬緡，東路存留鹽本錢。二萬一千緡，東路九萬籮内，有西客改指請東鹽者，以二萬籮爲率。每籮依東客改指西鹽例，納通貨錢七百文，計上件。一萬八千緡，東鹽六萬籮上，每斤增收西路漕計錢二文二分，計上件合西路正鈔錢三十萬緡爲五十八萬緡，可充廣西漕司一歲之用。”既而漕司又言：“比舊行鈔法之時，有增支錢十八萬緡，未有補足。”庭直乃奏乞廣東增爲十萬籮，廣西八萬籮。詔吏部尚書鄭少融與給舍施聖與、宇文子英、葛楚輔及體仁詳議，議者皆以爲可。於是檢正官王誠之、都司陳安行、謝務本、王吉老擬定，如庭直所乞十萬、八萬籮之數。仍嚴私販之法，重官鬻之禁。既命南庫、户部、廣西帥憲司、湖廣總領所，歲共捐二十萬緡，以補廣西漕計之闕。户部合得廣東鹽司錢一萬二千餘緡，改赴西漕，令南庫撥償，免西漕合起靖州錢三萬緡，令户部科降；廣西合起鄂州大軍錢十萬緡免起解，令總所通融。廣西詔發廣東鄂州大軍錢二萬五千餘緡，令廣東於正鈔錢内起解；廣西帥、憲司合得錢七千緡，並免樁。廣西漕司一年雜支三萬緡，令節省一萬。又出祠牒、會子四十萬緡，貸漕司爲歲計之用。會子二十五萬緡，度牒三百道，計十五萬緡。詔可。其年十二月己亥也。

後數日，擢庭直大府寺丞。又數日，除廣東提舉鹽事，使行其法。明年正月，體仁亦除吏部侍郎。四月，詔以體仁陳奏二廣利害，深知民瘼，除集英殿修撰、知静江府，旋遷敷文閣待制。

十五年三月，又詔以體仁宣勞累載，升敷文閣直學士。廣西窮遠，自幹道以來，鹽法更變不常，凡商人之稍有資財者，皆遷徙而去，商販既不通，官般又罷，而軍食遂闕。廣東提鹽韓璧首陳其不便，事下安撫司。

十年十月戊子，庭直時已升本路運判兼提鹽司，二人初不爲之變也。久之，又並廣東、西鹽事爲一司。

十二年十二月甲子，通以十六萬五千籮爲額。廣東九萬五千，廣西七萬。體仁尋奏言："累年共賣之數，通不盈十三四萬籮，乞減爲十五萬，仍罷通貨錢，以便商販。"從之。

十三年九月乙巳，蓋自行鈔法，五六年間，州縣率以鈔抑售於民，其爲害愈甚於官般之日，人甚苦之。其秋，胡子遠爲侍御史，首論廣西鹽鈔爲民深害，皆由儀之附下罔上，文過遂非，固位患失，甘心害民，以至於此。乞行鐫黜，正其欺罔之罪。上諭以當先更易帥臣，徐議鐫黜。三省擬用趙彦膚公碩，上曰："負荷不得，可别選人。"樞密院黄德潤、留仲至繼奏事，上曰："廣西帥須得平心人爲之，庶幾不至輕易改法。如賈逵平穩可用，近有微疾。潘景珪有才亦穩。卿等更與丞相議之。"既而賈、潘皆以母老辭，議久不決。子遠亦上疏言之。周丞相乃奏以應寺丞孟明知静江府，召體仁赴行在。上因言："廣西鹽法利害相侔，如聞侍從中有人亦主客鈔。"仲至曰："臣久在廣中，備知利害，事關兩路，若輕改法，即兩路紛紛，須且因其弊而救之。"上曰："今除孟明與儀之爲代，朕當親劄與之，止可舉偏補弊，未可輕易改法。"時九月甲寅也。

子遠再奏，乞寢體仁召命。上親賜劄云："已差應孟明詳究利害事實以聞。所以不令朝辭，恐奪於臺臣議論，使之掣肘，不能平心處事。若鹽鈔果害於民，儀之豈得輕恕乎？"孟明至官，首奏："本路見今以鈔鹽抑勒民户，流毒一方。且都鹽司不支本錢，鹽丁散走，人户多有請鈔而未得鹽者。又人户以産業抵當請鹽鈔，亦有已業既盡，借荒田砧基以充要約者。不若復舊法，令漕司官般官賣，以解愁怨。"

十六年正月壬寅，進呈，上謂大臣曰："始議行此事時，先遣胡庭直往體量，非不詳審，往往止是符同儀之之説，今爲所誤。宜令孟明條具更改，如人户有未支鈔鹽，須令盡數支還。不可復失信於民。"丙午，詔體仁予在外宫觀，從所請也。先是，朱晞顔除廣西小漕，入辭，上諭會同孟明審究鹽法利害。晞顔奏："今鈔以客爲名，實無客商，乃强税差之家，使之承認，至於破産而後止。況静江官般之時，每斤百文，自變爲客鈔，每斤百三十文，尚何便民之有？"子遠乃見上，乞重黜體仁，仍從兩司所奏，依舊法行下。丙寅，詔體仁落職學士，罷宫祠，送袁州安置。擢知瓊州王光祖爲都提舉廣南路鹽事，同帥、漕二司一面措置，毋致再有科抑之弊。仍截撥本路諸州應起湖廣歲計錢十五萬緡，補助今年支用。除高、雷、化、欽、廉五州賣二分鹽外，令官般官賣。廉州鹽每斤二十二文，主户月買三斤，客户二斤，寡婦一斤半。雷州鹽每斤三十二文，每年主户一丁食鹽十二斤，客户減半。化州吴川縣鹽每斤三十文，石城縣三十五文，石龍縣三十八文。高州茂名縣三十二文，電白縣四十五文，信宜縣四十五文。欽州鹽每斤四十五文，上户月買三斤，中户二斤，下户一斤半。餘鹽令東路漕司歲賣七萬五千籮充上供。

紹熙元年冬，用廣西提刑吴宗旦之請，頗損五州鹽直、鹽數。又用廣東提舉劉坦之之請，減鈔鹽一萬籮。户部奏，如是則暗失經費六萬三千餘緡，然光宗不之靳也。二年秋，廣東復言六萬五千籮猶有未售者，乃又減五千籮。蓋廣東潮、惠、南恩三州既自産鹽，而官復般賣，往往計口抑售於民。自紹熙後，朝廷暗損經費十萬緡，而科抑少減矣。

宋李心傳《建炎以來朝野雜記乙集·財賦》卷十六

上諭以當先易帥臣，徐議鐫黜。三省擬用趙彦膚公碩，上曰："負荷不得，可別選人。"樞密院黄德潤、留仲至繼奏事，上曰："廣西帥須得平心人爲之，庶幾不至輕易改法。如賈逵平穩可用，近有微疾，潘景珪有才，亦穩。卿等更與丞相議之。"既而賈、潘皆以母老辭，議久不決。子遠亦上疏言之。周丞相乃奏以應孟明知静江府，召體仁赴行在。上因言廣西鹽法利害相侔，如侍從中有人亦主客鈔。仲至曰："臣久在廣中，備知利害，事關兩路，若輕改法，即兩路紛紛，須且因其弊而救之。"上曰："今除孟明與儀之爲代，朕當親劄與之，止可舉偏補弊，未可輕易改法。"時九月甲寅也。子遠再奏，乞寢體仁召命。上賜親劄云：已差應孟明詳究利害事寔以聞。所以不令朝辭，正恐奪於臺臣議論，使之掣肘，不能平心處事。若鹽鈔果害於民，儀之豈得輕恕乎？孟明至官，首奏：本路見今以鈔鹽抑勒民户，流毒一方。且都鹽司不支本錢，鹽丁散走，人户多有請鈔而未得鹽者。又人户以産業抵當請鹽鈔，亦有己業既盡，借荒田砧基以充要約者。不若復舊法，令漕司官般官賣，以解愁怨。十六年正月壬寅，進呈。上謂大臣曰："始議行此事時，先遣胡庭直往，體仁非不詳審，往往止是符同儀之之説，今爲所誤，宜令孟明條具更改。如人户有未支鈔鹽，須令盡數支還，今不可復失信於民。”丙午，詔體仁予在外宫觀，從所請也。先是，朱晞顔除廣西小漕，入辭，上諭會同孟明審究鹽法利害。晞顔奏：“今鈔以客爲名，寔無客商，乃强税差之家，使之承認，至於破産而後止。況静江官般之時，每斤百文，自變爲客鈔，每斤百三十文，尚何使民之有利？”子遠乃見上，乞重黜體仁，乃從兩司所奏，依舊法行下。丙辰，詔體仁落職學士，罷宫祠，送袁州安置。擢知瓊州王光祖爲都提舉廣南路鹽事，同帥、漕二司一面措置，毋致再有科抑之弊，仍截撥本路諸州應起湖廣歲計錢十五萬緡，補助今年支用。除高、雷、化、欽、廉五州賣二分鹽外，令官般官賣。

宋李心傳《建炎以來朝野雜記乙集・財賦》卷十七

應孟明字仲實，婺州人，隆興元年木待問榜同進士出身，治《詩》。元年七月以權吏部侍郎兼。

宋陳騤《南宋館閣録》卷九《慶元以後二十人》

淳熙十六年，桂林守應孟明仲實遣效用兩兵，督匠伐木於臨桂山中。夜宿民家，一兵夢神人持刀割去其腎，夢中叫呼，傍兵亦驚覺，問所以，急秉炬照視，則兩腎已墮床下，流血如注，恍莫測何以致此。民與傍兵掖以歸城中，且白於府。仲實疑弗信，送獄根治，使權節度推官、修仁主簿梁輈詣效用軍審究，傷者吐曲折，出腎示之，囚者始獲免。傷兵不茹葷，凡半年，創乃愈，狀貌全如宦官。既而食肉，遂亡。

宋洪邁《夷堅志甲・夷堅志》乙卷十《桂林兵》

應孟明爲詳定一司敕令所删定官，輪對，首論：“南北通好，疆埸無虞，當選將練兵，常如大敵之在境，而可以一日忽乎？貪殘苛酷之吏未去，吾民得無不安其生者乎？賢士匿於下僚，忠言壅於上聞，無乃衆正之門未盡開，而兼聽之意未盡孚乎？君臣之間，戒懼而不自侍，勤勞而不自寧，進君子，退小人，以民隱爲憂，以邊陲爲警，則政治自修，紀綱自張矣。”

明楊士奇《歷代名臣奏議》卷五十二

應孟明以朝奉郎直秘閣知静江府除，紹熙元年十二月二十四日到任，二年九月除尚左郎官。

宋范成大《(紹定)吴郡志》卷七

十六年，經略應孟明言：“廣中自行鈔法，五六年間，州縣率以鈔抑售於民，其害有甚於官般。詔孟明、朱晞顔與提舉廣西鹽事王光祖從長措置，經久利便，毋致再有科抑之弊。”

清金鉷《廣西通志》卷二十七

應孟明，字仲實，婺州永康人。隆興元年進士，淳熙八年爲樂平縣丞，時新守方徵索坊場積負，孟明投書切諫諷以咎徵，守爲之慚沮。累官至吏部侍郎。

清曾國藩《(光緒)江西通志》卷一三二

宋寶祐四年，知縣方夢玉建，祀樓炤、林大中、陳亮。國朝成化間重建，增祀胡則、徐無黨、胡長孺。正德初，增祀應孟明。

明陳泗《(正德)永康縣誌》卷二

隆興元年，癸未科木待問榜，應孟明，詳見《政事》。

明陳泗《(正德)永康縣誌》卷五

鄉賢祠，在文廟西。宋寶祐四年，知縣事方夢玉建，祀應孟明。

清沈藻等《(康熙)永康縣誌》卷二

靈巖山，距縣四十里，高四百丈，週五里許，皆峭壁，拔地而起。其巖東西横列，紫色斑錯，青蘚枯木嵌之，蒼籐倒掛，若畫屏然。緣巖架石爲梁，曲折而上，有石洞南北相通，軒厰如廣廈，高丈餘，廣五丈，深二十丈，其尤奇者，洞上下及左右壁皆砥平，無窊突，有若神功斲削所成，形勝靈異，故曰靈巖。舊有寺曰福善，今廢。其南麓爲宋少師應孟明墓。

清沈藻等《（康熙）永康縣誌》卷二

正學名臣坊，爲應孟明立，在可投。

清沈藻等《（康熙）永康縣誌》卷十四

少師應孟明墓，縣東三十五里。

清沈藻等《（康熙）永康縣誌》卷十四

孝忠祠，敕建，在可投，祀應孟明。

清沈藻等《（康熙）永康縣誌》卷十四

應孟明，八年二月任。

清董萼榮等《（同治）樂平縣誌》卷六

先是，孝宗淳熙六年九月，詔二廣、福建賣鹽，毋擅增舊額。十六年正月，經略應孟明言："廣中自行鈔法，五六年間，州縣率以鈔抑售於民，其害有甚於官般者。詔孟明與提舉從長措置，經久便利，毋致再有科抑之弊。"至是，又從監察御史留元英奏："二廣列郡及福建上四州，惟鹽是利，守令尅剥，於常賦之外，借户口以敷鹽，民被其擾。近者汀寇亦基於此。乞飭二廣、福建漕司，嚴察州縣，痛革前弊，仍令憲司歲行户部，許人陳訴。"從之。

初，福建上四州財賦絶少，所恃者惟官賣鹽。孝宗淳熙十三年，四川安撫制置趙汝愚言："汀州民貧，而官鹽抑配視他州尤甚，乞以汀州爲客鈔。"事下提舉應孟明及汀州守臣議。孟明言："上四州軍有去産鹽之地甚邇者，官不賣鹽則私禁不嚴，民食私鹽則客鈔不售，既無翻鈔之地，則客賣銷折，所以鈔法屢行屢罷。四州闊遠，猶不可翻鈔，汀州將何所往？故鈔法雖良，不可行於汀州，惟裁減本州並諸縣合輸内錢，而嚴科鹽之禁，庶幾汀民有瘳矣。"下轉運司趙彦操等措置。彦操等因言："汀州六邑，長汀、清流、寧化食福鹽，上杭、連城、武平食漳鹽，惟食鹽既異，故鈔法難通。今宜將舊欠鹽錢盡與蠲放，並減鹽價，鹽價既平，私販自息。"於是以歲運二百萬四千斤會之，總減三萬九千三十八緡有奇。又免其分隸諸司。汀州六邑歲減於民者三萬九千緡有奇，減於官者一萬緡有奇，所補州用又在外焉。至是，以祀明堂赦，復有此詔。

至三年，臣僚又言："福建上四州山多田少，税賦不足，州縣上供等錢銀，官吏、宗子、官兵支遣，悉取辦於賣鹽，轉運司雖拘鹽綱，實不自賣。近年創例，自運鹽兩綱後，或歲運十綱至二十綱，與上四州縣所運歲額相仿，而綱吏搭帶之數不豫焉。州縣被其攙奪，發洩不行，上供常賦無從趲辦，不免敷及民户，其害有不可勝言者。"遂命福建轉運司視自來鹽法，毋致違戾。上四州依此施行。

清嵇璜《欽定續文獻通考》卷十九《二年八月敕二廣及福建毋以敷鹽擾民》

宋應孟明舉進士，遂受知孝宗。一日，宰相進擬，帝出片於掌中，書二人姓名，曰："卿何故不及此？"其一則孟明也。遂拜大理寺丞。又一日，上御經筵，論監司按察，謂講讀官曰："朕近日得數人，應孟明其最也。"會廣西缺謀帥，帝謂輔臣曰："朕熟思之，無易應孟明者。"即進直秘閣，知静江府，兼廣西經略安撫。夫士遇得如孟明，自將獲展所志。余一日過岳陽，余於分守李廷觀，因論及士風，廷觀忽發聲曰：“當今高士，唯有山林而已。”其意蓋有在也。未幾，廷觀轉某省副憲，遂引歸。廷觀，四川人，先爲御史。又觀應孟明受知人主，官職未嘗倖遷。韓侂胄嘗遣其密客誘以諫官，俾誣趙汝愚，孟明不答。若孟明之守，士之常也。宋梁成大亡耻，作縣滿秩，諂事史彌遠家幹萬昕，昕言真德秀當擊成大，曰：“某若入臺，必能辨此事。”及成大拜御史，果誣奏德秀。此近世士人多有之。

明鄧球《閒適劇談》卷二

應孟明，隆興元年進士第，慶元初卒。年約六十餘。

清錢保塘《歷代名人生卒録》卷四

應氏，周武王子封應，以國氏。《古今人表》，應豎，吴中大夫。應嵩，漢初應曜居淮陽。後漢應奉、劭，劭撰《風俗通》，有《氏姓篇》。魏璩、瑒，晉應邈，唐詹，唐《孝友傳》應先，明州刺史應彪，宋應孟明。

宋王應麟《姓氏急就篇》卷下

宋隆興中，饒州太守酷甚，樂平丞應孟明以書諫，不悛。朝中聞之，降守爲丞，擢丞爲守。丞後官至少師，爲名臣，兩不矣。道之以德，齊之以禮，上也；道之以政，齊之以刑，次也。一家仁，一國興仁；一家讓，一國興讓。君子之平天下，以身帥之，不疾而速，不行而至，焉用髡首去倫、誣世惑民爲哉？福田功果，爲奸黠僧開方便機穽耳，而儒者從而佞之，何心也？

明方弘静《千一録》卷十

淳熙十五年戊申夏四月，《與提刑應仲實書》略云：元晦入對，留爲兵部郎官，以足病未供職，爲林黄中所按。其説甚可駭，賴象先入文字留之，上不行。按章復以爲江西憲。太學六月私試策題，第一篇亦是異論，第二、第三篇皆譏也。元晦學校議論如此，他又可知，殊令人寒心。此間學者，莫不忿激。

《可投應氏宗譜》

陳同甫與朱元晦書云："陳聖嘉之與人交，應仲實之自處，徐子才之特立，皆吾所不及也。"其爲名流推重如此。陳泗後序略曰：夫金華稱文憲邦，永康爲其屬邑，山川秀氣之所鍾，自昔人才之盛，不在他邑下。如胡子正之忠厚，陳同甫之激烈，林和叔、應仲實之正大光明，皆表表足稱。

《可投應氏宗譜·永康新舊縣志》

闡揚先德，乃子孫繼述中一大事，然無所考證，何以信今而傳後？巨川子涯自幼博極群書，雖不得大用於時，然經略公鄉賢之祀，實其稽考表揚之力，其視少師公本傳事迹，尤爲詳備不遺。後之人睹經略公之在鄉賢，則當念巨川子闡揚之功；睹群書之集，則當知巨川子用心之苦。是集誠不可以不備也。余特爲之引云。龜麓老人濟書。

《可投應氏宗譜·補遺引》

至南宋之末，以軍事重，更多有使守鄉郡者。李芾家衡州，攝湘潭縣，知永州，又知潭州。崔與之，廣州人，後以廣東安撫使知廣州，即家治事。陳炤，常州人，初爲丹徒縣尉，後攝常州通判，守城死。此又以軍興需人，不避本籍也。按《高宗紀》：紹興二年，詔監司避本貫。則宋制回避本籍，惟在監司。故應孟明，婺州人，除浙東提點刑獄，以鄉郡引嫌，乃改授江東。

清趙翼《陔餘叢考》卷二十七

應孟明年譜

公諱孟明,字仲實,婺州永康人。晉觀陽侯應詹之後,唐光啓間有諱德鎔者,自懷仁夏閣遷婺源,再徙永康可投,遂居焉,爲公八世祖。曾祖諱莘,祖諱立,父諱濤,皆不仕,以公貴贈如其官。母周氏。子六人:謙之,字亨甫,仕至廣西提點刑獄;復之,字行甫;巽之,字禮甫;懋之,字文甫,仕至四川都大茶馬使;純之,仕知楚州兼京東經略使;秀之。以上據《宋史》本傳、《可投應氏宗譜》等文獻編。

宋高宗紹興八年戊午(1138)　一歲

七月十四日,生于永康可投。

紹興二十七年丁丑(1157)　二十歲

既弱冠,出與吕祖謙、林大中、陳亮等才俊交遊切磋,講學於里之靈巖石洞,闡明義理,慨然以修治之學自任。

孝宗隆興元年癸未(1163)　二十六歲

登進士第,試中教官,調臨安府教授。

按:《宋史》本傳:"少入太學,登隆興元年進士第。試中教官,調臨安府教授,繼爲浙東安撫司幹官、樂平縣丞。侍御史葛邲、監察御史王藺薦爲詳定一司敕令所删定官。"

淳熙八年辛丑(1181)　四十四歲

爲樂平丞。

按：《江西通志》："應孟明，淳熙八年爲樂平丞。時新守趙廣徵索坊場積負。孟明投書切諫，指霪潦歸咎郡政，守爲之慙沮。"

淳熙十年癸卯(1183)　四十六歲

約於是年，侍御史葛邲、監察御史王藺薦爲詳定一司敕令所删定官。

輪對稱旨。

淳熙十一年甲辰(1184)　四十七歲

約于是年，拜大理寺丞。

審理李顯忠之子家僮案，白其冤。

淳熙十二年乙巳(1185)　四十八歲

約於是年，出爲福建提舉常平，任内興利除弊。

淳熙十三年丙午(1186)　四十九歲

十二月八日，奏言汀州科鹽之害。

編年文

十二月　《鹽鈔不可行於汀州奏》。

淳熙十四年丁未(1187)　五十歲

除浙東提點刑獄，以鄉部引嫌，改使江東。

淳熙十五年戊申(1188)　五十一歲

夏四月，陳亮作《與提刑應仲實書》。

冬十月丙寅，詔令應孟明、朱晞顔同林岊相度，條具聞奏。

是年，進直秘閣、知静江府兼廣西經略安撫使。

淳熙十六年己酉(1189)　五十二歲

正月,進言鈔法、鹽法等事。

按:《宋史》:"十六年正月,經略應孟明言:'廣中自行鈔法,五六年間,州縣率以鈔抑售於民,其害有甚於官般者。'詔孟明與提舉從長措置,經久便利,毋致再有科抑之弊。至是,又從監察御史留元英奏:'二廣列郡及福建上四州,惟鹽是利,守令尅剥於常賦之外,藉户口以敷鹽,民被其擾。近者汀寇亦基於此。乞飭二廣、福建漕司,嚴察州縣,痛革前弊,仍令憲司歲行户部,許人陳訴。'從之。"

又《夷堅志》:"淳熙十六年,桂林守應孟明仲實遣效用兩兵督匠伐木於臨桂山中。"

編年文

正月　《廣西鹽法利害奏》。

光宗紹熙元年庚戌(1190)　五十三歲

除浙西提點刑獄,十二月到任。

按:宋范成大《(紹定)吴郡志》:"應孟明以朝奉郎、直秘閣、知静江府除,紹熙元年十二月二十四日到任,二年九月除尚左郎官。"

紹熙二年辛亥(1191)　五十四歲

召爲吏部員外郎,改左司,遷右司,再遷中書門下省檢正諸房公事。

寧宗慶元元年乙卯(1195)　五十八歲

拜太府卿兼權吏部侍郎。

慶元二年丙辰(1196)　五十九歲

擢爲吏部侍郎。

慶元三年丁巳(1197)　六十歲

十月十五日,撰《樓氏重修家乘序》。

編年文

十月　《樓氏重修家乘序》。

慶元四年戊午(1198)　六十一歲

上書辭闕,寧宗挽留再三,公固辭。

嘉泰元年辛酉(1201)　六十四歲

八月,撰《龍山徐氏宗譜序》。

編年文

八月　《龍山徐氏宗譜序》。

嘉定十二年己卯(1219)　八十二歲

卒於里之祖宅,詔贈少師,遣中書侍郎陳天禄傳齎敕旨奠祭,欽葬於里之靈巖山下。

徵引文獻

〔宋〕王應麟：《姓氏急就篇》，清文淵閣四庫全書本。
〔宋〕李心傳：《建炎以來朝野雜記》，清文淵閣四庫全書本。
〔宋〕范成大：《（紹定）吴郡志》，擇是居叢書景宋刊本。
〔宋〕洪邁：《夷堅志》，清影宋抄本。
〔宋〕陸九淵：《象山全集》，明李氏刊本。
〔宋〕陳亮：《龍川集》，明嘉靖間刊本。
〔宋〕陳傅良：《止齋文集》，清同治光緒間永嘉叢書本。
〔宋〕陳騤：《南宋館閣録》，清文淵閣四庫全書本。
〔宋〕舒璘：《舒文靖集》，清文淵閣四庫全書本。
〔宋〕曾豐：《緣督集》，清文淵閣四庫全書本。
〔宋〕楊萬里：《誠齋集》，清乾隆吉安刊本。
〔宋〕樓鑰：《攻媿集》，清武英殿聚珍版叢書本。
〔元〕王結：《文忠集》，清文淵閣四庫全書本。
〔元〕佚名：《宋史全文》，清文淵閣四庫全書本。
〔元〕脱脱等：《宋史》，清武英殿刊本。
〔明〕方弘静：《千一録》，明萬曆刊本。
〔明〕柯維騏：《宋史新編》，明嘉靖四十三年杜晴江刊本。
〔明〕陳泗：《（正德）永康縣誌》，明正德年刊本。
〔明〕楊士奇：《歷代名臣奏議》，清文淵閣四庫全書本。
〔明〕鄧球：《閒適劇談》，明萬曆間鄧雲臺刊本。

〔清〕王崇炳：《金華徵獻略》，清雍正十年刊本。
〔清〕李汝爲、潘樹棠：《（光緒）永康縣誌》，清光緒年刊本。
〔清〕沈藻、朱謹：《（康熙）永康縣誌》，清康熙年刊本。
〔清〕金鉷：《（雍正）廣西通志》，清文淵閣四庫全書本。
〔清〕徐松輯：《宋會要輯稿》，中華書局一九五七年影印本。
〔清〕董萼榮等：《（同治）樂平縣誌》，清同治九年刊本。
〔清〕嵇璜：《欽定續文獻通考》，清文淵閣四庫全書本。
〔清〕曾國藩：《（光緒）江西通志》，清光緒七年刊本。
〔清〕趙翼：《陔餘叢考》，清乾隆五十五年湛貽堂刻本。
〔清〕錢保塘：《歷代名人生卒録》，民國海寧錢氏清風室刊本。
《可投應氏宗譜》，清光緒乙巳（1905）刊本。
《永康梅城林氏風節宗譜》，民國刊本。
《芝英應氏宗譜》，清同治七年（1868）刊本。
《龍山徐氏族譜》，民國活字本。